KB190993

삼국지 2

삼국지 2

정벌군

이원호 지음

한결미디어
HANGYEOL MEDIA

차례

1장 조선의 희망

"의주는 동쪽으로 10리(5킬로) 거리입니다."

양인석이 아래쪽을 가리키며 말했다.

"지금은 명군(明軍)의 통로가 되어서 조선 관리들은 명군 지휘나 받고 있겠지요."

이산이 고개를 끄덕였다.

왜란이 일어난 지 2년째가 된다.

조선 땅은 이제 왜군과 명군의 발에 짓밟혀 만신창이가 되어 있다.

고개를 든 양인석이 이산을 보았다.

"임금은 지난 10월에 한양성에 들어갔다고 합니다."

11월이어서 압록강 변에 갈대는 말랐고 찬바람이 휘몰려 왔다.

유시(오후 6시) 무렵.

이산이 고개를 끄덕였다.

"가자."

이산이 발을 떼자 둘러선 일행이 뒤를 따랐다.

일행은 모두 명군(明軍) 복색이다.

이산은 요동동북면군 도위 행색을 했고, 위사장 곤도와 이제는 이산의 측근이 된 최경훈, 그리고 위사 셋까지 모두 7명이다.

명군(明軍) 지휘관 행차다.

왕준과 휴전상태가 되어있는 상황을 이용해서 이산이 조선에 밀행하려는 것이다.

한양성.

내궁(內宮)으로 사용되는 궁 안은 아직도 수리 중이다.

마침내 도성인 한양성으로 환궁했지만 대부분 소실되었기 때문이다.

그러나 평양성보다는 나은 편이다.

궁궐 안은 왜군의 흔적이 가득 남아있다.

변변한 곳은 왜장의 숙소였다.

비 오는 날 밤.

벼락같이 도망쳤다가 이제 일 년 반 만에 꾸물대며 돌아왔다.

한양성 근처에 왜군이 출몰한다는 소문에도 임금은 신경을 곤두세운다.

평양에서 한양까지 오는 데 닷새면 올 수 있는 길을 열사흘이나 걸렸다.

"대감, 드릴 말씀이 있소."

사헌이 말했기 때문에 유성룡이 고개를 들었다.

한양성 안.

영빈관으로 사용되는 사헌부 별채에서 유성룡과 사헌이 마주 앉아있다.

사헌은 명(明)의 사신이다.

"무슨 말씀이오?"

유성룡은 이번에 영의정이 되었고 훈련도감도제조를 겸하고 있다.

조선의 임금 다음 서열이다.

"조선 왕이 무능해서 전쟁 중인데도 공을 세운 장수를 시기하고 간신배들이 연전연패하는데도 옆에 두고 중용한다는 것은 명(明)의 조정에도 다 알려진 사실입니다."

"……."

"명(明)은 물론이고 왜(倭)에서도 상민이라도 공을 세우면 조정에서 관직을 주거나 포상합니다. 그런데 조선 임금은 지금까지 한 번도 천민 의병장을 만난 적도 없다고 들었소."

"세자가 대신 만났지요."

"임금을 말하는 것입니다."

사헌이 말을 이었다.

"그래서 대감께 말씀드리려는 것이오."

"무엇을 말씀이오?"

"민심(民心)을 잃은, 있으나 마나 한 이씨 왕조를 폐하고 명(明)과 통합하는 것이 어떻습니까? 대감께서는 이 땅의 태수가 되실 것이오."

"천부당만부당한 말씀이오."

정색한 유성룡이 사헌을 보았다.

"왕조를 그렇게 쉽게 지울 수는 없습니다."

"이씨(李氏) 왕조가 뭐가 대단합니까? 명의 조정에서도 그것이 의아하다는 중론이오. 이씨 왕조의 태조도 고려의 무장이었다가 반란을 일으켰지 않습니까? 신(神)의 아들이 아니오. 운(運)과 때가 맞았기 때문에 왕(王)이 된 것입니다."

"나는 조선 왕조의 신하로 죽을 것이오."

고개를 든 유성룡이 사헌을 노려보았다.

"나는 역신(逆臣)이 되지는 않겠소."

"생각해보시기 바라오."

조금 기세를 낮춘 사헌의 시선이 부드러워졌다.

"그것이 조선 백성을 위한 일이기도 할 테니까요."

"……."

"이곳까지 오면서 조선 백성들의 참상을 두 눈으로 보았습니다. 코가 성한 백성이 드물고 잡아먹었는지 아이들도 보이지 않습디다. 논밭은 황무지가 되었고 도처에 시신이 썩어가는 냄새가 진동했습니다."

"……."

"우리 역대 왕조에서 이런 변이 났다면 벌써 왕조가 바뀌었습니다. 백성들을 위해서 들고 일어난 장수, 토호들이 새 왕조를 세웠지요. 그런데 이곳 조선은 백성을 생각하는 의인(義人)들이 없단 말입니까?"

"……."

"모두 임금만 떠받들고 임금에게 역신이 되지 않는다고 하는데, 그럼 백성은 그들 안중에 없습니까?"

그때 유성룡이 입을 열었다.

"지금은 대란(大亂) 중이오. 모두 임금을 중심으로 뭉쳐야 합니다. 그래야 백성들도 살지요. 대국(大國)의 염려는 이해가 되나 지금 시급한 일은 왕조를 바꾸는 것이 아닙니다."

유성룡의 눈이 번들거렸다.

"이것을 명(明) 조정에 말씀드려주시기 바랍니다."

사헌이 입을 다물었는데, 이해하는 눈치가 아니다.

의주에 주둔한 명(明)의 장수는 양천으로 명의 유정 휘하의 별장 벼슬이다.

양천은 휘하에 3백여 명의 보군을 거느리고 있었는데 의주는 명(明)의 출입로다.

군수품과 병력의 유통을 관리하는 역할을 했다.

객사에 여장을 푼 이산은 주인의 융숭한 영접을 받았다.

명군(明軍) 도위 일행인 데다 숙박비까지 미리 냈기 때문일 것이다.

사시(오전 10시) 무렵.

밖에 나갔다 온 양인석이 이산에게 말했다.

"한 달 전에 명의 사신 사헌이 평양으로 갔다고 합니다."

방 안에는 곤도까지 셋이 앉아있다.

양인석이 말을 이었다.

"사헌은 으스대는 놈 같습니다. 이번에 조선 왕을 퇴위시키고 조선을 명에 복속시킬 임무로 간다고 했답니다."

그때 이산이 고개를 끄덕였다.

"일본에 넘길 바에야 명(明)이 가져가는 것이 낫지."

"이여송이 북경으로 소환되었다고 합니다. 송응창도 곧 소환된다고 하는군요. 지금 남아있는 명장(明將)은 유정이랍니다."

의주가 명(明)과의 출입구 역할이라 행적이 드러난 것이다.

이제 수원성 이북의 땅은 명의 세력권이었고 충주 아래쪽은 아직도 왜군이 지배하고 있다.

그 중간 부근에서 명군과 조선군, 왜군이 접전 중인 상황이다.

이산이 말했다.

"말을 달리면 한양성에 닷새 후면 닿을 게다."

이산의 얼굴에 웃음이 떠올랐다.

이번에 세자 광해를 만날 작정인 것이다.

양천이 서쪽 객사에 요동동부군 소속의 도위가 투숙했다는 보고를 받았을 때는 저녁 술시(오후 8시) 무렵이다.

도위 벼슬이면 조선파병군의 서열로 보면 부장급 장수다.

별장인 양천보다 고위급인 것이다.

본래 본국에서 온 장수는 객사에 들기 전에 현지의 지휘관에게 기별해야 하지만, 하룻밤 묵고 그냥 떠나는 경우가 대부분이었다.

부관을 객사로 보냈더니 금방 되돌아왔다.

"떠나셨습니다."

부관이 긴장한 표정으로 말했다.

"그런데 객사 주인이 그 도위님은 병부에서 보낸 감찰대장이라고 합니다."

"무엇이? 감찰대?"

양천이 숨을 들이켰다.

명군(明軍)의 감찰대는 고위 장수의 비리를 캐는 기관이다.

그때 부관이 말했다.

"도위의 부장(副將)이 은밀하게 말해주었다는군요. 감찰대 표식까지 확인했답니다."

"그래서 나한테 연락도 않고 갔군."

고개를 끄덕인 양천이 부관을 보았다.

"숙천의 용 판관에게 밀사를 보내. 감찰대가 떴다고 말야."

"예, 별장님."

고개를 끄덕인 부관이 몸을 돌렸다.

숙천 주둔군의 용 판관은 양천과 동향이다.

이런 정보는 미리 알려주는 것이 낫다.

7기의 기마대가 밤길을 달리고 있다.

명군(明軍)의 기마대다.

앞장서 달리던 기수가 속도를 늦추더니 소리쳤다.

왜말이다.

이산 일행이다.

"앞쪽에 불빛이 보입니다."

이산이 고개를 들고 기수가 가리킨 쪽을 보았다.

길에서 벗어난 산기슭에서 불빛이 보인다.

민가다.

그때 옆으로 다가온 곤도가 말했다.

"밤에 불을 켠 민가는 초소나 병사들의 숙소일 겁니다."

이산이 고개를 끄덕였다.

의주를 떠난 지 이틀째.

이곳은 순안 근처다.

평양은 내일 도착할 예정이다.

"숙소를 찾아라."

자시(밤 12시)가 넘은 시간이다.

이산이 지시하자 말에서 내린 위사 둘이 불빛을 향해 다가갔다.

거리가 2리(1킬로)쯤 떨어져 있지만 말발굽 소리를 줄여야 한다.

이산도 말에서 내렸을 때 양인석이 말했다.

"주군, 이곳까지는 명군(明軍) 행세를 하고 내려왔지만, 이제는 조선인 차림으로 숨어 가야 할 것 같습니다."

"그래야겠다."

이산이 고개를 끄덕였다.

감찰대 소문을 내고 남하했더니 소문이 빠른 속도로 번진 것이다.

남하 속도와 소문이 거의 비슷한 것은 명군이 밤낮으로 전령을 내보내기 때문이다.

소문은 전령에게 묻어갔으니 지금쯤 평양에도 닿았을 것이다.

"주군, 명군의 장수 일행입니다. 방에서 둘이 여자를 끼고 술을 마시고 있는데 병사는 7, 8명 정도입니다."

민가를 정탐하고 돌아온 최경훈이 보고했다.

"여자들의 웃음소리가 들리는 것을 보면 납치한 것은 아닌 것 같습니다."

최경훈은 위사 하나와 함께 다녀왔기 때문에 일본어로 말하고 있다.

이산이 고개를 끄덕였다.

"그놈들을 해치우고 민가에서 묵기로 하지."

그러고는 이산이 덧붙였다.

"술병은 깨뜨리지 말도록 해라. 술 남은 것이 있다면 한 잔씩 나눠줄 테니까."

한 식경쯤 후.

방문을 열고 들어선 곤도가 입만 딱 벌리고 있는 명의 장수 둘을 칼질 두 번에 숨통을 끊었다.

놀란 여자들이 짧게 외침을 뱉었다가 숨을 죽인 것은 기가 질렸기 때문이다.

기가 질리면 비명도 안 나온다.

마당 건너편 방에 들어가 있던 수행원 넷은 최경훈과 위사 하나가 들어가 베었다.

밖에서 경계를 서던 군사 둘까지 처리했으니 일행은 모두 여덟이다.

위쪽 외양간에 말 10여 필이 매여 있었기 때문에 민가에는 20필 가까운 말떼가 모였다.

"네년들은 누구냐?"

시체를 끌어낸 방에서 양인석이 소리쳐 추궁했을 때 이산의 지시를 받은 곤도가 남은 술을 내왔다.

술은 4병이나 남아있어서 이산이 3병을 곤도에게 주었다.

명(明)에서 가져온 화주(火酒)다.

"나눠 마셔라."

"예, 주군."

술을 좋아하는 곤도가 납작 엎드렸다.

"황송합니다, 주군."

"한양에 가면 실컷 술을 먹여주마."

그때 방에서 나온 양인석이 이산에게 말했다.

"이 방에서 죽은 놈들은 이여송의 부장과 집사라고 합니다. 북경으로 소환된 이여송의 뒤를 따라가던 중이었다는군요. 모아놓은 재물을 갖고 간답니다."

양인석이 힐끗 방 쪽을 보았다.

"여자들은 두 놈의 현지처였다고 합니다."

"우리가 서방을 죽인 셈이구나."

"아닙니다. 잘되었다면서 지금은 웃고 있습니다."

쓴웃음을 지은 양인석이 말을 이었다.

"방 안의 궤짝 4개에 금붙이가 가득 들었다면서 금을 한 움큼씩만 나눠달라고 합니다. 그놈 갖고 고향에 가서 살겠답니다."

"미친년들."

그 말을 들은 최경환이 이산을 보았다.

"제가 칼에 피를 묻혔으니 씻기 전에 그년들 숨통이나 끊어줄까요?"

"소원대로 해줘라."

이산이 양인석에게 말하고는 자리에서 일어섰다.

다음 날 미시(오후 2시) 무렵.

명군(明軍) 복색으로 평양성에 들어갔다가 나온 양인석이 이산에게 보고했다.

이곳은 평양성에서 15리(7.5킬로)쯤 떨어진 폐가.

조선 땅에서 도로변의 마을이나 평야의 민가는 대부분이 폐가다.

주인이 모두 명군(明軍)이나 왜군(倭軍)을 피해 산속으로 피신했기 때문이다.

간혹 인적이 있는 마을은 명(明)이나 왜(倭)의 부역자들이 사는 곳이다.

"주군, 평양성에 조선인 관리와 군사가 있지만 명군(明軍) 세상입니다. 명군 행색으로 지나치기는 쉬우나 머물기는 마땅치 않습니다."

"그럼 조선인 복색을 하는 것이 낫지 않겠느냐?"

이산이 묻자 양인석이 입맛을 다셨다.

"멀쩡한 조선인이 드물어서 표시가 납니다. 조선인 절반은 코나 귀가 떼어졌고 나머지는 노약자입니다."

그때 최경훈이 말했다.

"그럼 조선군 행세를 해야겠군."

이산이 고개를 끄덕였다.

"순찰사 행세를 하지."

최경훈이 종3품 순찰사였던 것이다. 쓴웃음을 지은 최경훈이 이산을 보았다.

"주군, 그럼 제가 먼저 들어가 복색과 장비까지 갖춰 오지요."

이제는 조선인 무장(武將)이 되는 것이다.

이여송이 소환되었기 때문에 광해는 조정으로 돌아와 있었다.

이여송이란 보호막에서 벗어난 것이다.

그러나 이제는 유성룡이 영의정이 되어서 광해를 보호하고 있다.

아직도 유성룡은 명군(明軍) 수장인 유정 등과 명 조정의 신임을 받고 있었기 때문에 임금도 함부로 할 수 없다.

더구나 명의 사신 사헌이 와 있는 상황이다.

오히려 임금 선조가 좌불안석이다.

광해가 사헌을 만났을 때는 유시(오후 6시) 무렵.

한양성으로 환궁한 지 한 달째 되는 날.

장소는 세자전이다.

사헌이 지그시 광해를 보았다.

"세자께선 조선이 흥(興)하리라고 보시오?"

불쑥 사헌이 묻자 광해가 고개를 끄덕였다.

그러고는 금세 대답했다.

"백성이 있는 한 흥(興)합니다."

"왕조가 우선이오? 백성이 우선이오?"

다시 사헌이 묻자 광해가 쓴웃음을 짓고 대답했다.

"백성이 없으면 왕조가 있겠습니까?"

사헌 옆에 그림자처럼 앉아있는 역관이 통역했다. 그때 사헌이 다시 묻는다.

"그런데 조선 임금께서는 수만 명 군사를 떼죽음시키고 도망쳐 나온 장수들을 측근에 붙이고 이순신 같은 구국의 명장을 시기해서 죽이지 못해 안달하고 있소. 이것이 어찌 된 일이오?"

"오해가 있으신 것 같습니다."

"세자도 폐위시키고 죽은 신성군의 동생인 정원군을 세자로 책봉한다는 소문도 있소. 사실이오?"

"처음 듣는 말입니다."

"임금이 도망질이나 하고 간신들 말만 듣는 데다 충신과 의병들을 시기하는 바람에 백성들이 종묘에 오물을 붓고 대궐을 불사르며 왜군에 동조하고 있소.

아시오?"

"왜적의 선동입니다."

"세자 저하."

정색한 사헌이 광해를 보았다.

"나는 외교 사무를 맡은 행인사(行人司) 관장으로 조선의 민심과 관리들의 동향까지 샅샅이 파악해놓았습니다. 지금 조선은 임금부터 썩었습니다."

역관의 목소리가 떨린 것은 내용이 엄청났기 때문이다.

사헌이 말을 이었다.

"내가 영상 대감한테도 언질을 주었지만, 세자께는 털어놓고 말씀드리는 것이오. 지금 임금은 왕의 자격이 없습니다. 오히려 왕국을 파탄으로 끌고 들어가는 위인이오. 저하의 생부지만 감히 말씀드리는 것이오."

"……."

"내가 그 임무를 받고 이곳에 온 것입니다. 세자께서 동의만 하시면 조선 주둔군 사령관을 시켜 임금을 폐위시키고 세자를 조선 태수로 봉할 것입니다."

"……."

"유성룡 대감은 세자의 보좌역이 될 것이오."

"그때는 나도 낙향해서 양민으로 살겠습니다."

광해가 번들거리는 눈으로 사헌을 보았다.

"농사를 지으면서 살 것이니 나를 만날 일도 없을 것이오."

고개를 든 사헌이 쓴웃음을 지었다.

"세자, 지금 이 왕국을 누가 살려주고 있는지나 아시오?"

사헌이 제 말에 제가 대답했다.

"왕조에 등을 돌린 백성들과 의병, 그리고 이순신이오."

그러더니 생각난 듯 덧붙였다.

"저기 위쪽 여진 땅에서 떠도는 이산이 있군. 그 이산이 백성들의 희망이라고 합니다. 왜군을 이끌고 대륙을 떠도는 영웅으로 말이오."

광해의 시선을 잡은 사헌이 말을 이었다.

"참, 이산이 세자 휘하의 선전관이었지요? 세자께서도 잘 아시겠소."

사헌과 헤어진 광해가 유성룡의 사가(私家)로 찾아갔을 때는 술시(오후 8시) 무렵이다.

갑작스러운 세자의 밀행에 놀란 유성룡이 인사를 마치고 사랑채 방에서 마주 보고 앉았다.

"저하, 무슨 일이십니까?"

"방금 사헌을 만나고 왔습니다."

광해가 흐려진 눈으로 유성룡을 보았다.

"왕조를 폐하고 나한테 조선 태수를 맡으라고 하는군요."

"저한테도 그런 말을 했습니다. 미친 인간입니다."

"명(明) 조정의 결정이라고 했습니다."

"명(明) 황제도 등신이라 내궁 밖으로 안 나온 지 오래되었습니다. 그래서 환관 하선과 일부 중신들이 정사를 전횡하고 있지요."

유성룡의 목소리도 격해졌다.

"요동에서 여진이 명군(明軍)을 격파하는 상황에 병력과 군비(軍費)를 조선 땅에도 소모하는 터라 아예 조선을 합병하는 것이 낫다고 생각했을 것입니다."

"이산의 이야기까지 꺼냈습니다."

세자가 말을 이었다.

"이산이 왜군을 이끌고 대륙을 떠도는 조선인의 희망이라고 했습니다."

"그자가 그것은 맞는 말을 했습니다."

"대감, 어찌하면 좋습니까?"

"사헌이 이대로 돌아갈 것 같지 않습니다."

유성룡이 찌푸린 표정으로 광해를 보았다.

"이번에 이여송, 송응창을 차례로 본국으로 소환하고 병부시랑 고양겸이 요동에서 조선을 꾸짖는 내용의 공문을 보낸 것도 심상치 않습니다."

광해가 시선을 내렸다.

그 내용이 혹독했다.

광해도 읽었기 때문에 그중 일부는 기억하고 있다.

'지금 너의 나라는 양식이 다 떨어져 백성이 서로 잡아먹고 있는데 무엇을 믿고 구원병만 청하는가? 이대로 가면 조선은 반드시 망하게 될 것이다. 어찌 계책을 세우지 않는가?'

마치 채찍으로 치는 것 같은 공문이어서 임금도 떨면서 읽었다.

이런 수치가 어디 한두 번인가.

이여송, 송응창 등 명군 장수들은 임금 선조를 아랫사람 취급하고 멸시했다.

"다만 다행한 일이 있습니다, 저하."

"뭔가요?"

고개를 든 광해를 향해 유성룡이 입술 끝을 올리며 웃었다.

"이산의 기마군이 요동을 휘젓는 바람에 여진 세력이 강해진 것입니다."

"……."

"동여진의 대족장 누르하치가 이산과 의형제를 맺었다는 소문도 있습니다."

고개를 든 유성룡의 눈이 번들거렸다.

"그래서 명(明)이 조선을 무력으로 압박할 여유가 없어졌지요. 조선 왕조를 무너뜨릴 힘은 없다는 것입니다."

"이산의 공(公)이군요."

"난세의 영웅이지요."

불쑥 말을 뱉은 유성룡이 힐끗 광해를 보았다.

"조선은 두 영웅이 살리는 셈이군요."

이순신과 이산이다.

별장 두 명이 인솔한 기마대가 한양성에 입성했을 때는 유시(오후 6시) 무렵이다.

11월 말이어서 이미 어둠이 덮인 남대문 앞에 멈춰 선 별장 하나가 소리쳤다.

"선천에서 온 별장 오기백이다! 문 열어라!"

성문은 닫혔지만 수시로 군(軍) 전령이나 연락병은 출입이 된다.

문 앞에 선 군사가 별장이 내민 호패를 보더니 성문 위에다 소리쳤다.

"문 여시오!"

그러자 대문이 안쪽에서 기마군 둘이서 나란히 들어갈 만큼만 열렸고 별장 일행이 말을 탄 채 입성했다.

"수고하게!"

안에 지키고 서 있는 군사들에게 소리친 별장이 박차를 넣었다.

7기의 기마군이 달려 들어갈 때 성루에 서 있던 수문장은 쳐다보기만 했다.

북방에서 온 조선군을 검문할 필요는 없는 것이다.

말을 달리면서 별장이 옆쪽의 별장에게 말했다.

"주군, 고 서방이 저녁준비를 해놓고 기다릴 것입니다."

옆쪽 별장은 이산이다.

이산이 고개를 끄덕였다.

고 서방은 최경훈의 집사였다가 한양에서 미곡상을 하던 상인이다. 왜군이 한양성을 점령했을 때도 남아있다가 이번에 임금의 환궁을 맞은 것이다.
지금 일행은 고 서방의 저택으로 가는 중이다.

고 서방은 46세.
긴 얼굴에 장신의 체격. 눈매가 날카롭고 눈빛이 강했다.
이산을 맞은 고 서방이 절을 하더니 고개를 들고 빤히 보았다.
고 서방의 저택 사랑채 안.
상민의 집이지만 사랑채, 행랑채가 있고 창고가 2채나 있다. 거기에다 전란을 겪었는데도 저택은 멀쩡했다.
고 서방이 입을 열었다.
"영웅을 뵙습니다."
"과분하네. 그렇게 대놓고 말하지 말게."
"영광입니다."
"며칠만 신세를 지겠네."
"목숨을 바쳐 모시지요."
"내가 빼앗은 금붙이가 있으니 대가는 주지."
"그것은 안 될 말씀이오."
어깨를 편 고 서방이 이산을 보았다.
"제가 왜군의 향도 노릇을 하고 명군의 조달책 노릇을 하면서 이렇게 견디어 온 것은 영웅 같은 분을 만나기 위해서요."
고 서방의 두 눈이 번들거렸다.
"장군, 이 불쌍한 백성들을 구해줍시오."
그 순간 고 서방의 눈에서 눈물이 흘러내렸다.
"이 무능한 왕을 죽이고 새 나라를 만들어주시오."

이산이 숨을 죽였을 때 고 서방의 말이 이어졌다.

"장군이 군사를 끌고 내려오시면 이 왕조는 하루아침에 멸망할 것입니다."

"……."

"장군이 오신다면 산속에 숨어있던 백성들이 뛰어나와 호응할 것입니다. 모든 백성이 만세를 부를 것이오."

그때 이산이 말을 막았다.

"고 서방, 천천히 이야기하세. 내가 시장하네."

정신을 차린 고 서방이 허둥지둥 방을 나갔을 때 최경훈이 이산을 보았다.

"주군, 이것이 민심입니다."

최경훈의 목소리가 떨렸다.

"민심은 모두 조선 왕조를 떠났습니다."

2년째 전란 중인 조선은 지옥이나 같다.

인간 세상이 아니다.

백성은 산속에 숨었고 명군이나 왜군에 잡힌 노인과 어린애들은 군역을 하다가 도랑과 골짜기에 쓰러져 죽었다.

건장한 사람은 도적이 된 데다 역질이 겹쳐 다 죽었다.

심지어는 부자(父子)간 부부(夫婦)간이 서로 잡아먹었고 아이들은 식량이 되었다.

이산이 고개를 돌렸다.

조선에 돌아왔더니 참상과 원한은 극에 달해 있는 것이다.

"후추가 없단 말이냐?"

인빈이 소리쳐 묻자 무수리가 고개를 숙였다.

"사옹원 창고에 남은 것이 없다고 합니다."

"평양에서 가져왔느냐?"

"다 썼다고 합니다."

"이년들이."

분을 삭이지 못한 인빈이 앞에 놓인 약그릇을 내동댕이쳤다.

후추는 귀물(貴物)이다. 음식에 넣어 양념하는데 후추 한 줌을 같은 부피의 금값으로 친다.

지금까지 후추는 사옹원 무수리가 밖에서 조달했는데 평양에서 오던 길에 역병이 걸려 죽었다.

그때 옆에 서 있던 상궁이 말했다.

"마마, 감선이 예전에 거래하던 거간상을 찾아냈다고 합니다."

인빈의 시선을 받은 상궁이 말을 이었다.

"집을 옮겼기 때문에 이제야 찾아냈는데 곧 사옹원에서 필요한 재료가 준비될 것입니다."

"진즉 찾아냈어야지!"

분이 조금 풀린 인빈이 숨을 고르며 말했다.

"내가 후추 없으면 입맛이 나지 않는다는 걸 알지 않느냐!"

광해가 동궁으로 사용하는 홍문관 관사로 들어섰을 때는 신시(오후 4시)쯤 되었다.

경복궁 등 궁궐 태반이 손실되었기 때문에 광해는 동궁을 홍문관 관사로 사용했다.

사랑채로 들어설 때 뒤에서 장교가 따라왔다.

세자 관사를 경호하는 장교다.

"저하, 드릴 말씀이 있습니다."

장교의 말에 광해가 멈춰 섰다.

"무엇이냐?"

마당에는 둘이 서 있었지만 장교가 목소리를 낮췄다.

"소인이 3년 전에 순찰사 나리의 휘하 장교였습니다."

"순찰사라니? 누구냐?"

"최경훈 순찰사입니다."

순간 숨을 죽인 광해에게 장교가 목소리를 더 낮췄다.

"순찰사께서 오셨습니다."

잠시 후에 사랑채 끝 방으로 사내 하나가 들어섰다.

두건을 썼고 상민 행색이지만 건장한 체격이다.

안쪽에 앉아있던 광해가 사내를 보더니 벌떡 일어섰다.

전(前) 순찰사 최경훈인 것이다.

"최 공(公)."

광해의 목소리가 떨렸다.

"저하."

시선을 받은 최경훈이 바로 방바닥에 엎드려 절을 했다.

"신(臣) 최경훈이 저하를 뵙습니다."

"일어나 앉으시오."

다가간 광해가 최경훈의 어깨를 당겨 세우면서 말했다. 얼굴이 상기되었고 목소리가 떨렸다.

"여긴 어쩐 일이시오? 지금까지 어디 계셨던 것이오? 이산에게 가신 것이 아니오?"

최경훈이 상반신을 세웠을 때 광해가 앞쪽에 앉으면서 물었다.

그때 최경훈이 숨을 고르고 나서 말했다.

"제가 이 공(公)하고 같이 왔습니다."

"무어?"

놀란 광해에게 최경훈이 지금까지의 사연을 이야기해주었다.

사연이 길어서 그동안 하인이 들어와 방에 촛불을 켰고 다시 한참 후에는 저녁상을 가져왔다.

최경훈의 이야기는 저녁을 다 먹은 후까지 계속되었다.

이윽고 최경훈의 이야기가 끝났을 때 광해가 길게 숨을 뱉었다.

"이제 이산은 내 손이 닿지 않는 곳에 떠 있는 영웅이야."

"저하, 이 공(公)께서도 저하를 뵙겠다고 하셨습니다."

"이 공(公)이 이제는 그대의 주군 아니신가?"

"그렇습니다, 저하."

"나도 이 공(公)을 형님으로 모시겠다고 전해드리게."

"저하."

놀란 최경훈이 숨을 들이켰을 때 광해가 빙그레 웃었다.

"이제는 이 공(公)과의 관계가 제대로 정립될 수 있을 것 같네. 이 공은 누르하치 님과 형제의 의를 맺었다고 하지 않는가?"

"예, 저하."

"이 공(公)께 전해주게."

광해의 눈이 생기로 번들거렸다.

"내가 기다리겠네."

"요시다가 돌아왔습니다."

곤도가 말하자 이산이 고개를 들었다.

해시(오후 10시) 무렵.

곤도의 부하 요시다가 한양성으로 옮겨와 있는 가토의 밀정대에 다녀온 것이다.

"불러라."

"예, 주군. 밀정대 부장과 함께 왔습니다."

몸을 돌린 곤도가 사라지더니 곧 요시다와 사내 하나를 대동하고 방으로 들어왔다.

"오, 다녀왔느냐?"

이산이 묻자 두 사내가 방바닥에 두 손을 짚고 엎드렸다.

조선인 복색으로 상투까지 올린 사내가 밀정대에서 온 사내다.

이산의 시선을 받은 사내가 인사를 했다.

"한양성에 와 있는 사이토입니다."

"사이토, 기노는 가토 님께 갔나?"

이산이 묻자 사이토가 고개를 들었다.

"기노 님은 지난달에 사망하셨습니다."

순간 이산이 숨을 멈췄고 옆쪽의 요시다, 곤도까지 몸을 굳혔다.

이산이 다시 물었다.

"어떻게 사망했나?"

"가토 님을 뵙고 오는 길에 기습을 받았습니다."

고개를 숙인 사이토가 말을 이었다.

"조령을 넘다가 매복한 적의 기습을 받았는데 일행 다섯 중 기노 님을 포함한 넷이 죽고 중상을 입은 하나가 겨우 빠져나왔습니다."

"……."

"타카네란 자인데 중상을 입고 충주까지 걸어와서 오니시란 제 동료에게 기습을 받았다는 말을 전하고 죽었습니다."

"누가 기습했나?"

"고니시 님의 자객 같습니다. 모두 일본도를 썼고 소리 없이 덤볐으며, 10명 정도였답니다."

사이토의 두 눈이 번들거렸다.

"우리도 상대방을 5, 6명 베었지만, 처음에 둘이 죽는 바람에 당했습니다."

"기노는?"

"기노 님이 둘을 베어 죽이고 쓰러지면서 도망쳐서 알리라고 소리쳤다고 합니다."

"……."

"가토 님 본진을 나올 때부터 미행당한 것 같다고 했습니다."

"시신은 거두었나?"

그때 사이토가 고개를 들고 이산을 보았다.

"가토 님께 보고를 했더니 1개 부대를 보내 수색했지만 찾지 못했습니다."

"……."

"그래서 가토 님은 종군 중인 스님을 보내 그 장소에다 제를 지내주셨다고 합니다."

이산이 마침내 외면했다.

가토 기요마사는 불교 신자다.

가토로서는 최대한의 예우를 해준 것이다.

방에 무거운 정적이 덮였다.

모두 이산과 기노의 관계를 아는 것이다.

이산은 벽에 시선을 준 채 한동안 움직이지 않았다.

왜녀(倭女)지만 기노는 이산을 믿고 지원해준 동지였다.

그리고 의지했던 여자였다.

전란 중에 만난 첫 여인이기도 했다.

요동으로 찾아왔을 때의 기노의 모습이 떠올랐다.

기노를 배웅했을 때 이것이 마지막이 될지도 모른다고 말했던 목소리도 귀에서 울리고 있다.

사신(使臣) 사헌의 위세는 임금을 압도했다.

행인사(行人司)라는 외교관청의 행인(行人)은 그저 중급관리일 뿐인데도 왕의 상석에 앉았다.

왜(倭)에 점령당할 뻔한 조선 왕조를 구해준 대국의 사신인 것이다.

이곳은 정릉행궁의 청 안.

겨우 마룻장을 갈아 끼운 청에서 사헌과 선조가 마주 보고 앉아있다.

그 아래쪽 청에 대신들이 늘어앉아 있었는데, 모두 숨을 죽이고 있다.

미시(오후 2시) 무렵.

청의 사방은 문이 닫혀있었지만 추운 날씨다. 청 안이 냉기에 덮여 있다.

그때 사헌이 입을 열었다.

"병부시랑 고양겸 공(公)이 요동에서 보낸 공문을 읽으셨을 터이니 그 대답도 들어야겠소. 전하께선 이 나라를 대명(大明)의 보호하에 맡기실 것인지, 아니면 다른 대책이 있으신지를 말씀해주시오."

통역을 들은 선조의 얼굴이 하얗게 굳어졌다.

아래쪽 대신들도 술렁대다가 곧 조용해졌다.

엄청난 사건이기 때문이다.

그때 유성룡이 입을 열었다.

"그것은 우리 전하께서 말씀드릴 일이 아니오!"

유성룡의 목소리가 청을 울렸다.

역관이 통역하자 사헌이 유성룡을 보았다.

"그럼 누가 결정한단 말이오?"

"조정의 대신들과 의병장까지 중지를 모아 대사(大事)를 결정할 것이오."

"지금까지 그렇게 했소?"

되물은 사헌의 얼굴에 쓴웃음이 번졌다.

"대감, 밖에 나가 아무 백성이나 잡고 물어보시오. 민심이 어떤지나 알고 하는 말씀이오?"

사헌의 목소리가 울린 것은 모두 숨을 죽이고 있기 때문이다.

사헌의 시선이 똑바로 선조에게 옮겨졌다.

얼굴이 굳어진 선조가 급히 시선을 피했고 사헌이 목소리를 높였다.

"지금 사천총병(四川總兵) 유정 장군이 조선 땅의 명군(明軍)을 지휘하고 남아있으나 조선 조정의 대책을 보고 철군할 수도 있다는 것을 명심해야 할 것이오."

엄청난 선언이다.

명군(明軍)이 철수할 수도 있다는 말이다.

모두 침묵했고 사헌이 자리에서 일어섰다.

팔도도순찰사 한응인은 대신들 사이에 끼어 서 있었지만, 이번 사헌과의 대담에서는 입도 벙긋하지 않았다.

사헌이 들어왔을 때부터 슬슬 피해서 시선도 마주치지 않았다.

사헌이 청을 나갔을 때에서야 몸을 편 한응인이 옆에 선 우찬성 박응배를 보았다. 우찬성은 종1품 대신이다.

"안하무인이군요."

그러자 박응배가 고개를 끄덕였다.

"저자는 명(明) 조정에서 5품 반열에도 못 드는 말직이오. 내가 재작년 명에 갔을 때 내 시중을 들던 자였소."

"저자가 뇌물을 먹습니까?"

"먹겠지요."

박응배가 말을 이었다.

"뇌물 안 먹는 명(明) 관리가 있겠습니까? 다 먹습니다."

"그럼 대감께서 저자를 은밀히 만나시는 것이 어떻소?"

그러자 박응배가 한 걸음 물러섰다.

청에 있던 대신들이 임금과 함께 다 빠져나갔기 때문에 안에는 둘뿐이다.

박응배가 고개부터 저었다.

"나는 못 갑니다."

"금자를 준비할 테니 사헌한테 건네주고 오시기만 하면 됩니다."

"못 하겠소."

"주상 대신 부탁하는 것이오."

"아니, 대감이 주상 대리인이시오?"

마침내 박응배가 눈을 치켜뜨고 물었다.

"주상이 시키지도 않았지 않소?"

"지시하셨소."

"믿지 못하겠소."

박응배가 결연한 표정으로 말을 이었다.

"그런 식으로 명 사신을 대했다가 큰일이 날 수 있소. 대감이 조심해야 할 것이오."

박응배가 몸을 돌렸기 때문에 한응인의 입술이 비틀려졌다.

그날 저녁 유시(오후 6시) 무렵이 되었을 때, 유성룡의 사저로 이조정랑 한택이 찾아왔다.

바쁘게 달려왔는지 숨을 몰아쉬고 있다.

"무슨 일인가?"

놀란 유성룡이 물었을 때 한택이 숨을 고르고 나서 말했다.

"대감, 어명입니다. 우찬성 박응배를 파직시키라는 어명이오."

"무엇이? 우찬성을 왜?"

"모릅니다. 그저 도순찰사 한응인의 전갈을 받았습니다."

유성룡이 어깨를 부풀렸다가 내렸다.

이조정랑은 정5품 하급직이지만 정부 관리의 인사권을 쥔 관리다.

정1품 영의정에서 종5품 현령에 이르기까지 이조정랑의 손을 거쳐서 임명된다.

그때 한택이 말을 이었다.

"갑자기 도순찰사가 오더니 어명이라면서 우찬성을 파직시키라는 것입니다."

"그것은 안 되겠어."

유성룡이 고개를 저었다.

"의정부의 합의가 끝나고 어명을 받들기로 할 테니까 보류하게."

"예, 대감."

"돌아가는 길에 좌의정, 우의정 대감께 기별해서 이쪽으로 오시라고 전하게."

그러자 한택이 어깨를 늘어뜨렸다.

유성룡이 앞에 앉은 좌의정 윤두수, 우의정 최만을 보았다.

윤두수는 1533년생이니 61세, 최만은 1524년생으로 70세다.

유성룡이 1542년생으로 52세, 가장 연하다.

술시(오후 8시)가 넘었다.

내막을 들은 두 정승은 입을 열지 않는다.

임금은 난데없는 인사를 자주 했지만, 이번 우찬성 박응배의 파직은 전혀 상상 밖이었다.

임금의 최측근인 한응인을 시켜서 파직 어명을 내린 것도 세 정승의 심기를 불안하게 만들었다.

그러나 조정에서 온갖 사화를 다 겪은 세 정승이다.

입을 꾹 다물고 앉아있다.

지금 셋은 박응배를 기다리고 있다.

영문을 알아보기 위해서 박응배를 부른 것이다.

박응배가 들어섰을 때는 한 식경쯤이 지난 후다.

세 정승을 본 박응배가 고개를 숙여 보이더니 방의 윗목에 앉았다.

불린 내막을 알기 때문에 그늘진 얼굴이다.

그러나 박응배도 54세, 종1품 대신이다.

그때 고개를 든 박응배가 셋을 보았다.

영의정, 좌의정, 우의정 이 셋을 의정부라고 한다.

조정의 최고위층 대신이다.

"부르셨습니까?"

"이조정랑이 말씀해줍디까?"

나이가 가장 연장자인 최만이 묻자 박응배가 고개를 끄덕였다.

"예, 전하께서 한응인을 시켜 소인을 파직시키라고 했다는군요."

"그 이유가 무엇이라고 생각하시오?"

"청에서 사헌이 돌아갔을 때 한응인이가 다가와 말하더군요."

기다렸다는 듯이 박응배가 털어놓았다.

"제가 사헌과 안면이 있으니 뇌물을 갖다 주라는 것이었습니다. 전하의 허락을 받은 것이라고 했습니다."

"……."

"소인이 일언지하에 거절했습니다. 명 관리들이 뇌물은 먹지만 그런 식으로 대하면 큰일이 날 수 있다고 했지요. 그랬더니 한응인이……."

말을 그친 박응배가 입을 다물었기 때문에 윤두수가 물었다.

"주상께 아뢴 것이군."

"아니오."

박응배가 고개를 저었다.

"바로 인빈께 달려가 보고했습니다. 형조참판이 내궁으로 들어가는 한응인을 보았다고 합디다."

"……."

"곧 인빈의 상궁이 승지 안익선에게 연락했고 곧 주상은 인빈의 내궁에 드셨소."

"……."

"그곳에서 주상이 다시 한응인을 불러 나를 파직하라는 어명을 내리신 것이오."

박응배가 흐려진 눈으로 세 정승을 번갈아 보았다.

"내가 파직되었다는 소문이 돌자 밤중에도 형조참판 정인호, 승지 안익선까지 달려와 내막을 알려주었기 때문에 이렇게 말씀드리는 것입니다."

박응배가 갑자기 두 손을 방바닥에 짚고 세 정승을 향해 절을 했다.
"세 정승께서는 부디 백성을 위하여 몸을 보존해주시기 바랍니다."
그러더니 박응배가 몸을 일으켰다.
박응배가 방을 나갈 때까지 세 정승은 입을 열지 않았다.

다음 날 아침.
진시(오전 8시) 무렵이 되었을 때 대사헌 오환이 달려왔다.
어젯밤 잠을 설친 유성룡이 보리죽을 한술 뜨다가 만 후다.
방으로 들어선 오환이 털썩 앉으면서 말했다.
"대감, 어젯밤에 우찬성 박응배가 목을 매달고 죽었소."
오환이 흐린 눈으로 유성룡을 보았다.
"유서도 남기지 않았구려."
오환은 유성룡과 동문수학한 친구다.
박응배의 파직 소동은 이미 한양성의 조정 고관들 사이에 퍼져있다.
유성룡이 어깨를 늘어뜨렸지만 입을 열지는 않았다.
"대감, 박응배는 억울하게 죽었소."
어깨를 부풀린 오환이 말을 이었다.
"임금이 무리한 요구를 하는 바람에 충신이 죽었소."
"……."
"명(明) 사신에게 뇌물을 줘서 왕위를 보전한다는 것 아니오?"
"……."
"먼저 한응인을 탄핵해야 합니다. 의정부에서 탄핵을 해주시오."
"……."
"그러지 않으면 대사간 최기준과 함께 탄핵을 하겠소."

그때 유성룡이 입을 열었다.

"어젯밤 박응배가 떠나면서 말합디다."

오환의 시선을 받은 유성룡이 말을 이었다.

"우리 셋에게 백성을 위해 일해달라고 합디다."

고개를 숙인 유성룡의 목소리가 떨렸다.

"먼저 백성부터 생각하고 결정합시다."

남산 아래쪽의 저택 대문으로 들어선 광해의 앞으로 사내 하나가 다가와 허리를 굽혔다.

"제가 모시겠습니다."

신시(오후 4시) 무렵.

광해는 별장과 군관까지 셋만 거느리고 행차한 것이다.

이곳까지 광해를 안내해 온 사내는 대문 앞에서 사라졌다.

건물 모퉁이를 돌자 다시 대문이 나타났다.

대문 앞에는 사내 둘이 서 있었는데, 이산과 최경훈이다.

광해를 본 이산이 그 자리에서 엎드렸다.

"저하."

두 손을 땅바닥에 붙인 채 이산이 고개를 들고 광해를 보았다.

눈에 물기가 고여서 번들거렸다.

"오, 이 공(公)."

다가간 광해가 이산의 팔을 잡아 일으켜 세웠다.

"살아계셔서 반갑소."

광해가 이산에게 존댓말을 썼다.

"저하, 그동안 심려를 끼쳐드렸습니다."

"이 공(公)은 이제 조선의 영웅이시오."

그때 최경훈이 광해에게 말했다.

"저하, 방으로 드시지요."

방으로 들어선 광해에게 이산이 다시 절을 했다.

셋이 자리 잡고 앉았을 때 이산이 먼저 입을 열었다.

"저하, 제가 요동에서 저하를 뵈려고 밀행해 온 것입니다."

이산이 번들거리는 눈으로 광해를 보았다.

"저하께서 조선을 바로 세우셔야 합니다. 소인이 북쪽에서 돕겠습니다."

"백성이 남아있어야 나라가 있는 것 아니오?"

되물은 광해가 이산을 보았다.

"이대로 가면 백성의 씨가 마를 것이오."

"저하, 저는 지금 요동에서 명군(明軍)과 싸우는 중입니다."

광해가 숨을 죽였고 이산이 말을 이었다.

"요동서북면방어군(軍)을 격파했고 동북면군(軍)과는 대치 중입니다. 그리고 동쪽의 여진 대족장 누르하치하고는 형제의 의(義)를 맺고 제 군사와 동맹 관계가 되었습니다. 저는 앞으로 누르하치와 함께 대륙을 정복해갈 것입니다."

"오오!"

광해가 한숨과 같은 탄성을 뱉었다.

"이 공(公), 내가 세자라는 탈을 내던지고 이 공을 수행하고 싶소."

그때 이산이 번들거리는 눈으로 광해를 보았다.

"저하, 외세에 좌절하지 마소서. 소인이 명(明)의 사신 사헌을 노중(路中)에 처단하겠습니다."

"아니, 이 공(公)."

놀란 광해가 숨을 들이켰다.

명(明)의 사신을 처단하다니.

조선 땅에서는 마른하늘에서 벼락이 떨어지는 것 같은 일이다.

조선 임금에 대한 반역보다 수십 배 무서운 일인 것이다.

"그것이 무슨 말씀이시오?"

"사헌이 명(明)에 발을 딛었을 때 베어 죽이겠사오니 심려하지 마옵소서."

"이 공(公)."

"따라서 사헌에게 어떤 말씀을 하셔도 됩니다. 북경까지 가는 동안 머리가 몸통에서 떨어질 테니까요."

광해가 어깨를 늘어뜨렸을 때 최경훈이 입을 열었다.

"저하, 이 공(公)이 북방에 계시는 동안 저하는 안심하셔도 되실 것입니다."

최경훈이 말을 이었다.

"이제 명(明)은 병든 호랑이입니다. 더 이상 조선에 증원군을 파병할 여력도 없습니다. 그것은 주군께서 요동의 양대(兩大) 군을 무력화시켰기 때문입니다."

그때 이산이 말을 맺는다.

"저하, 북방에 소인이 있습니다. 명(明)으로부터의 압박은 막아낼 터이니 견디시기 바랍니다."

"부끄럽소."

마침내 광해가 고개를 떨구고 말했다.

"그리고 고맙소, 이 공(公)."

오사카 성 내성의 2층 청 안.

7층 건물이었지만 히데요시는 2층 이상으로는 거의 올라가지 않는다.

겨울이어서 사방의 덧문을 닫았고 붉은 기둥마다 등이 붙어 있다.

히데요시가 앞에 앉은 미요시와 미쓰나리를 번갈아 보았다.

신시(오후 4시) 무렵이다.

"하시바 이산의 기반이 요동에서 굳혀진 상황이야. 그렇지 않나?"

"예, 전하."

미쓰나리가 대답했다.

"누르하치와 의형제를 맺은 사이입니다. 여진군을 8기군(八旗軍)으로 재편성해준 데다 명(明)의 요동서북면군, 동북면군도 격파했습니다."

"하시바 이산이 제 할 일은 했다."

히데요시가 만족한 표정으로 말을 이었다.

"요동으로 보낸 밑천은 다 뽑았어. 명(明)이 더 이상 증원군을 내보내지 못할 상황이 된 거다."

"그 이상입니다, 전하."

미쓰나리가 거들었다.

"누르하치와 함께 요동을 석권하고 북경으로 진군하면 하시바 이산이 전하를 대신해서 대륙을 석권하게 되는 것입니다."

"넌 역시 말은 잘한다."

그때 미요시가 헛기침을 했다.

"주군, 고정하시지요."

"미요시."

눈을 가늘게 뜬 히데요시가 미요시를 보았다.

"너, 찬물 끼얹을 일 있느냐?"

"이산은 이미 고삐 풀린 말입니다. 초원으로 도망쳐서 야생마 무리에 끼어 있는 상황입니다."

비요시가 말을 이었다.

"휘하의 부대도 이미 이산의 복심이 되었을 테니 전하 뜻대로 움직일 가능성이 적습니다."

"이보시오, 미요시 님."

미쓰나리가 미요시를 향해 돌아앉았다.

"이산의 군사(軍師)로 사콘이 보내졌소. 사콘이 보낸 전령이 수시로 온단 말이오. 이산이 배신할 기미는 없소."

"군사(軍師)로 사콘만 있는 것이 아니오. 이에야스 님이 보낸 무라다도 있고 이산의 측근 스즈키도 있소."

"사콘이 선임이오."

"이산이 사콘 말만 듣는 게 아니오."

그때 히데요시가 혀를 찼다.

"시끄럽다."

둘이 입을 다물었을 때 히데요시가 정색하고 말했다.

"이산이 요동에서 횡행하는 것만으로도 우리는 대성공한 것이다. 아느냐?"

둘의 시선을 받은 히데요시가 말을 이었다.

"첫째, 이산이 사이토, 시타케의 영지를 소탕했을 뿐만 아니라 그곳 불순분자를 다 이끌고 요동으로 갔다. 맞느냐?"

히데요시의 목소리가 노래처럼 고저장단이 맞춰졌다.

"둘째, 이산은 요동에서 명군(明軍)의 조선 진입을 막았을 뿐 아니라 명(明)의 기력을 죽였다. 이제 누르하치와 함께 대업(大業)을 도모할 수 있을 것이다."

고개를 든 히데요시의 두 눈이 번들거렸다.

"따라서 1만 병력과 이산만으로 나는 대륙을 일본과 우호적으로 만든 셈이다. 그렇지 않으냐?"

히데요시가 둘을 번갈아 바라보았을 때 미요시가 먼저 고개를 끄덕였다.

"맞습니다."

"그렇습니다, 전하."

미쓰나리가 따라서 대답했을 때 히데요시가 말했다.

"하시바 이산에게 연락해서 사콘을 나에게 보내라고 전해라. 내가 사콘한테 지시할 것이 있다."

"한응인의 측근으로 홍문관 부제학 양숙진이 뱀의 혀 같은 인물입니다."

밖에서 돌아온 최경훈이 이산에게 보고했다.

유시(오후 6시) 무렵.

고 서방의 사택 안이다.

최경훈이 말을 이었다.

"이자는 정3품 고위직이면서 지금까지 10여 명의 관리를 고발해서 귀양을 보내거나 파면을 시켰습니다. 모두 반대파입니다. 파면을 당한 전라병사 심탁은 공을 세웠는데도 오히려 패전했다고 죄를 뒤집어씌웠습니다."

그때 이산이 말했다.

"그런 놈은 입에서 말을 내놓기도 더럽네. 위사를 데려가서 베게."

"예, 왜군 기습조 행세를 하지요."

이산이 고개를 끄덕였다.

광해를 만났으니 이제 곧 돌아가야 한다.

밤, 술시(오후 8시)가 넘자 주위는 짙은 적막에 덮였다.

이곳은 남대문 밖의 진사골.

본래는 민가가 3채뿐인 길가였지만 한양성에 임금이 돌아오고 나서 피난민들이 모여들어 마을을 이루었다.

골짜기에서 개울이 흐르는 데다 성문이 열리면 성안으로 들어가기 쉽기 때문이다.

성안에는 병영이 두 곳이나 있어서 음식 쓰레기가 나오는 데다 운이 좋은 날은 죽을 먹을 수 있다.

호조에서 보리죽을 나눠주기도 하기 때문이다.

그러나 성안에 돌아다니는 비렁뱅이는 모두 노인들이다.

그중 절반은 코와 귀가 떨어진 괴물이다.

젊은 사내는 모두 군역으로 뽑혔거나 도둑이 되었고 여자는 왜나 명군에 잡혀갔거나 숨었다.

아이는 눈을 씻고 찾으려고 해도 보이지 않는다.

잡아먹혔든지, 죽었든지, 아니면 꼭꼭 숨었기 때문이다.

그 비율은 5 대 4 대 1쯤 된다.

진사골 끝의 거적으로 지붕을 두른 집 안.

구석에 두 아이가 웅크리고 앉아있다.

불도 켜지 않은 방이라 두 쌍의 눈만 짐승처럼 반짝이고 있다.

이런 거적 집이 1백여 호가 모여 있지만, 기침 소리 하나 들리지 않는다.

아이들의 울음소리는 말할 것도 없다.

들린다면 짐승 같은 인간들이 달려들 것이었다. 자식을 잡아먹는 세상인 것이다.

그런데 이곳에 두 아이가 있다.

"왜 안 와?"

어둠 속에서 낮은 목소리가 울렸다.

안쪽에 쪼그리고 앉은 조금 더 작은 아이다.

그때 위쪽 아이가 대답했다.

"기다려라. 할아버지는 오실 테니까."

"다른 때는 벌써 왔는데."

"오실 거야."

남대문은 벌써 닫혔다.

그래서 집 밖으로 다니는 사람이 없다.

모두 갯벌의 게처럼 갯벌 바닥으로 숨어든 것이다.

지금 둘은 성안으로 간 할아버지를 기다리는 중이다.

그때 거적문이 흔들리면서 인기척이 일어났다.

놀란 둘이 고개를 들었을 때 찬바람이 밀려오더니 목소리가 울렸다.

"나다."

할아버지다.

다가온 할아버지가 누더기 옷가슴을 헤치더니 헝겊에 싼 뭉치를 내놓았다.

"보리밥 덩이하고 삶은 시래기를 가져왔다. 가슴에 품고 왔으니까 데워졌을 거다."

헝겊 뭉치를 풀면서 할아버지가 말을 이었다.

"내가 물 떠올 테니까 물 먹으면서 천천히 씹어라."

"할아버지는요?"

나이든 아이가 묻자 할아버지가 몸을 돌리면서 말했다.

"난 먼저 먹었다."

"안에 아이가 있군."

아이 목소리를 들은 이산이 옆에 선 양인석을 보았다.

둘은 거적문에서 다섯 보쯤 떨어진 바위 옆에 서 있다.

그들 뒤쪽으로 곤도와 위사 하나가 그림자처럼 서 있다.

이산이 닫힌 남대문 옆 성벽을 넘어가는 사내를 따라온 것이다.

반쯤 허물어진 성벽을 힘겹게 넘어가는 사내가 눈에 띄었기 때문이다.

"둘입니다."

거적 옆으로 다가가 귀를 붙였던 양인석이 돌아와 말했다.

"지금 보리밥을 먹고 있습니다. 할아버지가 물을 먹이는군요."

이산이 고개를 끄덕였다.

거적문이 열렸기 때문에 안에 있던 셋이 대경실색했다.

안으로 사내 둘이 들어섰다.

보리밥 덩이를 시래기와 함께 다 삼킨 두 아이는 가쁜 숨을 뱉고 있는 참이다.

"누, 누구야?"

김기윤이 갈라진 목소리로 물었지만 목소리는 크지 않았다.

아이들은 벽에 몸을 굳힌 채 숨을 멈추고 있다.

그때 사내 하나가 말했다.

"놀라지 말게. 나는 세자 저하의 선전관이었던 이산이라는 사람이네. 요동에 있다가 잠시 내려온 참이라네."

거적 천장이 낮았기 때문에 사내가 자리에 앉았지만, 뒤쪽 사내는 그냥 서 있다.

앉은 사내가 말을 이었다.

"아이들 먹이려고 성벽을 넘어왔는가? 그대는 어디서 왔는가?"

그때 김기윤이 입을 열었다.

"저는 충청도 예산에서 올라온 김기윤이라고 합니다. 이 아이들은 제 손주

올시다."

두 손을 방바닥에 짚은 사내의 목소리가 떨렸다.

"부끄럽지만 제가 급제는 못 했으나 양반입니다. 부친이 나주현감을 지냈고 조부는 정5품 교리를 지냈지요. 왜란이 일어나 피란 가던 제 일족이 몰사당하고 뒤에 쳐졌던 저하고 손주 셋, 하인 둘이 남았지요."

숨을 고른 사내가 말을 이었다.

"숨어있다가 하인 둘도 도망치고 손녀 하나도 굶어 죽었기 때문에 한양까지 오는 데 두 달 반이 걸렸구만요."

"……."

"임금이 환궁한다는 소문을 듣고 올라온 것입니다."

"……."

"이곳에 온 지 한 달이 되었습니다. 하지만 이렇게 살다가는 저희도 얼마 가지 못할 것 같습니다."

"손자 나이가 몇 살인가?"

"큰애는 딸이고 아홉 살, 밑에 사내아이가 여섯 살입니다."

사내가 가쁜 숨을 뱉고 나서 말했다.

"저는 62살이 되었구만요."

"손자가 장성할 때까지는 살게."

"예, 선전관 나리."

"나는 요동에서 왜군을 지휘하는 원정군 사령관일세."

"숨어 지내도 나리 명성은 다 듣습니다. 나리는 저희의 희망이올시다."

"무슨 희망인가?"

"나리가 군사를 이끌고 남하하셔서 새 왕조를 세워주시는 것입니다. 오랑캐와 왜놈들이 두려워 떠는 왕조를 말씀이오."

사내의 목소리가 떨렸다.

"왜놈에게 도륙을 당하고 이어서 오랑캐들에게도 짐승 취급을 받는 이 백성들이 무슨 죄가 있습니까? 오직 임금을 잘못 만난 때문입니다."

그때 이산이 소매춤에서 주머니 하나를 꺼내 사내에게 내밀었다.

"김기윤이라고 했는가? 이걸 받게."

이산이 사내의 앞에 주머니를 내려놓았다.

"금반지 10개가 들었네. 이것이면 1년은 버틸 수가 있겠지."

자리에서 일어선 이산이 말을 이었다.

"우선 손주들이나 살려서 대를 잇도록 하게."

몸을 돌리면서 이산이 아직도 구석에서 석상처럼 쪼그리고 앉은 아이들을 보았다.

"저 아이들이 희망이네. 기를 쓰고 살려야 하네."

그 시간에 최경훈이 성안 북촌의 저택 벽에 기대 서 있다.

최경훈의 옆에는 위사대에서 골라 온 니시무라, 모리까지 둘이 붙어 서 있다.

최경훈이 니시무라에게 말했다.

"행랑채, 사랑채 앞에 하인 하나씩이 있을 뿐이야. 내가 사랑채에 가서 양숙진을 베고 나올 테니까 너희들은 사랑채 앞에서 기다리도록."

오늘 밤 간신 양숙진을 처단할 예정이다.

그것이 조선을 위해 최경훈이 할 수 있는 최선의 일이다.

"잘 들어라."

헛기침을 한 양숙진이 앞에 앉은 두 아들을 보았다.

사랑채 안방 안.

앞에 앉은 두 아들은 각각 24세, 20세.

큰아들 양동호는 종5품 한성부 판관 벼슬이며 둘째 양성호는 아직 급제를 안 했지만 사간원에 다니고 있다.

아비 양숙진이 정3품 홍문관 부제학으로 권력의 실세이기 때문이다.

권력의 실세는 옛적 신라시대나 조선시대인 지금도 마찬가지로 임금의 주변에 머무는 인물들이다.

같은 등급이라도 임금 주변의 인물이 실세다.

양숙진은 한응인의 최측근으로 거의 매일 임금의 부름을 받는 것이다.

그때 양숙진이 말을 이었다.

"명(明) 사신 사헌이 떵떵거리고 있지만, 그놈은 떠나면 그만이다. 주상께서는 잘 달래어서 보내실 작정이야."

"민심이 흉흉합니다."

관직에 있는 양동호가 말했다.

"사헌에 대한 원성보다도 조정을 원망하는 소리가 높습니다, 아버님."

"아직도 정여립의 일당이 무지한 백성들을 선동하고 있는 거다."

정색한 양숙진이 말을 이었다.

"몇 놈을 잡아서 주리를 틀면 잠잠해질 것이다."

"아버님."

둘째 양성호가 입을 열었다.

"배춘식 응교가 저녁때 쌀 3가마를 가져왔습니다. 해주 본가에서 가져온 것이라고 합니다."

"흠. 배 응교가 한성부 서윤으로 직을 옮기고 싶다는 눈치를 보이더니."

쓴웃음을 지은 양숙진이 고개를 돌려 양동호를 보았다.

"네가 내일 배 응교를 만나서 쌀을 5가마만 더 가져오라고 해라. 그러면 무슨 말인지 눈치를 챌 것이다."

"예, 아버님."

그때 뒤쪽 방문이 열렸기 때문에 문 쪽을 향해 앉아있던 양숙진이 고개를 들었다.

양숙진이 눈을 치켜떴다.

"누구냐?"

그 순간 최경환이 훌쩍 몸을 날렸다.

한 걸음, 두 걸음 만에 앞으로 다가섰을 때다.

양숙진은 엉거주춤 몸을 일으키려는 중이었고 등을 보이고 앉은 두 아들은 이쪽으로 고개만 돌린 상태다.

"얏!"

낮고 짧은 외침을 뱉으면서 최경환이 칼을 후려쳤다.

"퍽!"

섬광처럼 날아간 칼날이 양숙진의 목을 쳤다.

양숙진이 신음도 뱉지 못하고 옆으로 쓰러지기도 전이다.

다시 내려친 칼날이 양동호의 목을 비스듬히 쳤다. 그 순간 양숙진의 잘린 목에서 피가 분수처럼 솟았고 그것이 둘째 아들 양성호의 얼굴에 튀었다.

"악!"

양동호는 비명도 지르지 못했고, 양성호의 비명만이 방 안을 울렸다.

"으아악!"

다시 비명이 터졌다.

최경훈의 장검이 양성호의 가슴을 꿰뚫고 등 밖으로 빠져나갔다.

다음 날 아침.

진시(오전 8시) 무렵.

한응인이 저택에서 아침상을 받고 있을 때다.

집사 정 서방이 마당에서 소리쳐 불렀다.

"대감! 드릴 말씀이 있습니다."

분위기가 수상했기 때문에 수저를 내려놓은 한응인이 자리에서 일어섰다.

정 서방은 50대로 대를 이은 종이다. 한응인이 어렸을 때는 업고 다녔다.

마루로 나온 한응인이 정 서방을 내려다보았다.

"무슨 일로 소란이냐?"

그때 정 서방이 바짝 다가섰다.

"어젯밤 부제학이 참살당했습니다."

"부제학 누구 말이냐?"

엉겁결에 되물었더니 정 서방이 숨을 골랐다.

"양숙진 영감 말씀이오."

"무엇이? 양숙진이?"

"예, 아들 둘과 셋이 사랑방에 있다가 셋 다 칼을 맞았습니다."

"어, 어떤 놈이……."

"왜군입니다."

"왜군?"

"예, 하인 넷까지 죽였는데, 사랑채에 있던 금자 궤짝을 가져가면서 어지럽게 왜말을 했답니다."

"……."

"왜말로 서로 주고받으면서 안채까지 쳐들어왔는데, 안방마님의 패물 궤짝까지 가져갔다고 합니다."

"……."

"부제학 삼부자(三父子)를 포함해서 하인들까지 7명이 칼을 맞고 죽었습니다. 지금 포청의 포졸들이 집에 가득 차 있답니다."

"이런."

마침내 정신을 차린 한응인이 어깨를 늘어뜨렸다.

복심 하나가 또 죽었다.

그때 정 서방이 물었다.

"대감, 견마를 준비할까요?"

"아니, 되었다."

고개를 저은 한응인이 몸을 돌렸다.

"어전에 가야 한다."

가기 전에 먹다 만 아침도 끝내야 한다.

서대문을 나온 일행이 5리(2.5킬로)쯤 나아갔을 때 이산이 말했다.

"생각 같아서는 한응인까지 베어 죽이고 싶었지만, 또 사화가 일어날까 봐 그만두었다."

일행은 모두 말을 탔고 조선군 관리 행색이다.

고 서방이 관복을 준비해주었고 말과 무기까지 갖춰줬기 때문에 성문을 나올 때는 수문장의 군례까지 받았다.

최경훈이 이산에게 말했다.

"명의 사신 사헌이 곧 출발한다니 국경을 건너서 기다려야겠습니다."

이산이 고개를 끄덕였다.

동북면방어사 왕준은 가족을 피신시킬 때까지 움직이지 않는 상태다.

요동으로 들어가 소식을 기다려야 한다.

임금은 고개를 들고 광해를 보았다.

신시(오후 4시) 무렵.

어젯밤 양숙진 삼부자의 피살 사건은 조정을 긴장시키고도 남았다.

임금은 오전 조회 때 영의정 유성룡의 보고를 받고 한동안 입을 열지 않았다.

그러고 나서 왕궁의 경비를 배로 늘렸고 선전관청의 정3품 선전관을 시위대장으로 임명하여 왕궁 시위대를 통합시켰다.

한응인의 제안에 따른 것이다.

본래 어영청이 도성 숙위를 담당하는 중앙 5군영 중 하나였지만 종2품 어영대장 황만이 노쇠했기 때문이다.

"세자, 너라면 어떻게 하겠느냐?"

"무엇을 말씀입니까?"

세자가 되묻자 임금이 이맛살을 찌푸렸다.

청 안에는 대신들이 가득 차 있었는데 모두 숨을 죽이고 있다.

지금까지 임금이 세자에게 직접 물은 적이 없었기 때문이다.

조회 때 세자가 나와 있다고 해도 철저히 무시해 온 임금이다.

그때 임금이 다시 입을 열었다.

"명의 사신에게 어떻게 대답할 것이냐고 물었다."

대신들의 시선이 광해에게 옮겨졌다.

조금 전까지 임금은 양숙진의 피살과 왕궁 경비에 대해서 말했던 것이다.

광해가 입을 열었다.

"소자가 사신을 따라 명에 가도록 허락해주시기 바랍니다."

"무엇이?"

임금이 목소리를 높였을 때 청 안에서 숨소리도 나지 않았다.

"네가 명에 간다고?"

"예, 소자가 명(明) 조정에 가서 직접 질책을 받고 해명을 하겠습니다."

"……."

"명(明) 황제 폐하께서 벌을 주신다면 소자가 대신 받겠습니다."

"네가 감히!"

버럭 소리친 임금이 세자를 노려보았기 때문에 광해가 고개를 들었다.

"전하, 소자는……."

"네가 감히 조선 왕 행세를 하겠다는 것이냐!"

"전하, 그것이 아니옵니다. 오히려 소자는 전하 대신으로……."

"내 대신으로?"

임금의 목소리가 더 높아졌다.

"내가 죽기를 고대하고 있느냐!"

"전하, 천부당만부당한 말씀이옵니다."

"이놈! 무엄하다!"

"전하, 제가 대신 벌을 받겠다는 말씀이었습니다."

"또 대신이라고 했느냐?"

그때 영의정 유성룡이 나섰다.

"전하, 고정하시옵소서."

고개를 든 유성룡의 목소리가 높아졌다.

"세자는 효성을 보이신 것입니다. 소신도 그렇게 들었습니다."

"소신도 그렇게 들었소이다."

우의정 최만이 소리치듯 그렇게 말했기 때문에 선조의 어깨가 늘어졌다. 그때 좌의정 윤두수도 거들었다.

"전하, 세자는 전하 대신 벌을 받겠다는 것일 뿐입니다."

윤두수가 다시 대신이라는 말을 넣었지만 임금의 기세는 더 약해졌다.

옆쪽의 한응인, 이천수, 박길무 등의 무리는 입을 다물었다.

유성룡이 나서지 않았다면 일제히 들고 일어나 세자를 탄핵했을 분위기다.

이렇게 말 한마디 잘못 꼬투리를 잡혔다가 일족이 멸문되고 나아가서 그 일당으로 몰려 수백 명의 신하, 수천 명의 가족이 폐문 당하는 경우가 많다.

이른바 사화다.

"아아, 왜 이렇게 되었는고?"

청을 나온 유성룡이 탄식하듯 말한 것은 옆에 걷고 있는 좌의정 윤두수가 들으라고 한 소리다.

돌계단을 내려가던 윤두수가 고개를 들고 유성룡을 보았다.

눈이 흐려져 있다.

"대감, 나는 낙향해야 할 것 같소."

"대감, 무슨 말씀입니까?"

놀란 유성룡이 묻자 윤두수가 계단 위에서 멈춰 섰다.

12월 초.

추운 날씨다.

찬바람이 윤두수의 흰 수염을 날렸다.

"내가 병이 있소. 더 이상 청에서 전하를 올려다볼 수가 없습니다."

"그럼 가끔 등청하셔도 됩니다."

붙어 선 유성룡이 윤두수의 팔을 움켜쥐었다.

유성룡의 눈도 흐려졌다.

"대감, 떠나시면 안 되오. 남아서 세자라도 같이 지켜줍시다."

"대감, 견디지 못하겠소."

마침내 윤두수의 눈에서 눈물이 흘러내렸다.

그것을 본 유성룡이 이를 악물었다.

"대감, 조금만 더 견디어 주시오."

유성룡이 윤두수의 팔을 더 힘껏 움켜쥐었다.

바람이 휘몰려오더니 두 대신의 옷자락을 날렸다.

평양을 지나 숙천까지 닿는 데 만 이틀이 걸렸다.

이제 하루 반나절이면 의주에 닿을 수 있다.

술시(오후 8시) 무렵.

숙천 남쪽 안성현의 주막에 기마대가 닿자 주막 주인이 놀라 뛰어나왔다.

50대의 사내다.

"나리들 오십니까?"

건성으로 인사를 한 사내가 앞에 선 양인석에게 말했다.

"주막에 손님이 다 찼습니다. 숙천성 안으로 가시는 게 나을 것 같습니다."

그 말을 들은 이산이 고개를 들고 주막 뒤쪽을 보았다.

10여 필의 말이 매였고 어른거리는 인기척이 났다.

"아니, 이 시각에 숙천성으로 간단 말인가? 성문도 닫혔을 것 아닌가?"

화가 난 양인석이 소리쳤을 때 주막 안에서 명군(明軍) 하나가 나왔다.

"무슨 일이냐?"

조선말로 묻는 것을 보니 역관이다.

그때 주인이 굽실거리면서 대답했다.

"갑자기 조선군(軍) 행차가 오셔서요. 방 없다고 돌려보내는 중입니다."

그러자 아직도 말에서 내리지 않은 이산 일행을 둘러본 명군(明軍)이 뱉듯이 말했다.

"우리는 총병 유정 각하의 연락관이다. 방이 있어도 너희들하고는 동숙하지 못한다."

그러고는 몸을 돌려 주인과 함께 주막 안으로 사라졌다.

"12명입니다."

주막을 정탐하고 돌아온 모리가 보고했다.

모리는 조선 군관 차림이다.

"방이 4개 있는데, 안방은 연락관이 차지했고 방 2개에 6명이, 그리고 창고에 5명이 들어가 있습니다. 말이 창고 옆까지 20필가량이 매여 있는데 짐이 많은 것 같습니다."

지금 이산 일행은 주막에서 2백 보쯤 떨어진 산기슭에 말을 매어놓고 둘러앉아 있다.

고개를 든 최경훈이 이산을 보았다.

"주군, 조선 주둔군 총사령관인 유정의 연락관입니다. 베어 죽인다면 문제가 될 것 같습니다."

이산이 고개를 끄덕였다.

"이놈들을 앞질러 가서 기다리기로 하지. 서둘 것 없다."

자리에서 일어선 이산이 혼잣소리를 했다.

"조선은 명(明)과 왜(倭)의 속국이 되었다."

누르하치가 앞에 꿇어앉은 전령을 보았다.

깊은 밤.

누르하치의 진막 안이다.

"오르진은 지금 어디에 있나?"

"마리칼 골짜기로 들어갔습니다."

전령이 말을 이었다.

"기마군 1만 5천 정도, 보군은 3만 정도가 됩니다."

"흥, 전군(全軍)을 동원했구나."

"예, 에르카이 부족의 영지에는 여자와 노인, 아이들만 남았습니다."

누르하치가 고개를 끄덕였다.

마리칼 골짜기는 이곳에서 1백여 리(50킬로) 거리다.

이제 누르하치 부족과 에르카이 부족은 요동 동부지역의 패권을 다투게 되는 것이다.

그때 옆에 선 누르하치의 동생 카리단이 말했다.

"오르진의 부대에 4개 부족군(軍)이 포함되어 있습니다. 에르카이 부족까지 5개 부족이지요."

오르진과 연합한 부족들이다.

누르하치는 6개 부족을 연합했기 때문에 이번 전쟁으로 동여진은 통일될 것이다.

그때 고개를 든 누르하치가 물었다.

"지금 이산은 어디에 있느냐?"

"휴전 상태라 전장(戰場)을 순시하고 있답니다."

부장 하나가 대답했다.

"요동동부군도 아직 움직이지 않습니다."

"이산에게 전령을 보내."

누르하치가 목소리를 낮췄다.

"이번에 이산과 연합작전을 할 것이다."

에르카이 부족과의 결전에 연합한다는 말이다.

의주에서 20리(10킬로) 떨어진 요동의 선천현은 조선과 가까워서 무역상과 사신의 통행로다.

그리고 요즘은 조선으로 파병되는 명군(明軍)이 오가는 바람에 주막과 여관이 부쩍 늘었다.

유시(오후 6시) 무렵.

선천현이 바라보이는 개울가에 10여 명의 기마인이 멈춰 섰다.

12월 초의 추운 날씨였고 바람결에 눈가루가 한두 점씩 흘러갔다.

주위는 어두워지고 있다.

"말 무릎도 닿지 않습니다."

개울을 먼저 건너간 선두의 기마병을 보면서 군관이 진청신에게 보고했다.

진청신은 도위 벼슬로 요동성에 머물고 있는 고양겸에게 가는 중이다.

진청신이 말고삐를 감아쥐고 말에 박차를 넣었다.

말이 차가운 물에 들어가기 싫은 듯이 주춤거리다가 개울로 발을 넣었다.

개울의 폭은 50자(15미터) 정도다.

진청신을 선두로 모두 개울로 들어섰다. 물 튀기는 소리가 요란하게 났다.

그 순간이다.

진청신이 몸을 뒤로 젖히더니 그대로 말에서 떨어졌다.

"앗! 도위 나리!"

놀란 수하들의 외침이 개울 위로 퍼졌다.

말에서 뛰어내린 수하들이 개울에 처박힌 진청신을 붙들다가 다시 놀라 소리쳤다.

"아앗! 기습이다!"

이마에 깊숙하게 화살이 박혀있었기 때문이다.

다음 순간 소리친 사내가 가슴을 부둥켜안고 쓰러졌다.

가슴에 화살이 박힌 것이다.

"어엇!"

말에 타고 있던 수행원 하나도 곤두박질을 치면서 개울로 떨어졌다.

"세 명입니다!"

옆에 선 곤도가 낮게 소리쳤다.

"주군, 놈들은 아직 우리 위치도 모르고 있습니다!"

"나가라!"

이산이 소리치면서 4번째 활시위를 힘껏 당겼다가 놓았다.

"쌕!"

바람을 가르는 소리를 내면서 날아간 화살이 수행원 하나의 등판을 꿰뚫었다.

그때는 이미 최경훈을 선두로 위사 셋이 명군(明軍)을 향해 달려가는 중이었다.

거리는 1백 보 정도.

이산 일행은 개울 건너편 나무 그늘 밑에 몸을 숨기고 있었다.

1백 보 거리에서는 10발 10중이다.

한동안 활을 쏘지 않았지만, 활을 구해서 몇 번 시사했더니 제대로 맞혔다.

물보라를 튕기면서 달려간 최경훈이 칼을 내려쳤을 때는 5번째 수행원이 개울로 떨어진 상태다.

"와앗!"

최경훈의 뒤를 따라온 위사 셋은 모두 10인장 급으로 검사(劍士)다.

개울과 주변에서 잠깐 살육이 일어났다.

일방적인 도살이다.

개울 밖으로 도망쳤던 둘은 뒤에서 칼을 맞았고 마지막 하나가 말이 넘어지는 바람에 땅바닥에 내동댕이쳐졌다.

말에서 뛰어내린 최경훈이 칼을 휘둘러 명군(明軍)을 베었다.

이것으로 조선에서 올라온 총병 유정의 연락관 일행은 몰사했다.

부담롱에는 패물과 금은보석이 가득 차 있었는데, 모두 조선에서 강탈해온 것이다.

보물 상자다.

그런 보물 상자가 3개나 되었기 때문에 최경훈도 입을 딱 벌렸다.

"조선 땅에 금은보석이 남아 있지 않겠습니다."

최경훈이 탄식했다.

수행원들이 말에 싣고 가던 재물까지 빼앗은 것이다.

그때 곤도가 위사들과 함께 다가왔다.

연락관과 수행원들의 시신을 묻고 온 것이다. 흔적을 지우기 위해서다.

옷가지는 태우고 말에 실린 시신을 멀리 가져가서 묻고 돌아왔다.

이미 주위는 짙은 어둠에 덮여 있었고 눈발이 흩날리기 시작했다.

이산의 위사 모리를 대동한 양인석이 본진에 도착한 것은 미시(오후 2시) 무렵이다.

양인석이 먼저 왔다는 말을 듣자 사콘과 무라다, 스즈키에 신지까지 다 모였다.

이곳은 전(前)의 진에서 동쪽으로 50리(25킬로)쯤 옮긴 골짜기다.

날씨가 추워졌기 때문에 사방이 막힌 골짜기로 기마군을 옮긴 것이다.

그때 사콘이 먼저 물었다.

"지금 주군은 어디 계신가?"

"이곳에서 서남쪽 5백여 리(250킬로) 지점인 허남성 근처에 가 계실 겁니다."

"언제 이곳에 오실 예정인가?"

"북경에서 왕준의 가족을 다 피신시켰는지 알고 오라고 하셨습니다."

"아직 안 끝난 것 같네."

"주군께선 명의 사신까지 베어 죽이고 돌아오실 것입니다."

양인석이 지금까지의 과정을 말했을 때 이번에는 스즈키가 물었다.

"그대는 주군께 돌아갈 예정인가?"

"예, 위사 1백 기를 데리고 오라는 지시를 받았소."

사콘이 말했다.

"스즈키, 그대가 따라가서 그동안의 일을 말씀드리게."

"그래야겠소."

그러자 신지도 고개를 끄덕였다.

"말을 여분으로 3백 필쯤 가져가는 것이 좋겠어."

국경으로 정찰을 나갔다가 온 최경훈이 이산에게 보고했다.

"주군, 피난민들이 많습니다."

"무슨 말인가?"

"조선에서 넘어온 피난민들입니다."

최경훈이 말을 이었다.

"수천, 수만 명이 됩니다. 특히 아이를 데려온 사람들이 많은데 조선에서는 잡아먹히기 때문입니다."

"……."

"이곳 명(明)도 풍족하지는 않지만, 아이까지 잡아먹지는 않거든요."

최경훈이 얼굴을 일그러뜨리며 웃었다.

"주군, 제가 조선인이라 피난민을 보면 가슴이 미어집니다."

"피난민이 어디에 많은가?"

"국경 동북쪽의 군마현에 많습니다. 그곳 현령이 어질어서 수천 명을 받아들였다고 합니다."

최경훈이 말을 이었다.

"반면에 보정현은 현령이 피난민을 잡아 종으로 팔거나 부모한테서 아이를 떼어내어서 어린아이는 죽이고 일곱 살 위는 모아서 북경에다 판다고 합니다."

"……."

"이미 수백 명이 팔려갔고 지금은 사냥꾼을 고용해서 피난민 사냥을 한다는 것입니다."

"죽일 놈들."

이산이 잇새로 말했다.

이곳은 선천현 위쪽의 산기슭에 있는 민가다.

이곳을 당분간 거처로 사용하고 있다.

광해에게 말한 대로 명(明)의 사신 사헌을 기다렸다가 처단하고 귀대할 예정이다.

그런데 사헌 소식을 알아보려고 국경 근처로 내려갔던 최경훈이 피난민들을 만나고 온 것이다.

고개를 떨군 최경훈이 길게 숨을 뱉었다.

"돌아오다가 거지 생활을 하는 피난민들을 만나 지니고 있던 금붙이를 나눠주고 왔습니다."

이산이 고개를 들었다.

"국경 근처의 현을 몇 개 점령해야겠다."

이산이 말을 이었다.

"그놈, 피난민을 사냥한다는 놈의 현은 관리들까지 몰살하기로 하지."

누르하치가 보낸 사신은 동생 카리단이었다.

그만큼 사안이 중요했기 때문이다.

카리단을 맞은 것은 군사(軍師) 사콘과 무라다다.

"어서 오십시오, 장군."

사콘의 인사를 역관이 통역했다.

"지금 사령관께서는 지방 순시를 나가셨습니다."

"이런, 급한데. 사령관께서는 언제 돌아오십니까?"

낙심한 카리단이 사콘을 보았다.

"곧 사람이 떠납니다. 전하실 말씀이 있으면 인편에 전하도록 하겠습니다."

주위에는 1천인장 급 이상의 지휘관이 모두 모여 있었기 때문에 카리단이 헛기침을 했다.

"곧 누르하치 대족장께서는 오르진 무리와 결전을 벌이게 되오. 군사께서 급히 전해주셨으면 하오."

"언제 공격하십니까?"

"열흘 안에 준비를 다 끝내고 15일 후에는 출정하게 될 것이오."

"우리는 동북면군의 왕준이 투항하기를 기다리고 있습니다."

사콘이 왕준과의 사연을 털어놓았을 때 카리단은 고개를 끄덕였다.

"그렇군. 왕준이 배후를 찌르면 안 될 테니 그때까지 기다려야겠군."

"얼마 남지 않았습니다. 가족을 피신시키려고 떠난 지 보름이 지났으니까요."

"그렇다면 돌아가서 기다리겠소."

카리단이 말을 이었다.

"오르진이 5만 가까운 대군을 모아놓고 있다는 것을 말씀해주시오."

카리단이 돌아간 그다음 날에 사신이 왔다.

바로 히데요시가 보낸 나카노다.

나카노는 히데요시의 중신으로 52세. 1만 5천 석을 받는 영주급 가신이다.

사콘은 이시다 미쓰나리의 가신이었기 때문에 나카노하고는 급(級)이 다르다.

배로 조선 남해와 서해를 돌아온 데다 대륙을 거슬러 오느라고 나카노는 지쳐 있었다.

"영주께선 어디 계신가?"

나카노가 대뜸 이산의 향방부터 물었다.

이산을 영주라고 부른다.

이산이 조정의 관직을 갖지 않고 있었기 때문이다.

당황한 사콘이 대답했다.

"지금 동북면군을 공작 중이라 이산 님께서는 적정 순찰을 나가셨습니다."

"그런가."

고개를 끄덕인 나카노가 장수들을 둘러보았다.

"모두 고생이 많소. 관백 전하께서 모두의 공을 칭찬하셨소."

고개를 든 나카노가 사콘에게 말했다.

"내가 영주께 인사를 올리고 가야겠지만 배를 기다리게 해서 급하네. 사콘, 그대를 데려오라는 관백 전하의 지시네."

"예? 저를 말씀이오?"

"그러네. 서두르게. 내일은 돌아가야겠네."

"나카노 님, 이산 님께 인사나 하고 가야 하지 않습니까?"

"허, 이 사람이."

혀를 찬 나카노의 시선이 옆에 선 무라다와 스즈키까지를 돌아보았다.

"여기 무라다 님도 계시군. 스즈키 군도 있고. 그대 하나가 빠져도 전력(戰力)에 손상은 나지 않을 거네."

"그렇지만 나카노 님, 이산 님께 말씀은 드려야……."

"다시 돌아올 것 아닌가? 준비하게."

나카노의 표정이 굳어졌다.

"관백 전하의 명이네."

더 이상 거부한다면 항명이다.

"스즈키 님, 주군께 전하게."

진막을 나온 사콘이 스즈키에게 말했다.

스즈키는 내일 양인석과 함께 이산에게 갈 계획이었다.

둘은 바위 밑에서 마주 보고 섰다.

"이번에 내가 관백께 불려 가면 돌아오지 못할 것 같네."

"그게 무슨 말씀입니까?"

긴장한 스즈키가 이맛살을 모았다.

"나카노 님도 다시 돌아온다고 하시지 않습니까?"

"이제 원정군의 목적은 이룬 것으로 생각하신 거네. 그래서 더 이상 내가 필요 없는 것이지."

"원정군은 관백님이 버린 패입니까?"

“아니지.”

사콘이 길게 숨을 뱉었다.

“관백이 대륙에 심어놓은 보물이네.”

“그것을 관리할 인물이 필요하지 않습니까?”

“이젠 필요 없다고 생각하신 것이지.”

쓴웃음을 지은 사콘이 스즈키를 보았다.

“내가 없더라도 원정군은 관백께서 기대하신 대로 움직이게 될 테니까.”

그러자 한동안 사콘을 응시하던 스즈키의 눈빛이 흐려졌다.

“어떻게 말씀이오?”

그때 사콘이 말했다.

“스즈키 님, 이산 님께 내 말을 전해드리게.”

“말씀하시오.”

“누르하치가 요동을 석권하면 이산 님은 기수를 남으로 돌려 조선으로 내려가시라고 하게.”

“조선으로 말입니까?”

“조선 임금은 명에 진 빚을 갚으라는 압력을 받고 몇만 명이라도 군사를 동원해서 뒤를 칠 가능성이 있어.”

“그렇지요.”

“누르하치도 사령관의 제의를 반길 것이네. 조선을 누르겠다는 제의 말이네.”

사콘의 두 눈이 번들거렸다.

“기마군 1만이면 충분해. 민심을 잃은 이씨 왕조는 며칠이면 무너져. 우리가 부산에서 한양성까지 20여 일밖에 안 걸렸지만 의주에서 한양까지 내가 장담컨대 열흘이면 되네.”

"과연."

"스즈키, 잘 듣게."

"예, 사콘 님."

"관백께서는 날 부르신 이유가 그것 때문이야."

"짐작이 갑니다."

"이산 님은 세자 광해에게 애정을 품고 계시네. 이번에도 광해를 만나려고 조선에 가신 것이 아닌가?"

"그렇습니다."

"광해만 없으면 이산 님이 조선 조정과는 아무 인연이 없으시네. 오히려 없애버려야 할 양반 세력들이지."

사콘의 목소리가 열기를 띠었다.

"내가 일본에 돌아가서 광해를 처리하겠네. 그것이 관백께서 나를 부르신 이유인 것 같네."

"……."

"광해만 없으면 조선 땅은 이산의 왕조가 세워질 수 있어. 그 보좌역이 스즈키, 자네일세."

그때 고개를 든 스즈키가 사콘을 보았다.

"사콘 님도 처음부터 알고 계셨소? 관백님의 그 의도를 말씀이오."

"떠돌던 그림 조각이 날 부르는 관백의 사신을 만나고 나서 맞춰진 거야."

사콘이 눈의 초점을 잡고 스즈키를 보았다.

"스즈키, 그대가 이산 님과 함께 대업(大業)을 이룰 차례일세."

2장 이산군(軍)의 조선 진입

스즈키가 이산과 합류한 것은 그로부터 닷새 후다.

스즈키는 위사 1백 기와 함께 왔기 때문에 곤도의 얼굴에 웃음이 떠올랐다.

위사장 곤도의 부하들인 것이다.

"주군을 뵙습니다."

스즈키가 무릎을 꿇고 인사를 올렸다.

"스즈키, 잘 왔다."

이산의 얼굴에도 웃음이 떠올랐다.

이산이 물었다.

"왕준의 가족은 도피시켰는가?"

"아직 돌아오지 않았습니다."

스즈키가 이산을 보았다.

"누르하치 님께서 특사를 보내셨고, 관백께서도 특사를 보내 사콘 님을 데려가셨습니다."

스즈키가 사연을 이야기하는 동안 진막 안은 조용해졌다.

이윽고 스즈키의 말이 끝났을 때 이산이 고개를 끄덕였다.

"이제 요동도 격랑이 덮이는 바다처럼 되는구나."

"주군."

스즈키가 고개를 들었다.

"사콘이 떠나기 전에 주군께 말씀을 남겼습니다."

"무엇인가?"

"사콘은 이번에 불려간 후에 돌아오지 못할 것 같다고 했습니다."

"사콘은 관백 전하에게 중요한 참모다."

"특사로 온 나카노는 곧 돌아올 것이라고 했지만 사콘은 은밀히 저한테 말해주었습니다."

진막 안에는 최경훈과 곤도, 양인석까지 모여 있었는데 모두 긴장하고 있다.

스즈키가 말을 이었다.

"누르하치 님과 요동을 석권한 후에 주군께서 조선을 누른다는 명분을 내세우고 조선으로 내려가시라는 것입니다."

"……."

"조선이 명과의 의리를 내세우고 수만 명의 군사로 여진군의 배후를 칠 가능성이 많기 때문에 누르하치 님도 승낙하실 것이라고 했습니다."

스즈키가 이산을 보았다.

"주군께서 1만 기마군으로 남하하시면 열흘 안에 한양성을 점령하실 수 있다는 것입니다."

"됐다."

이산이 손을 들어 말을 막더니 웃음 띤 얼굴로 주위를 둘러보았다.

"나중 일이야. 우선 여진을 통일하고 명군(明軍)을 요동에서 몰아내야 한다."

명(明) 사신 사헌 일행이 국경을 넘었을 때는 신시(오후 4시) 무렵이다.

눈보라가 치는 추운 날씨여서 일행은 서둘러 국경도시 운창으로 향했다. 운창은 국경에서 20리(10킬로)쯤 떨어진 명(明)의 마을로 여관이 있기 때문이다.

"서둘러라!"

경호대장 유광이 소리쳤다.

"유시(오후 6시) 전에는 도착해야 한다."

"서둘 것 없다."

말을 걸리면서 사헌이 말했다.

"국경을 넘으니까 악취가 나지 않는구나."

"과연 그렇습니다."

경호대장 유광이 말을 몰아 나란히 걸으면서 말했다.

"조선 땅은 시체 썩는 악취로 뒤덮여 있었습니다. 과연 대명(大明)으로 오고 나서 공기가 맑아진 것 같습니다."

"저런 임금을 몰아내지 못하는 백성들이니 그 대가를 받는 거야."

"그렇습니까?"

"임금 주변에 제대로 된 신하가 없었다. 영의정 유성룡, 그자도 백성을 위한다고 하지만 용기가 없는 비겁자지."

"무슨 말씀입니까?"

경호대장 유광도 참위 벼슬로 무장(武將)이다.

유광이 정색하고 묻자 사헌은 쓴웃음을 지었다.

"내가 영의정이었다면 장수, 의병장을 규합해서 이씨 왕조를 폐하고 유씨 왕조를 세우든지 세자를 왕으로 옹립했을 것이다."

"대신들이 다 병신들 아닙니까?"

"백성들이 종이나 같아. 조선이란 왕국은 한 줌밖에 안 되는 양반이 왕과 함께 백성들을 종으로 부리는 세상이야."

"그렇군요."

유광이 고개를 끄덕였다.

"조선은 백성 중에서 왕조를 일으킬 수는 없는 땅이군요."

"1할도 안 되는 양반이 조선을 지배하고 있어. 세상에 이런 나라가 없다."

사헌의 목소리가 열기를 띠었다.

"왜국도 말 부리는 종이었던 히데요시가 천하를 통일하고 전국을 장악했어. 우리 대명(大明)도 시조께서는 미천한 신분이셨다. 조선처럼 양반, 상놈으로 엄격한 신분 차별을 가지고 사는 곳은 없다."

"그래서 왜군 동조자가 많다고 들었습니다."

그때 바람을 가르는 소리가 들리더니 유광이 말에서 떨어졌다.

고개를 돌린 사헌이 유광을 보았다.

실수로 떨어진 줄로 알았던 것이다.

"가자!"

유광이 말에서 떨어지자 곤도가 말에 박차를 넣으면서 소리쳤다.

그 순간 땅을 울리는 말굽 소리가 마치 지진처럼 울렸다.

1백 기의 위사가 일제히 돌진한 것이다.

상대는 경호대를 포함한 40여 기의 사신단이다.

매복하고 있던 1백 기의 기마대가 사방에서 덮쳐왔기 때문에 순식간에 무너졌다.

기습대는 함성도 지르지 않았다.

그래서 황무지에서는 비명과 신음 소리만 울렸다.

한 식경도 안 걸렸다.

주인 잃은 말이 이리저리 뛰는 황무지에 시신이 어지럽게 덮였고 말에 탄 기수는 위사대뿐이다.

다만 땅바닥에 주저앉은 사내가 하나 있다.

사신 사헌이다.

그때 사헌 앞으로 다가간 이산이 내려다보면서 말했다.

"데리고 가자."

잠시 후에 이미 어둠이 덮인 골짜기의 진막 안에서 이산이 앞에 꿇어앉은 사헌을 바라보았다.

주위에는 스즈키, 곤도, 최경훈 등이 둘러섰고 통역으로 양인석이 옆에 서 있다.

진막 기둥에 달아놓은 기름등 불꽃이 흔들렸다.

"내가 누군지 아느냐?"

이산이 묻고 양인석이 통역했다.

조선말로 물었으니 조선인인 줄은 알았을 것이다.

그때 사헌이 숨을 들이켜더니 되물었다.

"그대는 내가 누군지 아는가? 난 사신(使臣) 사헌이다."

통역을 들은 이산이 빙그레 웃었다.

"난 조선인 이산이다. 널 잡아 죽이려고 여기서 기다리고 있었다."

순간 사헌의 눈이 흐려졌다.

"이산이라면 요동으로 건너왔다는 왜장 아닌가?"

"이미 요동서북면군을 궤멸시켰다. 아느냐?"

사헌의 얼굴이 나무토막처럼 굳어졌다.

요동서북면군의 상황은 알고 있다.

이제 사헌은 입을 다물었고 이산이 말을 이었다.

"넌 당장 죽이기에는 아까운 놈이야. 내가 데려가겠다."

국경에서 사헌을 기다렸다가 마침내 생포한 셈이다.

이산 일행이 보정현 서쪽의 문강산 골짜기에 들어섰을 때는 사흘 후다.

이틀째 눈이 내리는 날씨여서 말 무릎까지 눈이 쌓였지만, 기온은 포근했다.

골짜기에 말을 매어둔 이산은 곧 위사 80명만 이끌고 도보로 보정현으로 향했다.

술시(오후 8시) 무렵.

보정현까지는 4리(2킬로) 거리였기 때문에 보정현 현청 앞에 닿았을 때는 한식경밖에 안 걸렸다.

보정현은 성곽이 없고 평지 위에 민가와 현청이 세워져 있다.

농지가 많았기 때문에 주민 생활이 풍족했다. 그래서 조선에서 피난민이 몰려왔다가 마치 미끼에 꿰인 고기처럼 사냥을 당하는 셈이다. 겉으로는 풍족하게 보이는 마을이 바로 미끼였다.

주민도 이기적이고 조선인에 대해서 배타적이라, 피난민이 찾아오면 바로 신고해서 붙잡혀 가게 했다.

"현의 4곳 출구에 5명씩 배치해서 들어가지 못하도록 해라."

이산의 지시에 곤도가 출구에 위사들을 배치했다.

이산이 현청의 닫혀 있는 대문을 바라보았다.

눈이 오는 밤이어서 대문은 닫혔지만 경비병도 서 있지 않았다.

이산이 앞장서서 담장으로 다가갔다.

"관속은 다 죽여라."

이산이 낮게 지시했다.

내실 안채에서 첩을 끼고 자던 현령 황사용은 밖에서 들리는 비명에 눈을 떴다.

이곳은 요동서남방이어서 전란과는 거리가 먼 곳이다.

"웬 놈이냐?"

초저녁에 술을 마시고 나서 첩과 일찍 잠자리에 들었던 황사용이다.

황사용은 42세, 건장한 체격에 체력도 좋았기 때문에 첩과 욕정을 채우고 나서 깜빡 잠이 든 참이다.

다시 비명이 울렸고 뭔가 부서지는 소리도 났다.

"게 누구냐?"

버럭 소리친 황사용이 몸을 일으켰다. 그때는 첩도 일어나 허둥지둥 옷을 주워입는 중이었다.

그때다.

문이 부서지면서 열렸기 때문에 방 안에 매단 등불이 흔들렸다.

방으로 뛰어든 사내는 둘.

둘 다 손에 장검을 치켜들고 있다.

"아앗!"

첩의 날카로운 비명이 방을 울렸고 황사용이 벌떡 일어섰다.

"이놈들! 내가 누군 줄……."

아직도 기가 죽지 않은 황사용이 목청을 높였지만 말을 맺지 못했다.

사내 하나가 후려친 칼날이 목을 베었기 때문이다.

피를 뒤집어쓴 첩이 눈을 까뒤집고 기절했을 때 위사 하나가 황사용의 목을 다시 한번 내려치니 몸통에서 떨어졌다.

대청에 선 이산이 위사가 들고 오는 황사용의 머리를 보았다.

"이자가 현령인 것 같습니다."

마룻바닥에 머리를 내려놓은 위사가 말했을 때 이산이 고개만 끄덕였다.

하찮은 현령의 목을 떼려고 직접 갈 필요도 없었다.

위사도 그것을 알고 있던 터라 공(功)을 세운 기색도 아니다.

적장을 벤 것도 아니다.

이제 사방에서 울리던 비명과 신음은 잦아들기 시작했다.

눈에 띄는 생명체는 모조리 도륙을 내는 것이다.

왜구가 조선 땅에서 저질렀던 악행이 요동에서 되풀이되는 셈이다.

다시 한 식경쯤 지났을 때 최경훈이 청에 서 있는 이산에게 보고했다.

"창고에 갇혀있던 조선인들을 풀어주었습니다. 얼핏 세어보았더니 2백여 명입니다."

최경훈의 두 눈이 번들거렸고 눈꼬리가 떨렸다.

"아이들이 오십여 명이나 됩니다."

"추우니까 이곳 방으로 모두 들여보내도록."

이산이 소리쳐 지시했다.

"그리고 밥을 먹여라."

"예, 주군."

"그리고."

고개를 든 이산이 마침 칼을 든 채 다가오는 곤도를 보았다.

"곤도, 들어라."

"예, 주군."

"지금부터 고을의 모든 집을 수색해서 모두 베어 죽여라. 한 놈도 살려두지 마라."

"예, 주군."

놀란 곤도가 눈을 치켜떴지만 소리쳐 대답했고 주위는 조용해졌다.

다시 이산이 소리쳤다.

"죽이고 값진 패물은 모두 걷어라. 그리고 불을 지른다."

"예, 주군."

"다 죽이고, 다 빼앗고, 다 태워라."

"예, 주군."

"참. 옷가지는 좋은 것으로 모아 오너라. 가라!"

이산이 버럭 소리치자 곤도가 더 큰 목소리로 위사들을 불렀다.

그때 이산이 아래쪽에 서 있는 최경훈을 보았다.

"그대는 피난민을 데려오도록."

"소인은 개성에서 온 손기삼입니다."

30대쯤의 사내가 청 바닥에 엎드려 이산에게 말했다.

사내 뒤쪽에는 수십 명의 남녀가 몰려 서 있었고, 아이들도 보였다.

그리고 청에 올라오지 못한 이들은 눈이 쌓인 마당에 서 있거나 건너편 안채 처마 밑까지 가득 서 있다.

깊은 밤.

멀리서 비명과 울음소리, 아우성이 울리는 것은 살육이 일어났기 때문이다.

서쪽 하늘이 붉어져 있다.

불이 난 것이다.

손기삼이 울먹이는 목소리로 말을 잇는다.

"구해주셔서 죽을 때까지 은혜를 잊지 않겠습니다."

이산이 누구인지 아는 것이다.

그때 뒤쪽의 남녀가 다투듯이 소리쳤다.

"아이고, 은인이시어!"

"고맙습니다!"

"살려주셨으니 무슨 일이든 하지요!"

"장군 만세!"

갑자기 만세 소리가 일어나더니 사방이 만세, 천세 소리로 뒤덮였다.

그때 이산이 손을 들었다.

그러자 외침이 그친 대신 울음소리가 일어났다.

여자들의 울음소리가 더 커지더니 이제는 통곡 소리로 뒤덮였다.

아이들도 따라서 울었다.

마당에 선 피난민들, 처마 밑의 남녀도 소리치듯 울었다.

점점 더 통곡이 커졌기 때문에 이산이 마침내 다시 손을 들었다.

울음소리가 점점 가라앉더니 다시 주위가 조용해졌을 때다.

이산이 소리치듯 말했다.

"오늘은 이곳에서 쉬고, 내일 내가 모두에게 재물을 나눠줄 것이오."

모두 숨을 죽였고 이산의 목소리가 현청의 청에서 마당까지 덮였다.

"그 재물을 갖고 흩어지시오. 그 재물이면 어느 곳에서라도 부자로 살 수 있을 것이오. 이 고을의 모든 재물을 털어서 나눠줄 테니까."

이산의 두 눈이 번들거렸다.

다음 날 오전.

이제는 재가 되어서 흔적도 남지 않은 보정현을 일단의 기마군과 군중들이 떠났다.

기마군은 이산의 군사들이고 군중은 조선 피난민들이다.

피난민들의 행색도 달라졌다.

모두가 등에 짐을 지었는데 빼앗은 금은보화가 들어있다.

부모가 없는 아이들은 따로 모아서 어른들과 맺어주었는데 노중(路中)에 마을을 정해 정착시킬 예정이다.

"보정현이 없어졌습니다."

말을 몰아 가깝게 온 스즈키가 이산에게 말했다.

"지금까지 보정현이 어떤 짓을 해왔는가는 다 알고 있을 테니까 천벌을 받았다고 할 것입니다."

"내 소행이라고 밝혀질 것이야."

이산이 이를 악문 채 입꼬리만 올려서 웃어 보였다.

"그렇게 되도록 한 것이니까."

숨을 들이켠 스즈키의 시선을 받은 이산이 말을 이었다.

"보정현의 학살자는 조선인 이산이다. 이산이 조선인을 학대한 죗값을 물은 것이라는 소문이 나야 해."

원정군에게 가장 중요한 작전은 군수 보급이다.

배에 싣고 온 군수품은 한 달분밖에 남지 않았기 때문에 현지 보급을 해야만 했다.

그것을 원정군은 누르하치의 도움을 받아 해결할 수 있었다.

원정군이 어느 곳에 있건 누르하치가 군량과 군수품을 보급해준 것이다.

원정군의 군수품 책임자는 이에야스의 중신 무라다다.

무라다는 보급을 받는 한편으로 요동의 현에서 군수품을 강탈했다.

따로 조달부대를 만들어서 끊임없이 군수품을 조달한 것이다.

사콘이 히데요시에게 불려가고 스즈키가 이산에게 간 후에 무라다는 신지와 함께 원정군을 지휘했다.

지휘부의 진막 안.

신지와 무라다가 앉아있다.

"이에야스 대감께서 당신을 불러낼지도 모르겠소."

신지가 웃음 띤 얼굴로 말했을 때 무라다는 정색했다.

"우리 대감은 관백 전하하고는 다르지."

"하긴, 행동이 좀 느리시지."

"느린 게 아니라 신중하신 것이오."

"그것은 반응력, 순발력이 낮다는 증거 아니오?"

"히데요시가 그렇단 말인가?"

무라다의 입에서 히데요시 이름이 뱉어졌다.

존칭과 관직도 생략한 것이다.

그때 신지가 쓴웃음을 지었다.

"사콘 님이 돌아가니까 본색이 드러나시는군."

"나는 이산 님을 주군으로 모실 작정으로 온 거요."

"그런데 지금까지 대감으로만 부르시던데."

"사콘이 돌아갔으니 이젠 주군으로 불러야지."

"돌아오면 다시 대감으로 부르고?"

"사콘은 돌아오지 않을 거요."

"어떻게 아시오?"

"이미 주군의 기반이 굳혀지셨으니까."

무라다의 얼굴에 쓴웃음이 번졌다.

"이것도 이에야스 님과 히데요시 님의 다른 점이오."

"어떻게 말이오?"

"이에야스 님은 가신을 아예 주는 반면에 히데요시 님은 빌려주었다가 가져가는 것이지."

"……."

"나는 이산 님의 가신이 되었지만 이에야스 님의 사상은 머릿속에 박혀 있소."

"반역할 가능성도 있군."

"난 이산 님께 목숨을 바쳐 충성할 거요."

"이에야스 님과 이산 님이 충돌한다면?"

"그럴 일은 없겠지만 결국 이산 님을 위해서 죽겠지."

"하긴."

신지가 고개를 끄덕였다.

"주군의 역량에 달린 일이니까."

그러고는 신지가 길게 숨을 뱉었다.

"귀하의 운명도 기구하오."

"난세(亂世) 아니오? 이 정도면 편한 거요."

무라다가 대답했을 때 진막 밖에서 기척이 들리더니 1백인장 하나가 들어섰다.

"장군, 북경에 갔던 아오이 님이 오셨습니다."

놀란 신지와 무라다가 고개를 들었다.

아오이는 5백인장으로 왕준과 동북면군 간부 가족들의 피신을 도우려고 북경으로 파견되었던 것이다.

그때 진막 안으로 아오이가 들어섰다.

"다녀왔습니다."

인사를 한 아오이는 무역상 출신으로 한어에도 유창해서 이번에 북경으로 특파된 것이다.

인사를 마친 아오이가 둘을 보았다.

"왕준 가족과 지휘부 3명의 가족을 모두 북경에서 빼냈습니다."

"빼낸 증거는 가져왔나?"

무라다가 묻자 아오이는 품에서 가죽으로 싼 주머니를 꺼내 놓았다.

"여기 가져왔습니다. 가족들이 쓴 편지입니다."

"잘했어."

고개를 끄덕인 무라다가 주머니를 풀면서 웃었다.

"이제 동부군은 되었다. 이 소식을 주군과 왕준에게 알려줘야겠다."

이산이 본진에 도착한 것은 그로부터 사흘 후다.

지금까지 큰일은 없었지만, 이산이 도착한 순간부터 본진에 활기가 일어났다.

5백인장, 1천인장이 몰려들어 인사를 했고 전령이 뻔질나게 오갔으며, 도착한 날 저녁에는 골짜기 안에 진막 3개를 붙여놓고 1백인장 이상 1백여 명의 간부들이 모여 회식을 했다.

회식을 하면서 곤도와 스즈키가 번갈아서 명(明) 사신 사헌을 잡아온 것과 보정현의 현령과 현청이 있는 고을을 몰살한 이야기를 했다.

오랜만에 흥이 일어난 잔치다.

그때 무라다가 이산에게 물었다.

"주군, 이제 전쟁 준비를 해야 될 것 같습니다."

이산이 고개를 끄덕였다.

지금부터 전쟁이다.

먼저 동부 여진족 통일 전쟁이다.

오르진이 사촌 앙카이트에게 지시했다.

"네가 우측으로 돌아서 누르하치의 후군(後軍)을 쳐라."

지휘봉인 말채찍을 든 오르진이 지도를 짚었다.

누르하치군 후방이다.

"그때 나는 측면을 치겠다. 알았느냐?"

"예, 대족장."

앙카이트가 고개를 끄덕였다.

본진의 진막 안.

50명도 들어갈 수 있는 진막 안에 10여 명의 지휘관이 둘러서 있다.

술시(오후 8시) 무렵.

이제 결전이다.

미뤄왔던 대군(大軍)이 출동하는 것이다.

앙카이트가 넓은 얼굴을 들고 오르진을 보았다.

"대족장, 이산의 왜군은 누가 막습니까?"

"그놈들은 이곳에서 3백 리(150킬로)도 더 떨어진 타갈 분지에서 오락가락하는 중이야. 누르하치를 도울 입장이 아니다."

오르진은 37세.

아버지 마르바한의 뒤를 이어 에르카이 부족장이 되었는데, 수단이 뛰어났다.

부족장이 된 후에 주변의 4개 부족을 복속시킨 것이다.

오르진이 둘러선 부족장에게 말했다.

"이번이 요동에서의 마지막 싸움이다. 이번에 누르하치를 격파하면 요동은 우리가 석권하게 된다."

진막을 나온 도모란 부족장 부라트에게 자사르 부족장 알탄이 다가왔다.

"부라트, 그대는 중군에 편입되었으니 다행이군."

나란히 걸으면서 알탄이 말했다.

"나는 선봉군이야, 부라트."

"오르진에게 인정을 받았기 때문이지."

"천만에. 내 부족을 이번 전쟁에서 약화시키려는 목적이야."

"그럴 리가."

"부라트, 뻔히 알면서 시치미 떼지 마라."

그때 걸음을 멈춘 부라트가 알탄을 보았다.

어둠 속에서 둘은 마주 서 있다.

내일 출동이기 때문에 각 부족 군사들이 서둘러 둘의 옆을 지나갔다.

"이봐, 알탄. 왜군 사령관 이산의 용병술이 뛰어나다는 것을 알고 있나?"

"알지. 조선인으로 왜국에 가서 대영주가 된 것도 그 때문이라더군."

"명궁(名弓)이어서 2백 보 앞 표적은 백발백중이라는 거야."

"그것도 아네."

"이산이 타갈 분지에서 오락가락한다는 말이 믿기지 않아."

"무슨 말이야?"

바짝 다가선 알탄에게 부라트가 목소리를 낮췄다.

"남쪽 보정현이 몰살당했다는 소문을 들었지?"

알탄이 고개만 끄덕였다.

모르는 사람이 없다.

보정현은 폐허가 되었다.

현청이 있던 고을 주민까지 몰사한 것이다.

현령과 현의 관리, 현청이 있던 고을 주민까지 수천 명이 몰사했다.

불에 타 잿더미가 되었다.

그러나 그중에도 살아남는 주민이 서너 명 있는 법이다.

도망 나온 주민이 퍼뜨린 소문이 바람처럼 요동을 덮으면서 살이 붙었다.

이산의 대군(大軍)이 태풍처럼 덮쳐왔다는 것이다.

그때 부라트가 말을 이었다.

“타갈 분지에 있는 이산군이 보정현까지 내려갔다가 오겠는가? 이산군이 어디에서 출현할지 알 수가 없어.”

“빌어먹을.”

“이산은 이미 요동서북면방어군을 격멸하고 귀신처럼 요동을 활보하고 있어. 그놈들을 잡지 못하고 누르하치부터 상대하면 위험하다고.”

“그럼 어떻게 해야지?”

둘은 시선만 준 채 서로를 응시하다가 잠자코 몸을 돌렸다.

부장(副將) 2명 중 하나인 위서태는 감찰관 역할이다.

감찰관은 황제의 지시가 이행되는가를 감독하고 보고하는 직책인 것이다.

그래서 작전에 상관할 수는 없지만 내부 관리 권한은 막강했다.

위서태가 왕준의 진막 안으로 들어섰을 때는 술시(오후 8시) 무렵이다.

“부르셨습니까?”

위서태가 묻자 왕준이 고개를 끄덕였다.

진막 안에는 다른 부장(副將) 오용과 도위 주성, 총관 사문황 등 장수들이 모여 있었는데, 모두 위서태에게 시선을 준 채 입을 열지 않는다.

그때 위서태는 숨을 들이켰다.

피비린내가 맡아졌기 때문이다.

이맛살을 찌푸린 위서태의 시선이 옆쪽 기둥으로 옮겨졌다.

그 순간 위서태가 눈을 치켜떴다.

참장 양기천이 주저앉아 있다.

그런데 머리를 기둥에 붙인 채 흐려진 눈으로 앞쪽을 보고 있다.

움직이지 않는다.

죽은 것 같다.

"아니."

한 발짝 다가선 위서태가 양기천을 보았다.

"어떻게 된 일입니까?"

양기천을 내려다보면서 위서태가 묻자 오용이 다가서며 되물었다.

"아직도 모르겠는가?"

"뭘 말이야?"

고개를 든 위서태가 오용을 본 순간 가슴이 철렁 내려앉았다.

"아니, 그럼."

"이제 우린 주씨(朱氏)의 명(明)을 떠난다, 위서태."

"이 역적."

다급하게 소리친 위서태가 허리에 찬 칼의 손잡이를 쥐었을 때다.

"으악!"

비명과 함께 위서태가 앞으로 쓰러졌다.

뒤에서 왕준의 위사가 칼로 내려쳤기 때문이다.

어깨에서 허리까지 비스듬히 잘린 위서태가 진막 바닥에 쓰러지면서 꿈틀거렸다. 또다시 피비린내가 풍겼다, 더 강한 피비린내가.

그때 오용이 왕준에게 말했다.

"이제 모두 제거한 셈입니다."

"좋다."

고개를 끄덕인 왕준이 자리에서 일어섰다.

"죽은 놈들의 대역을 세운 즉시 출동이다. 전군(全軍)을 휘몰고 가야 동요되지 않는다."

경험이 많은 왕준이다.

이제 감찰관과 부담이 되는 장수들은 모조리 제거한 것이다.

반발할 장수는 없다.

누르하치의 8기군(八旗軍)이 위풍당당하게 전진하고 있다.

황(黃), 청(靑), 백(白), 적(赤) 4개의 군단에다 각각 테두리만 붉은색의 3개 군단, 적기군(赤旗軍)의 테두리 군단은 흰 테두리다.

들판이 8가지 색으로 뒤덮여 있다.

4만 5천.

기만군 1만 7천, 보군 2만 8천이다.

기마군이 앞장섰으나 뒤를 따르는 보군과 속도를 맞추는 터라 천천히 진군하고 있다. 들판을 휩쓸고 지나는 대열은 보기에도 압도적이다.

북소리가 천지를 울렸고 말을 탄 전령이 수없이 오가고 있다.

"첩자들이 깃발 숫자까지 다 세겠다."

선봉에 선 1백인장 카다친이 소리쳐 말했다.

"이 속도로 가면 오르진의 선봉과는 열흘 후에나 만날 거다."

"그쪽 선봉도 빨라."

동료 1백인장 고진이 말을 몰아 다가서면서 말했다.

그들은 최선봉이지만 뒤쪽 본대와는 1리(500미터)밖에 되지 않는다. 선봉대장인 1천인장한테서 1리 거리는 유지하라는 지시를 받았기 때문이다.

선봉대는 청군(靑軍) 소속이며 카라친과 고진도 등에 청색의 3각 깃발을 꽂았고 목을 청색 천으로 감았다.

주변이 온통 청색이다.

"이렇게 간다면 오늘 밤은 송화강에서 진을 치겠군."

고진이 말했을 때다.

앞쪽에서 첨병들이 말을 달려왔다.

3기다.

"척후로군."

카라친이 눈을 가늘게 뜨고 말했다.

흐린 날씨여서 곧 눈이 내릴 것 같다.

미시(오후 2시)쯤 되었다.

첨병 2기가 데려온 기마인은 이산이 보낸 전령이다.

놀란 고진이 직접 전령을 안내하며 본진으로 내달렸다.

본진의 누르하치 앞에 전령이 꿇어앉았을 때는 잠시 후다.

잠깐 진군을 멈춘 누르하치가 마상에서 전령을 보았다.

"혼자 왔느냐?"

"셋이 왔습니다. 부하 둘은 첨병대에 있습니다."

"이 사령관이 보냈느냐?"

"예, 대족장 전하."

"너 한어를 잘하는구나."

누르하치가 말을 이었다.

"그래. 전갈이 무엇이냐?"

"왕준의 동북면군 기마군이 먼저 오르진의 좌측을 기습할 것입니다."

"무엇이?"

눈을 치켜떴던 누르하치가 말에서 뛰어내렸다.

그러자 주변의 참모, 원로들도 말에서 내려 전령 주위에 둘러섰다.

"어떻게 된 일이냐?"

누르하치가 묻자 전령이 고개를 들었다.

"왕준이 동참했습니다."

전령이 말을 이었다.

"저희 공작조가 북경에 가서 왕준과 심복의 가족들을 모두 피신시켰습니다. 그때까지 왕준이 기다렸다가 이번에 군사를 동원한 것입니다."

"오오!"

"며칠 전 왕준이 동북면군 지휘관들을 숙청했습니다. 그러고 나서 지휘권을 완전히 장악했습니다."

"됐다!"

누르하치가 말채찍으로 자신의 다리를 치면서 소리쳤다.

"이 사령관은 지금 어디 계시냐?"

"주군께서는 오르진의 후방을 친다고 하셨습니다."

"좋아! 우리는 정면이다!"

누르하치가 장수들을 둘러보았다.

삼면에서 공격하는 것이다.

"5백 리(250킬로) 정도를 더 가야겠습니다."

부장(副將)이 말하자 앙카이트는 입맛을 다셨다.

대륙을 우회한 지 이틀째.

기마군 6천5백을 이끈 앙카이트는 하루 1백 리(50킬로) 정도를 나아가는 상황이다.

유시(오후 6시) 무렵.

이곳은 요동의 중심부다.

이름 없는 산골짜기에 주둔한 기마군단은 저녁 식사 준비를 하는 중이다.

"눈이 언제까지 내리는 거야?"

진막 안이었는데 밖은 눈이 내리고 있다.

앙카이트가 묻자 위사장 진당이 대답했다.

"며칠 더 내릴 것 같습니다."

"닷새는 걸리겠군."

고개를 든 앙카이트가 둘러선 장수들을 보았다.

"척후를 멀리 보내라. 놈들이 알아채면 안 된다."

장수 하나가 대답하고 진막을 나갔을 때 엇갈려서 선봉대장이 들어섰다.

뒤에 눈을 뒤집어쓴 전령이 따른다. 앙카이트와 안면이 있는 전령이다.

"네가 왔느냐?"

앙카이트가 묻자 인사를 한 전령이 앞에 앉았다.

"장군, 대족장께서는 누르하치의 정면으로 접근하고 있습니다. 앞으로 닷새 후면 대치하게 될 것입니다."

"닷새 후라고 했나?"

"눈이 내려서 하루 이틀 늦춰질 수도 있겠지요."

"나도 닷새 후면 누르하치의 뒤로 돌아간다."

"그렇게 전해드리지요."

"이산군(軍)의 동향은 아는가?"

"아래쪽에 있습니다."

"타갈 분지에 지금도 있단 말이냐?"

"예, 정탐병이 주시하고 있습니다."

"그렇다면 에르카이 부족과 누르하치 놈과의 정면 대결이다."

앙카이트가 고개를 끄덕였다.

"이제야말로 동여진의 패자가 결정된다."

진막에서 아침을 먹던 오르진이 고개를 들었다.

말굽 소리를 들었기 때문이다.

이곳은 눈이 쌓이지 않아서 단단한 땅바닥을 딛는 말굽 소리가 요란했다.

10여 기, 전령대일 것이다.

그때 가까운 곳에서 말굽 소리가 그치더니 곧 어지러운 발소리와 함께 진막 문이 열렸다.

"대족장, 좌측에 대군(大軍)이 접근하고 있습니다!"

소리친 사내가 선봉을 맡았던 자사르 부족장 알탄이다.

"뭐? 대군(大軍)?"

젓가락을 내던진 오르진이 알탄을 노려보았다.

"좌측이라니?"

"좌측 50리(25킬로) 지점이오. 수만 명입니다."

"그쪽은 누르하치나 하다못해 이산군(軍)이 출몰할 지역이 아니지 않나?"

반대쪽이다.

그때 군사(軍師) 요중이 말했다.

"요동동북면군일지도 모릅니다."

"요동군?"

오르진이 숨을 멈췄다.

그렇다.

가장 가깝기는 하다.

그때 알탄이 말했다.

"기마군을 앞세우고 있는데, 1만이 넘습니다. 전군(全軍)을 좌측으로 돌려야 합니다."

그럴 수밖에 없다.

아직 누군지 확인되지 않았어도 그렇다.

대군(大軍)을 기습하기는 어렵다.

말에 달려드는 모기떼는 꼬리 한번 휘두르면 죽는다.

대군(大軍)은 대군(大軍)으로 맞아야 한다.

직진하던 오르진의 4개 부족은 좌측으로 몸을 틀었고 오시(낮 12시) 무렵이 되었을 때 적의 정체가 드러났다.

왕준이 이끄는 명(明)의 요동동북면방어군이다.

기마군 1만 5천, 보군 3만의 대군(大軍)이다.

오르진의 여진군을 압도하는 군세다.

"아니, 이놈들이."

우선 병력부터 열세였기 때문에 오르진은 이를 악물었다.

이제 요동군과의 거리는 15리(7.5킬로).

양군은 멈춰 선 상태다.

"대족장, 앙카이트 장군을 부르시지요."

요중이 말했을 때 오르진이 고개를 들었다.

눈이 흐려져 있다.

앙카이트는 누르하치의 꼬리를 잡으려고 지금 열심히 우회 중이다.

이럴 때 천금처럼 귀중한 기마군 6천5백을 이끌고 있다.

"진을 펼치고 있습니다."

부장 오용이 보고했다.

"당황한 것 같습니다. 전군(全軍)을 이쪽으로 돌려 넓게 진을 펼쳤는데 그 길이가 8리(4킬로)나 됩니다."

"어디서 또 나타날까 봐 겁이 나는 모양이다."

왕준이 이를 드러내고 웃었다. 이제는 왕준의 표정이 밝아졌다.

"기다려라. 벽을 두껍게 하고 기마군을 보군 뒤쪽으로 돌려라."

방어진을 치는 것이다.

이쪽은 4만이 넘는 대군이다.

이렇게 방어진을 치면 공격군은 그 2배 이상의 병력을 가져야 한다.

여진군은 기마군을 주로 운용하는 전술을 쓴다.

오르진의 4만이 안 되는 병력으로, 게다가 넓게 분산시킨 상황으로는 엄두도 내지 못할 진(陣)이다.

"이거 어떻게 된 거야?"

첨병장 추성이 주위를 둘러보며 말했다.

이곳은 송화강 지류인 만치강 변이다.

미시(오후 2시) 무렵.

후성은 오르진의 첨병장으로 이산군(軍)의 향방을 찾는 중이다.

그때 옆으로 다가온 부하가 말했다.

"아무래도 서쪽으로 간 것 같소."

"서쪽이라니?"

되물었지만 후성의 얼굴이 굳어졌다.

서쪽은 오르진군 본진이 있는 곳이다.

지금 오르진군은 누르하치군을 향해 전진하는 중이다.

"그럴 리가. 이틀 전까지만 해도 이 근처에서 주둔하고 있었는데 사방 1백리(50킬로)에서 보이지 않는다니."

"갈 곳은 서쪽뿐이오. 동쪽은 삼전산에 막혔고 남쪽은 조선이오. 그렇다고 북쪽의 언 땅으로 갈 리가 있소?"

그때 후성이 잠자코 말 머리를 돌렸다.

맞다.

이산군이 서쪽으로 움직였다.

지금까지 이 근처에서 왔다 갔다 한 것은 위장 전술인 것 같다.

"누르하치군은?"

오르진이 묻자 도모란 부족장 부라트가 대답했다.

"동쪽에서 다가오고 있소."

그때 부라트의 부장 요시리가 말을 이었다.

"30리(15킬로) 거리가 되었습니다."

오르진이 어금니를 물었다.

누르하치를 맞으려고 서진하던 중이었다.

그러다 갑자기 측면에서 요동군이 나타나는 바람에 진을 펼친 상태다.

그때 알탄이 물었다.

"대족장, 우리가 북쪽과 동쪽에서 적을 맞게 되었는데, 이때 전군(全軍)을 뒤로 물리는 것이 어떻소?"

"무슨 말인가?"

"우리가 물러나면 요동군과 누르하치가 부딪칠 것 아니오?"

"……."

"두 놈이 싸우면 모두 상처를 입을 테니 다 끝나고 나서 우리가 휩쓸어버리는 것이오. 그때까지 군을 물립시다."

알탄이 번들거리는 눈으로 오르진을, 둘러선 장수들을 차례로 보았다.

그때 요중이 말했다.

"우리가 누르하치하고 부딪치기 직전에 요동군이 나타난 것이 수상쩍소."

진막 안이 다시 조용해졌고 요중의 목소리가 이어졌다.

"어쨌든 가운데 낄 필요는 없습니다. 뒤로 물리는 것이 낫습니다."

"좋다. 물리자."

오르진은 결단이 빠른 인물이다.

고개를 든 오르진이 지시했다.

"후미가 선봉이 되어서 즉시 뒤로 물러난다."

4만 가까운 대군의 이동이다.

진용까지 갖추고 벌린 상황에서 갑자기 후미가 선봉이 되고 선봉이 후미가 되어서 이동하는 것은 쉽지 않다.

아무리 훈련이 잘되었다고 해도 그렇다.

그러나 오르진군은 정예다.

한 식경쯤이 지났을 때 대군(大軍)이 이동하기 시작했다.

후군 대장이었다가 선봉장이 된 오르진의 이복동생 야시카이가 기마군 5백을 앞세우고 전진했다.

이미 지나온 길이어서 눈에 익었기 때문에 산모퉁이를 거침없이 지났다.

"서둘러라!"

야시카이가 상반신을 세우고 소리쳤다.

야시카이는 28세.

오르진의 이복동생이지만 총애를 받는 지휘관 중 하나다.

"대오를 이탈하지 마라!"

신시(오후 4시) 무렵이다.

야시카이가 다시 뒤쪽을 돌아본 순간이다.

"앗!"

외침은 옆에 선 위사의 입에서 터졌다.

야시카이의 목에 화살이 박혔기 때문이다.

눈을 치켜뜬 야시카이가 제 눈앞에 있는 화살 깃을 보더니 입을 딱 벌리면서 뒤로 넘어졌다.

"와앗!"

함성이 울린 것은 그 순간이다.

산기슭 옆 골짜기에서 기마군이 쏟아져 나왔다.

수백, 수천 명이다.

곧 선봉대는 기마군으로 뒤덮였다.

함성은 본진에까지 울렸다.

기마군의 말굽 소리가 지진처럼 울리고 있다.

본진의 중심, 마상에서 오르진이 눈을 크게 떴지만 입을 열지는 않았다.

옆을 따르는 군사(軍師) 요중, 참모, 부장들도 입을 열지 않았다.

당황하는 모습을 보이지 않으려는 것이다.

잠시 후에 전령이 달려올 때까지 모두 입을 떼지 않았다.

"대족장께 보고 드리오!"

전령이 소리쳤다.

장수들을 헤치고 다가온 전령이 말에서 뛰어내려 땅바닥에 한쪽 무릎을 꿇었다.

"선봉군이 기습을 당했습니다!"

"기습군이 누구냐!"

요중이 소리쳐 묻자 대답이 돌아왔다.

"청군(青軍)입니다!"

모두 숨을 죽였다.

더 이상 묻지 않는다.

청군(青軍)이란 바로 8기군(八旗軍)중 하나다.

누르하치군(軍)이다.

누르하치가 8기군(八旗軍)을 창설한 것이다.

그러나 누르하치의 8기군(八旗軍)만 있는 것이 아니다.

8기군(八旗軍)의 원조(元祖)는 이산의 원정군이다.

백기군(白旗軍) 1천을 이끈 진세키가 야시카이를 쏴 죽이고 선봉군 5백 기를 휩쓸고 지나간 것이다.

오르진의 선봉군은 전멸하다시피 했다.

5백 기 중 4백여 기가 기습을 받아 전사했기 때문이다.

진세키가 이끈 백군(白軍)은 사라졌지만 오르진군은 촉수를 잃은 벌레 꼴이 되어서 멈칫거리게 된 것이다.

"그대가 나가라!"

오르진이 도모란 부족장 부라트에게 지시했다.

오르진도 조금 당황하고 있다.

"그대가 밀고 나가라! 뒤로 60리(30킬로)쯤 전진하고 나서 멈추도록."

소리쳐 지시한 오르진의 얼굴은 상기되어 있다.

"누르하치가 벌써 이곳까지 왔단 말인가?"

진막을 나온 부라트가 말에 오르면서 물었다.

옆을 따르는 부장에게 묻는 것이다.

"어찌 된 일이냐?"

유시(오후 6시)가 되어서 주위는 어두워지고 있다.

"족장, 우리가 방패 역할이 되었소."

원로 구란치가 말을 몰아 다가오면서 말했다.

"놈들이 매복하고 있다면 우리가 또 당합니다."

"닥쳐!"

부라트가 낮게 꾸짖었지만 구란치는 멈추지 않았다.

"족장, 알탄 족장은 뒤로 빠지는 것 같소."

"뭐라고?"

놀란 부라트가 말에 박차를 넣고 구란치의 옆에 붙었다.

구란치는 도모란 부족의 원로로 부라트보다 연상이다.

"알탄이 이제는 후위를 맡았는데 조금 전에 알탄의 원로 보사카이가 날 만나고 갔소."

"보사카이가?"

되물은 부라트가 구란치를 보았다.

어둠 속에서 두 눈이 번들거리고 있다.

보사카이도 알탄의 원로 가신인 것이다.

구란치가 목소리를 낮췄다.

"뒤에서 명군(明軍)이 쫓고 위쪽에서는 누르하치가 누르고 오는 중이오. 이런 상황에서 선두가 기습을 받았으니 황당하오, 족장."

"……."

"내 생각인데, 야시카이를 기습한 기마군은 이산군(軍)인 것 같소."

"……."

"지금 우리는 3면(面)에서 압박을 받는 상황이오, 족장."

그때 부라트가 잠자코 말에 박차를 넣었다.

술시(오후 8시)가 넘었을 때도 에르카이 부족을 중심으로 이끈 오르진은 전진하고 있다.

물론 뒤쪽으로 물러나는 것이다.

주위는 조용했고 말굽 소리만 울리고 있다.

기마군과 보군이 함께 이동하는 중이다.

주위는 짙은 어둠에 덮였고 바람결에 습기가 묻어 있다.

눈이 섞여 있다.

그때다.

말굽 소리가 요란하게 울렸기 때문에 오르진이 고개를 들었다.

마상에서 들은 것이다.

10여 기의 말 떼다.

전령 같다.

앞쪽에서 달려오고 있다.

그때 위사장 하르탄이 다가와 말했다.

"대족장 전하, 선봉에서 오는 전령 같습니다."

곧 기마군을 헤치고 다가온 전령장의 모습이 드러났다.

"대족장 전하!"

전령장이 말에서 내리지도 않고 소리쳤다.

"선봉군이 갑자기 우측으로 달려가고 있습니다."

"무슨 말이냐!"

옆에 따르던 군사(軍師) 요중이 버럭 소리친 것은 당황했기 때문이다.

그때 전령이 다시 소리쳤다.

"도모란 부족이 대열에서 이탈하고 있습니다! 앞이 비었습니다!"

오르진이 어금니를 물었고 주위는 물벼락을 맞은 것처럼 조용해졌다.

한 식경쯤이 지났을 때 요중의 지시로 본대의 일부분을 떼어서 선봉으로 보내 전열을 채웠다.

그때까지 오르진은 입을 열지 않았기 때문에 본진은 마치 초상집 분위기다.

그러고 나서 해시(오후 10시) 무렵이 되었을 때다.

이제는 뒤쪽에서 기마군의 말굽 소리가 울렸다.

"비켜라!"

외침이 들렸다.

다급한 전령이 소리친 것이다.

전령의 목소리가 어둠 속을 울렸다.

"대족장 계십니까?"

그때 오르진이 눈을 치켜떴다.

"누구냐!"

"칠리만이오!"

중군(中軍) 좌측을 맡은 에르카이 부족 장수다. 오르진의 부족인 것이다.

곧 칠리만이 위사들을 헤치고 다가오더니 마상에서 소리쳤다.

"대족장! 후군의 자사르 부족이 도망쳤소! 알탄이 이끌고 도망친 것이오!"

"……."

"뒤가 비었소!"

주위가 조용해졌다.

군사(軍師) 요중도 입을 다물고 있다. 아무도 입을 열지 않는다.

영문을 모르는 뒤쪽에서 위사들의 목소리가 울렸다.

갑자기 앞쪽이 멈춰 섰기 때문에 대열이 흐트러진 것이다.

그때 위사장 하르탄이 말했다.

"대족장! 돌아가시지요."

"어디로 말이냐?"

오르진이 엉겁결에 물었을 때 하르탄이 바짝 붙어 섰다.

"고향으로 말씀입니다."

"무엇이?"

그때 요중이 말했다.

"대족장, 고향으로의 길은 누르하치한테 막혔습니다."

그렇다.

더구나 고향까지 돌아가기에는 너무 멀리 나왔다.

돌아가다가 맨땅에 버려진 뱀처럼 토막이 날 것이다.

요중이 말을 이었다.

"대족장, 빈곳이 있소. 남쪽이오."

요중이 번들거리는 눈으로 오르진을 보았다.

"남진(南進)해서 조선으로 들어갑시다. 조선은 왜군이 남쪽에 몰려있어서 한양성 북쪽은 무주공산이오."

"오르진군(軍)이 흩어졌습니다."

스즈키가 보고했다.

해시(오후 10시) 무렵.

이산군(軍)의 본진이다.

방금 스즈키는 척후의 보고를 받은 것이다.

오르진의 선봉대를 휩쓸고 난 이산군은 다시 방향을 돌려 좌측으로 접근하는 중이었다.

오르진군 북쪽에서는 누르하치군(軍)이, 우측에서는 왕준의 대군이 접근하는 중이다.

오르진군이 방향을 틀었기 때문에 위치가 바뀐 것이다.

스즈키가 말을 이었다.

"오르진의 선봉과 후미를 맡았던 도모란, 자사르 부족이 이탈했습니다. 방금 자사르 부족이 북방으로 도주한 것입니다."

"그렇다면 오르진의 에르카이 부족과 다이락족만 남았군."

무라다가 쓴웃음을 짓고 말했다.

"더구나 별동대까지 떼어 놓았으니 몸통만 남은 셈이구나."

그때 이산이 말했다.

"서둘 것 없다. 누르하치 님과 동북면군이 모일 때까지 이곳에서 기다리기로 하자."

밤도 깊었다.

오르진군(軍)이 내분을 일으켜 연합했던 부족들이 흩어진 마당이다.

3개 군(軍)이 모여서 사냥하는 일만 남았다.

다음 날 신시(오후 4시) 무렵이 되었을 때, 먼저 왕준이 이끄는 동북면군(軍)이 도착했다.

동북면군은 전투를 하지 않아서 4만 5천 병력이 온전했다.

양군(兩軍)이 1리(500미터) 거리를 두고 벌판에 포진했는데, 서로 북을 치고 호각을 불어 인사를 했다.

양군(兩軍)의 함성이 벌판에 지진처럼 울렸다.

동북면군 4만 5천에 이산군은 기마군으로만 1만여 명이다.

그때 왕준이 지휘관들과 함께 이산의 본진을 방문했다.

"왕준이 인사드립니다."

이산 앞에 선 왕준이 머리를 숙여 절을 했다.

윗사람을 대하는 태도다.

뒤쪽에 선 장수들도 일제히 따라서 절을 했다.

"이산입니다."

이산도 두 손을 모으고 예를 보였다.

뒤쪽 지휘관들도 함께 인사를 했다.

본진 진막에는 양군(兩軍) 지휘관 20여 명이 마주 보고 앉았다. 통역도 각각 한 명씩이다.

모두 웃음 띤 얼굴이어서 진막 안은 화기(和氣)로 덮였다.

이제 왕준이 이끄는 동북면군은 여진군과 합병한 셈이다.

이산은 누르하치의 의형제 겸 대족장 신분이다.

"내일 오전에 누르하치 대족장이 오실 것이오."

이산이 왕준에게 말했다.

"오르진은 싸우기도 전에 사지가 떨어진 형국이 되었으니 곧 몸통도 말라죽을 것입니다."

왕준이 화답했다.

"이제 요동은 누르하치 대족장이 통일하게 되었습니다."

서부 여진족은 명(明)에 종속되어 있었기 때문에 대항할 염두도 내지 못할 것이었다.

곧 주연상이 나왔고 양군 지휘관들은 술상 앞에 앉았다.

이산과 왕준은 나란히 앉아 술잔을 들었다.

그때 왕준이 통역을 바라보면서 낮게 말했다.

"이 공(公), 내 가족을 피신시켜 주셔서 고맙습니다."

"당연한 일이지요."

이산도 낮게 말했다.

"명(明)은 이제 지는 해입니다. 장군께서 누르하치 공(公)과 함께 새 왕조를 세우시지요."

"그럴 작정을 하고 있습니다."

왕준이 길게 숨을 뱉고 나서 말을 이었다.

"명(明)은 이제 운(運)이 끝난 왕조올시다. 주씨(朱氏)의 시대는 3백 년이면 족합니다."

주원장(朱元璋)이 명(明)을 세운 해가 1368년이니 아직 3백 년은 안 되었다.

다음 날 오후, 누르하치가 이끈 여진의 대군(大軍)이 도착했다.

선봉과 본대까지 합쳐서 벌판에 진입했기 때문에 위용이 굉장했다.

이제는 8기군(八旗軍)이 완전하게 틀이 잡혀서 8가지 깃발이 펄럭이는 것을 보면 장관이다.

거기에다 장식을 좋아하는 여진군은 제 몸통뿐만 아니라 말에도 색색의 헝겊을 둘러 세상이 온통 8가지 색깔로 뒤덮였다.

누르하치가 마중을 나온 이산과 왕준을 보더니 활짝 웃는 얼굴로 말에서 뛰어내렸다.

"왕 장군! 아우님!"

두 팔을 벌리며 다가온 누르하치가 왕준과 이산을 한꺼번에 안았다.

"와앗!"

그것을 본 동북면군, 이산군, 누르하치군이 일제히 함성을 질렀다.

창에 달린 깃발이 펄럭였으며 북소리가 요란하게 울렸다.

10만이 넘는 대군이 지르는 함성이다.

천지가 요동치는 것 같다.

그날 밤.

이번에는 누르하치가 베푼 주연이 열렸다.

지휘관 1백여 명이 모인 주연이다.

술잔을 든 누르하치가 좌우에 앉은 이산과 왕준을 번갈아 보았다.

주연장은 떠들썩했다.

여진족은 술을 마시면 떠들고 다투고 싸움까지 한다. 그것을 크게 나무라지도 않기 때문에 분위기가 어수선하지만 밝다.

웃음소리가 가득하다.

누르하치가 입을 열었다.

"당분간 오르진의 잔당을 토벌하면서 요동에 기반을 굳힐 작정이오."

누르하치가 말을 이었다.

"장성 동쪽의 땅을 확보하고 나서 서진(西進)하겠소."

"지당하신 말씀입니다."

왕준이 커다랗게 고개를 끄덕였다.

"장성 동쪽 영토만 해도 광대합니다. 옛적 금(金)의 전철은 밟지 않을 생각이오."

누르하치가 웃음 띤 얼굴로 왕준과 이산을 보았다.

"원(元)은 2백만도 안 되는 주민을 바탕으로 세상의 절반을 점령했소. 내가 테무진보다 못할 것이 없소."

누르하치의 시선이 이산에게 옮겨졌다.

"내 8기군(八旗軍)은 몽골군보다 더 정예요. 더 조직적이고."

이산의 얼굴에도 웃음이 떠올랐다.

그렇다.

그리고 사기도 더 높다.

진시(오전 8시) 무렵.

숙소에 있던 이산이 밖에서 위사장 곤도가 부르는 바람에 깨어났다.

"무슨 일이냐?"

밖에다 대고 물었더니 곤도가 대답했다.

"대족장께서 부르십니다. 전령의 보고를 받고 바로 부르신 겁니다."

서둘러 옷을 입은 이산이 스즈키와 함께 말을 달려 누르하치의 본진으로 들어섰다.

진막 안으로 들어서자 누르하치가 맞는다.

"아우님, 급한 일이 있어서 불렀네."

"무슨 일입니까?"

진막 안에는 누르하치의 동생 카리단과 8기군 대장이 다섯 명이나 모여 있었기 때문에 이산은 긴장했다.

그때 누르하치가 앞에 앉은 이산에게 말했다.

"아우님, 오르진이 조선으로 내려가고 있네."

이산이 숨을 멈췄고 누르하치가 말을 이었다.

"나를 기습하려고 빼돌렸던 기마군까지 불러들인 후에 남진(南進)하고 있어. 2개 부족을 제외한 전군(全軍)이야."

"……."

"3만 병력이네. 기마군 1만 2천, 보군 2만 가깝게 되네."

"……"

"그 병력만으로도 조선을 장악할 수 있지 않겠는가?"

"가능하지요."

가까스로 대답한 이산이 고개를 들었다.

"이 아우가 가겠습니다."

누르하치의 시선을 받은 이산이 말을 이었다.

"오르진을 말살시키지요."

"내가 그것 때문에 아우님을 부른 것이네."

"제가 조선인이기 때문만은 아닙니다. 내가 적임입니다."

"아우님의 1만 기마군으로 충분하겠는가?"

"형님은 오르진을 이탈한 잔존 세력과 서부 여진을 통합시켜야 합니다. 오르진은 저한테 맡겨주시지요."

그때 누르하치가 길게 숨을 뱉었다.

"치중대 3천을 떼어주겠네. 말 1만 필과 석 달분 군량과 군수품을 모아 줄 테니까 오르진을 맡아주게."

"당장 출동하겠습니다."

그때 자리에서 일어선 누르하치가 이산의 어깨를 감싸 안았다.

"청소하고 올라오게. 함께 천하를 도모하도록 하세."

돌아오면서 스즈키가 말을 이산에게 가깝게 붙이고 말했다.

"주군, 오르진 때문에 조선 출병이 빨라졌습니다."

속보로 달리는 마상에서 스즈키가 얼굴을 펴고 웃었다.

"이 기회에 조선을 장악하셔도 되지 않겠습니까?"

"시끄럽다."

“운(運)을 외면하시면 안 됩니다. 주군, 이것은 하늘이 주신 기회올시다.”

“스즈키, 너는 내 진심을 알지 않느냐?”

이산이 꾸짖듯이 묻자 스즈키가 정색했다.

“압니다, 주군. 하지만 부탁드립니다.”

스즈키가 말을 이었다.

“대세(大勢)는 물 흐르는 것처럼 이루어지는 법입니다.”

말굽 소리를 누르고 스즈키의 목소리가 울렸다.

“주군, 거스르지는 마십시오. 흐르는 대로 놔두십시오.”

이산은 입을 다물었다.

대세(大勢)는 곧 민심이다.

민심을 거스를 수는 없다.

앙카이트의 기마군을 불러들인 오르진의 에르카이 부족의 군세는 정확히 3만 4천.

누르하치가 보고 받은 병력보다 많았다.

기마군 1만 2천, 나머지 2만 2천이다.

“누르하치가 우리 행적을 파악했을 것입니다.”

군사(軍師) 요중이 마상에서 소리쳐 보고했다.

“추적군을 보낼 것이니 대비를 해야 합니다.”

“닷새면 조선으로 들어갈 수 있어.”

미시(오후 2시) 무렵.

오르진군(軍)은 벌판을 달리는 중이었는데 조선 국경과는 5백여 리(250킬로) 거리다.

그때 요중이 말을 바짝 붙였다.

"대족장, 기마군을 먼저 조선으로 보내고 보군을 뒤따르게 하시지요."

요중이 말을 이었다.

"기마군 1만 2천을 먼저 조선으로 진입시키시지요. 그리고 대족장께서는 기마군을 직접 지휘하시고 보군은 3개나 4개 부대로 나누어서 분산 남하시키는 것입니다. 그러면 추격군도 흩어지게 되겠지요."

"옳다."

오르진이 고개를 끄덕였다.

"그대가 내 제갈량이다."

기마군만 남진(南進)한다면 이틀이면 조선령으로 진입할 수 있는 것이다.

조선 국경은 무방비 상태다.

명군(明軍) 1만여 명이 조선 땅에 들어가 있지만, 이여송, 송응창 등 지휘관이 다 소환되었고 사천총병 유정이 남아있을 뿐이다.

왜군은 남쪽에 밀려나 있고, 조선군(軍)과 의병도 모두 남쪽에 몰려가 있다.

그때 요중이 말했다.

"조선에 들어가 닷새면 조선왕을 사로잡을 수 있을 것입니다."

저녁을 먹던 선조가 고개를 들고 옆에 선 상궁을 보았다.

"감선(監膳)을 불러라."

"예, 전하."

황망히 물러난 상궁이 곧 감선을 앞세우고 들어섰다.

감선은 내시로 왕께 음식을 올리는 것을 감독하는 종4품 직책이다.

"전하, 부르셨사옵니까?"

감선 허윤이 허리를 굽히며 묻자 선조가 앞에 놓인 편육을 젓가락으로 가리켰다.

쇠고기 편육이다.

"이거 누가 만들었느냐?"

"사옹원의 무수리가 만들었습니다만."

"맛이 다르다."

"예?"

놀란 감선이 숨을 들이켰을 때 선조가 편육 그릇을 집어서 방바닥에 내던졌다.

"싱겁다. 후추 양념이 들어가지 않았다."

"전하, 죽을죄를 지었습니다."

"그년을 매를 때려 쫓아내라."

"예, 전하."

눈을 치켜뜬 선조가 이제는 밥상을 밀어서 뒤집었다.

요란하게 그릇 부서지는 소리가 났다.

30여 가지의 찬그릇이 부서지고 뒤집혔다.

오르진이 이끄는 기마군 1만 2천이 의주를 휩쓸고 지났을 때는 미시(오후 2시) 무렵이다.

"여진군이다!"

대경실색한 의주부윤 심영보가 소리쳤다.

온몸을 떨면서 소리쳤기 때문에 이가 딱딱 마주쳤다.

"당장 전령을!"

지금 심영보는 의주 관아에서 도망쳐 나와 창고 옆에 서 있다.

"여진군은 남쪽으로 몰려가고 있습니다!"

비장 하나가 소리쳤다.

"수만 명입니다!"

"얼른 뛰어라! 한양성으로 가라!"

심영보가 발을 구르며 아우성치듯이 말했다.

"여진군 수만 명이 침입했다고 전해! 전하께 직접 보고해야 한다!"

평안감영에 보고해야 정상이지만 순찰사를 거칠 필요가 없다.

더구나 순찰사는 서인(西人)이다.

심영보는 동인(東人)인 것이다.

오르진의 기마군이 선천을 거쳐 정주에 닿았을 때는 술시(오후 8시) 무렵이니 만 하루 만에 3백 리(150킬로)를 달린 셈이다.

"오늘은 이곳에서 쉰다."

벌써 아수라장이 되어있는 정주 성안을 둘러보면서 오르진이 말을 이었다.

"오늘 밤은 마음껏 약탈하고 회포를 풀도록 해라. 다만 내일 아침 출동시간에 늦어선 안 된다."

정주가 지옥이 되었다.

갑자기 날벼락을 맞은 셈이다.

정주성 안에 진입해온 여진의 오르진군(軍)은 여자는 잡아서 겁탈했고 집을 뒤져 재물을 약탈하고는 불을 질렀다.

아예 집 안에 들어가 사내는 죽이고 여자를 끼고 잤다.

사방에서 불길이 솟았으며 피비린내가 진동했다.

눈에 띄는 사내는 다 죽였기 때문에 성안은 여진군으로 뒤덮였을 뿐이다.

곧 비명과 울음소리까지 그쳤고 여진군의 외침과 술에 취한 웃음소리만 울렸다.

전령이 의주, 귀성, 용천, 선천에서 뛰었다.

평안감영의 순찰사한테도 보냈지만 한양성의 조정에도 보낸 것이다.

전령이 뛰면서 역관과 주막에 들러 소문을 퍼뜨렸기 때문에 조선 북쪽에서 피란민들이 남하하기 시작했다.

이산이 이끄는 기마군이 압록강을 넘었을 때는 오르진이 국경을 넘은 지 나흘 후다.

이때는 오르진군(軍)이 순안에 머물고 있었는데 일정이 늦춰졌다.

노략질에 재미를 붙인 여진군이 정주에 이어서 안주에서 하루 반나절을 더 쉬었기 때문이다.

"오르진군이 수천 명의 포로를 데리고 있습니다."

스즈키가 보고했다.

"정주성에서도 1천여 명의 여자와 아이를 포로로 잡았는데 성안 창고에 가둬놓고 감시병을 배치했습니다."

이산군(軍)은 의주를 지나 남진하는 중이다.

유시(오후 6시) 무렵.

순안까지 기마군으로 사흘 거리가 되었다.

"평양에는 아직 입성하지 못했습니다."

다시 스즈키가 말했을 때 이산이 고개를 끄덕였다.

"오르진이 약탈은 처음 해보는 모양이다."

"예, 주군. 군사들이 약탈에 빠져들면 재물을 지키려는 욕심에 싸움은 끝나게 됩니다. 오르진이 조선 땅에 진입하자마자 약탈을 시킨 것 같습니다."

이산이 말고삐를 당겼다.

"밤을 새워서 놈들한테 접근한다."

"대족장, 군사들이 약탈한 물품을 말에 싣고 있어서 행동이 굼뜹니다."

요중이 말하자 오르진은 쓴웃음을 지었다.

"2년 전 차오타족을 약탈한 후에 처음이지?"

"그때는 불을 지르고 재물만 빼앗았지요. 포로를 잡고 여자를 겁탈하지는 않았습니다."

순안성.

오르진군은 순안성에서 이틀째 머무는 중이다.

조선 땅에 들어온 지 닷새째.

계획대로라면 오늘은 평양성에 있어야 했다.

점점 기동력이 떨어졌고 이탈자가 많아졌다.

오르진부터 이틀째가 되는 날에 속도를 늦추더니 예정에도 없이 머문 것이다.

오르진이 입을 열었다.

"걱정할 것 없어. 평양성은 하루면 빼앗을 테니까. 한양성 북쪽은 무주공산이다."

"그건 예측했던 일 아닙니까?"

"한양성까지 내려가서 조선왕을 잡아 죽일 필요는 없어."

그제야 오르진이 본심을 털어놓았다.

"그렇게 되면 아래쪽에 있는 조선군, 왜군, 명군(明軍)까지 상대해야 할 테니까 말이야."

"……."

"누르하치가 쫓아 내려온다면 깊게 내려갈수록 불리할 것 아닌가?"

"그건 그렇습니다."

요중이 고개를 끄덕였다.

본래 계획은 한양성을 점령, 조선왕을 죽이든지 인질로 삼고 그곳에서 조선군, 명군, 왜군과 대치한다는 것이었다.

모두 전쟁에 지친 군사들이라 보군까지 4만 가까운 병력의 오르진군(軍)이라면 승산이 있다고 믿었다.

그렇게 장담하던 오르진이 조선에 내려와서 변했다.

오르진과 헤어져 청을 나온 요중이 순안성 외성에 주둔한 다이락족 족장 유니마를 찾아갔다.

다이락족은 오르진에게 남은 유일한 부족이 되었다.

도모란과 자사르 부족이 이탈했기 때문이다.

다이락 족장 유니마는 42세.

요중과는 같은 부족으로 친구 사이다.

그래서 마지막까지 유니마가 배신하지 않은 것이다.

요중이 진막으로 들어서자 저녁을 먹던 유니마가 고개를 들었다.

"왜 혼자 먹나?"

앞에 앉으면서 요중이 물었다.

유니마는 8척 장신의 거구에 검은 얼굴, 전장에서는 용맹했지만 신중한 성품이다.

유니마가 거느린 다이락족은 기마군 1,800 정도였지만 오르진의 신임을 받아 항상 본대(本隊)에 소속되어 행동했다.

유니마가 입안에 든 닭 뼈를 뱉어내고 물었다.

"무슨 말이야?"

"조선녀 잡아 오지 않았어? 옆에서 시중이나 받으면서 먹지."

"에르카이 놈들이 다 잡아가고 우리는 몇 명 안 돼. 그리고 난 여자 생각

없어."

요중이 주위를 둘러보더니 목소리를 낮췄다.

"유니마, 내가 너한테 오는데 오르진이 위사 둘을 미행시켰어."

유니마의 시선을 받은 요중이 쓴웃음을 지었다.

"이제는 나도 믿지 못하는 거지."

"그럴 만하지, 부라트와 알탄이 다 배신했으니까."

유니마가 앞에 놓인 밥상을 밀어놓고 말을 이었다.

"네가 나하고 떠나면 망하는 거야."

길게 숨을 뱉은 요중이 말을 이었다.

"난 여기 올 때까지는 그런 생각이 없었어. 다만 가슴이 막힌 느낌이었을 뿐이지."

요중이 길게 숨을 뱉었다.

"그런데 오르진이 날 미행시켰다는 것을 확인한 순간 결심했어. 오르진을 떠나기로."

"……."

"난 너하고 상의하려고 온 거야. 앞으로의 전략을 말이지. 다이락 부족을 평양성으로 먼저 보내는 것이 나을 것 같다는 생각을 했거든."

"……."

"그런데 마음이 바뀌었다."

"이봐, 요중. 우린 이미 막다른 길에 들어선 거야. 방법이 없다."

유니마가 목소리를 더 낮췄을 때 요중이 쓴웃음을 짓더니 밖에 대고 소리쳤다.

"나칸! 거기 있느냐!"

"예."

바로 내답 소리가 들리더니 진막의 문이 열리면서 사내 하나가 들어섰다.

요중의 호위역이다.

유니마도 낯이 익은 사내다.

그때 요중이 물었다.

"어떻게 되었느냐?"

"베어 죽였습니다."

나칸이란 사내가 번들거리는 눈으로 요중을 보았다.

"오르진 님의 위사장 하르탄의 심복 위사들이었습니다. 기습해서 베어 죽였습니다."

그때 고개를 돌린 요중이 유니마를 보았다.

"유니마, 이젠 칼을 뽑은 상황이야."

요중의 두 눈이 번들거렸다.

"네가 날 죽여서 머리를 들고 가면 살아날 수 있겠지. 그것도 당분간……."

"……."

"오르진은 평양성에 가는 것도 두려워하는 상황이야. 이제 에르카이 부족은 도둑 떼가 되었다, 너도 알다시피."

그때 유니마가 눈썹을 모았다.

"잘 왔다, 요중."

이산이 유니마가 보낸 전령을 만났을 때는 다음 날 사시(오전 10시) 무렵이다.

이곳은 귀성 아래쪽의 벌판이다.

기마군 진영 안으로 전령 4기가 들어온 것이다.

척후가 안내해 온 전령은 몸을 굳히고 있다.

그때 여진어 통역을 맡은 10인장이 말했다.

"다이락 부족장 유니마와 오르진의 군사(軍師) 요중이 보낸 전령이라고 합니다."

이산이 무릎을 꿇고 앉은 넷을 보았다.

그 말이 사실이라면 조선으로 남진했던 오르진군(軍)이 다시 분열된 것이다.

다시 통역의 말이 이어졌다.

"다이락 부족 기마군 1,800기는 지금 오르진의 군사(軍師) 요중과 함께 오르진 본대에서 이탈, 동쪽으로 이동하고 있습니다. 대장군께서 지시하신다면 오르진군(軍)을 협공할 수도 있다고 합니다."

이산이 고개를 돌려 스즈키를 보았다.

그것이 사실이라면 오르진은 독 안에 들어간 쥐다.

그때 이산이 물었다.

"동쪽으로 이동하는 이유는 무엇이냐?"

"오르진군(軍)이 추격할지 모르기 때문입니다."

전령이 바로 대답했다.

이산을 똑바로 응시하고 있었는데 서둘러 말을 이었다.

"다이락 부족은 기마군 1,800기로 선봉을 맡고 있습니다. 오르진의 에르카이 부족이 1만 기 가깝게 되기 때문에 정면 대결은 불리합니다."

고개를 끄덕인 이산에게 스즈키가 말했다.

"한양으로 직진하지 않는 이유가 이것 때문인 것 같습니다."

그 시간에 선조가 평안도순찰사 이우훈이 보낸 전령을 맞는다.

순찰사 이우훈이 보낸 전령은 만호 조우형.

그리고 조우형은 선천에서 보낸 전령까지 대동했다.

궁 앞에서 만났기 때문이다.

영의성 유성룡이 조우형에게 말했다.

조우형은 병마만호로 종4품 고위직이다.

"만호가 주상께 직접 아뢰게."

"예, 대감."

고개를 숙여 보인 조우형이 선조를 보았다.

"여진군은 1만 5천가량이며 모두 기마군으로 의주, 귀성, 용천, 순안까지 장악했습니다."

조우형은 42세.

충청도에서 왜군과 싸우다가 조총에 맞아 왼쪽 팔을 잃었다. 그러나 팔 하나만으로도 말을 달리고 군무를 본다.

조우형이 번들거리는 눈으로 선조를 보았다.

"여자는 보는 대로 잡아다 겁탈하고 포로로 잡아가고 있습니다. 지금은 사내도 죽이지 않고 포로로 잡는데 그 수가 이미 3천이 넘었습니다."

듣고 있던 선조가 유성룡을 보았다.

지금 이틀 동안 세 번째 전령의 보고를 받는 중이다.

"총병한테서는 아직 연락이 없습니까?"

명의 지휘관인 사천총병 유정에 대해 묻는 것이다.

전령의 첫 보고를 받은 즉시 선조는 유정에게 유성룡을 보냈다.

유성룡이 시선을 내렸다.

"예, 연락이 없습니다."

유정은 사방에 흩어진 1만여 명의 병력을 갖고 있을 뿐이다.

그것도 상주 남쪽에 내려가 있다.

유성룡의 말을 들은 유정은 오히려 당황했고 화까지 냈다. '날더러 어쩌라는 것'이었다.

만일 유정이 명군(明軍)을 다 몰고 상경한다면 왜군이 가만있을 것인가?

당장 왜군이 따라서 올라올 것이다.

그때 팔도도순찰사 한응인이 나섰다.

“전하, 만일의 경우를 대비해서 천안성으로 파천하셔야 합니다.”

어깨를 편 한응인이 목소리를 높였다.

“전하, 여진군(軍)은 기마군이라고 했으니 사흘이면 한양성에 닿을 것입니다. 일각이라도 머뭇거리면 안 됩니다.”

강경한 말투다.

모두 입을 다물었고 유성룡도 주춤했다.

한응인은 임금의 최측근이다.

저렇게 강경하게 주장하는 것은 임금의 내락을 받은 것이 분명하기 때문이다.

한응인이 말을 이었다.

“전하, 오늘 당장 파천하소서. 어림군을 대기시키도록 하겠사옵니다.”

선조가 눈만 껌벅이고 있는 것은 다른 대신들의 호응을 기다리는 자세다.

그때 유성룡이 입을 열었다.

“작년 4월 30일에 파천하고 의주로 올라간 것을 기억하시오?”

유성룡의 얼굴이 하얗게 굳어졌고 목소리가 떨렸다.

청 안은 숨소리도 나지 않았고 선조도 숨을 죽였다.

“1년 반 만에 겨우 돌아와서 석 달도 안 되어서 이제는 남쪽으로 파천을 한다는 말이오?”

“대감, 왕실 보존이 우선이오!”

한응인이 소리쳐 대들었다.

“다른 방법이 없습니다!”

그때다.

청 아래쪽이 떠들썩해지더니 승지 최한수가 소리쳤다.

"평안도순찰사 이우훈의 전령이 왔습니다!"

"아니, 또 왔단 말인가?"

놀란 좌의정 윤두수가 되묻더니 대신 말했다.

"들여보내게!"

곧 대신들을 헤치고 관복 차림의 사내가 전 안으로 들어섰다.

관복을 급히 갈아입었는지 옷깃이 흩어졌고 관모가 비틀려졌다.

허리띠를 보니 정4품 관직이다.

"병마우후 박경도가 전하를 뵙습니다."

청에 꿇어앉은 박경도의 목소리가 밖에까지 울렸다.

그때 유성룡이 임금을 대신해서 물었다.

"조금 전 순찰사가 보낸 병마만호의 보고를 받았네. 또 무슨 일인가?"

"예, 북방에서 기마군이 진입했습니다."

"무슨 말인가?"

유성룡의 목소리가 떨렸고 용상에 앉은 선조의 눈이 흐려졌다.

입도 저절로 벌어졌다.

그때 박경도의 말이 이어졌다.

"기마군 1만 5천 정도입니다."

"여진의 후속군인가?"

"아닙니다."

"아니라니?"

유성룡이 헛소리처럼 되묻자 박경도가 고개를 들었다.

"이산군(軍)입니다."

"이산군이라니?"

"예, 이산이 이끄는 기마군입니다."

그때 선조의 입에서 신음이 터졌다.

"아이구!"

3장 선조를 포로로 잡다

청 안의 대신들이 놀라 고개를 들었을 때다.

임금이 소리쳤다.

"피란을 가야 하지 않는가?"

임금의 목소리가 청을 울렸다.

"여진에 이어서 더 악독한 왜군 기마군이 남진하는 것이 아닌가?"

임금도 요동에서 이산군(軍)이 횡행하고 있는 것을 알고 있다.

선조에게는 이산이 왜군, 여진보다도 더 가증스러운 적이다.

이산은 세자 광해의 선전관 출신으로 반역자이며 왜군에 투항한 역적인 것이다. 특히 세자의 측근이었다는 것이 공존할 수 없는 이유이다.

임금이 소리쳤다.

"당장 파천 준비를 하라! 당장!"

"전하."

유성룡이 고개를 들고 선조를 보았다.

"고정하시지요."

"지금 고정할 상황인가!"

임금도 지지 않고 소리쳤다.

"이산의 기마군까지 내려오고 있다지 않소!"

"전하, 이산이 조선을 치려고 내려오는 것 같지 않습니다."

"그게 무슨 말이오?"

임금이 이제는 삿대질까지 했다.

"이산이 왜군을 이끌고 있지 않소?"

"하지만 조선을 공격할 위인은 아니올시다. 이산은 오히려 여진을 치려고 하는 것 같습니다."

"말이나 되는 소리를 하시오!"

"방법이 있습니다, 전하."

유성룡이 필사적인 표정으로 임금을 보았다.

넓은 청 안에서 숨소리도 들리지 않는다.

임금도 입만 벌린 채 유성룡을 응시하고 있다.

그때 유성룡이 말했다.

"전하, 세자를 이산에게 보내시지요."

"무엇이?"

바로 되물었던 임금의 눈동자가 흔들렸다.

이해득실을 따지는 표정이 다 드러났다.

유성룡이 말을 이었다.

"세자가 한때 측근으로 거느리고 있었던 자이니만큼 이번에 세자가 책임을 지도록 하는 것입니다."

"……."

"이산이 아직도 역심(逆心)을 품고 있다면 세자의 말을 듣지 않을 것이니 세자께 책임을 물어야 할 것입니다."

"지금도 남진(南進)하고 있다지 않소?"

임금이 겨우 그렇게 물었을 때 이번에는 좌의정 윤두수가 나섰다.

"그러니 서둘러 세자를 보내야 합니다."

"전하, 그렇게 하시옵소서."

한응인이 한 걸음 다가서서 말했다.

두 눈이 번들거리고 있다.

"세자가 책임을 지도록 하시는 것이 지당한 줄 아옵니다."

"그럼 파천은 안 한단 말인가? 만일 이산이 그대로 밀고 오면 어쩌려고?"

그때 한응인이 말했다.

"전하께서는 민생시찰을 나가시도록 하옵소서. 세자를 보내고 수행원만 데리고 가시면 될 것입니다."

선조가 잠깐 한응인을 쳐다보더니 고개를 끄덕였다.

"그렇게 하라."

세자 광해는 수원성에서 의병장 배선동의 의병을 위무하느라고 한양에 올라가지 못했다.

배선동의 의병은 천민 의병이다.

지난달 배선동의 의병은 청주 아래쪽 삼막골에서 왜군 수색대 85명을 몰사시켰다.

의병은 150여 명의 의병 중에서 23명의 전사자, 20여 명의 부상자를 내었지만 대승이다.

그날 밤.

수원성으로 영의정 유성룡이 찾아왔다.

말을 타고 달려온 것이다.

수원성의 청 안.

놀란 광해가 먼저 물었다.

"대감, 여진군이 평양성까지 내려온 것입니까?"

광해도 여진군이 남하하고 있는 것을 알고 있다.

앞에 앉은 유성룡이 머리를 저었다.

"다른 일이 일어났습니다."

"저런."

광해의 얼굴색이 변했다.

"다른 길로 남진(南進)합니까?"

"이산군(軍)이 남진하고 있습니다."

순간 숨을 들이켠 유성룡이 광해의 시선을 잡았다.

"그 일로 저하를 뵈러 온 것이오."

"왜 이산이 남진(南進)해 올까요?"

"이건 제 생각입니다만……."

청 안에는 둘뿐이었지만 유성룡이 목소리를 낮췄다.

"이산이 여진군을 쫓는 것 같습니다."

"아아!"

"오늘 낮에 조정에서는 이산군이 남진한다는 보고를 받고 소동이 일어났습니다."

"당연하지요."

"주상께서는 천안으로 파천할 생각이셨습니다. 아마 한응인 등과 미리 상의하신 것 같습니다."

"……."

"그러다 이산군(軍)의 남진 보고까지 듣고 더욱 놀라셔서 파천을 서두르셨는데."

유성룡이 흐린 눈으로 광해를 보았다.

"저하, 소인이 이산에게 저하를 보내자고 말씀드렸습니다."

"……."

"저하의 수하였던 이산이니 저하께서 책임을 지고 수습하도록 하자고 말씀을 올렸지요."

"……."

"전하께서 놀라시더니 좌상까지 저를 거들어주시자 승낙하셨습니다."

"가야지요."

광해가 흐린 눈으로 유성룡을 보았다.

"이산은 여진군을 잡으려고 쫓아 내려온 것입니다. 당연히 내가 가야지요."

"이 기회에 저하께서 아무도 함부로 할 수 없는 업적을 세워놓으시는 것입니다. 간신 무리는 그 반대의 경우를 바라고 있겠지만 말입니다."

"지금 떠나겠습니다."

세자가 결연한 표정으로 말했다.

"이산을 보고 싶기도 합니다."

요중과 유니마가 다이락족과 함께 이탈한 후에 오르진은 순안성에 그대로 주둔하고 있었다.

충격은 받았지만 당장 철수하거나 다이락족을 추적하지 않은 것이다.

보군 2만여 명이 압록강을 넘어 남진(南進)하고 있다.

"다이락족은 동쪽으로 도망치고 있습니다."

위사장 하르탄이 보고했을 때는 술시(오후 8시) 무렵.

다이락족이 요중과 함께 이탈한 지 만 하루가 지났을 때다.

"묘향산을 지나 대동강 상류 근처에서 목격되었습니다."

"함경도로 들어가면 놈들의 고향에서 가깝기는 하지."

고개를 든 오르진이 청 밖으로 시선을 돌렸다.

마당으로 서너 명의 군사가 들어섰기 때문이다.

하르탄이 물었다.

"누구냐?"

화톳불에 비친 군사들은 전령이다.

다가선 군사 하나가 소리쳐 말했다.

"보군 대장 바투차의 전령입니다!"

오르진이 몸을 세웠을 때 청 밑에 선 군사가 숨을 골랐다.

그때 오르진이 물었다.

"내가 보낸 전령의 지시대로 했느냐?"

"무슨 말씀이신지요?"

"내가 전령 보찬에게 보군에 속해있는 다이락족 군사들을 모두 무장해제 시키라고 지시했다. 제대로 되었느냐?"

"그것 때문에 온 것입니다."

군사가 어둠 속에서 번들거리는 눈으로 오르진을 올려다보았다.

"보찬 님이 도착하기 전에 미리 연락을 받았는지 다이락족 보군 4천여 명이 이탈했습니다. 사란타이의 지휘를 받고 빠져나간 것입니다."

"으음!"

오르진의 입에서 신음이 터졌다.

한발 늦은 것이다.

군사(軍師) 요중이 낀 다이락족이다.

유니마와 함께 이탈하면서 보군에게 전령을 보냈을 것이다.

오르진보다 빠를 수밖에 없다.

그때 눈의 초점을 잡은 오르진이 물었다.

"나머지 보군은 남진(南進)해 오고 있느냐?"

"예, 족장님."

전령이 소리쳐 대답했다.

"1만 8천 병력이 남아있습니다."

오르진이 고개를 끄덕였다.

이제는 에르카이 부족만 남았다.

그러나 거대(巨大) 부족이다.

기마군 1만, 보군 1만 8천이 건재한 것이다.

오르진이 다시 전령을 만났을 때는 그날 밤 자시(밤 12시) 무렵이다.

자다가 일어난 오르진이 허리갑옷만 대충 두르고 마루방으로 나왔다.

순안성의 내성 안.

"무슨 일이냐!"

오르진이 짜증난 목소리로 물었을 때 전령과 같이 서 있던 위사장 하르탄이 소리쳐 말했다.

"족장! 이산군(軍)이 내려왔습니다!"

순간 오르진이 숨을 들이켰다.

조선에 침입한 지 엿새째가 되는 밤이다.

그동안 누르하치군(軍)의 추적을 예상하고는 있었다.

그때 하르탄이 말을 이었다.

"정주, 선천을 기습해서 잡아놓았던 포로들을 모두 풀어주었습니다."

오르진이 쓴웃음을 지었다.

휩쓸고 내려온 조선의 각 고을에는 2백여 명 정도의 감시병이 배치되어 있다.

보급조다.

그때 하르탄의 옆에 선 전령이 소리쳐 말을 이었다.

"저는 선천 감시로 남아있다가 탈출했는데 오면서 보니까 안주성도 이산군이 탈환한 것 같았습니다. 피난민들이 떼를 지어 성으로 들어가고 있었습니다."

"퇴로가 끊긴 것 같습니다."

하르탄이 잇새로 말했을 때 오르진이 고개를 끄덕였다.

"하르탄, 네가 요중이라면 어떻게 했겠느냐?"

"이산에게 투항했겠지요."

"요중은 내가 평양성까지 내려가지 않는 것으로 알고 있어. 그래서 그놈의 허를 찌르기로 하지."

오르진이 소리쳤다.

"지금 즉시 출동이다! 모두 깨워서 평양성으로 진격이다!"

"옛!"

하르탄이 대답하고는 몸을 돌렸다.

자정이 넘은 시간.

조선에 침입한 지 7일째가 되는 날이다.

다음 날 오전.

이산의 본진 안.

이곳은 순안 동북방 대동강 상류 지역이다.

어젯밤 다이락족과 연합했기 때문에 군세(軍勢)가 늘어난 이산군은 평원에 진을 치고 있다.

진시(오전 8시) 무렵.

요중과 유니마가 이산의 진막으로 불려 들어갔다.

진막 안에는 이미 10여 명의 장수가 둘러앉아 있다.

이산에게 인사를 한 요중과 유니마가 자리에 앉았을 때 군사(軍師) 스즈키가 말했다.

"오르진이 지금 평양성으로 급진하고 있다. 아마 오늘 중으로 평양성에 닿을 거야."

통역을 통해 들은 요중과 유니마가 서로의 얼굴을 보았다.

그때 스즈키가 요중에게 물었다.

"요중 군사(軍師), 오르진이 더 이상 남하하지 않는다고 했는데 갑자기 평양성으로 급진한 이유는 무엇이오?"

그때 요중이 쓴웃음을 지었다.

"오르진이 제가 이산 대족장군(軍)에 투항할 것을 예상한 것 같습니다."

"무슨 말인가?"

"저한테 말한 내용과 다르게 행동하는 것입니다."

"일리가 있군."

고개를 끄덕인 스즈키가 다시 물었다.

"오르진의 보군도 뒤를 따를 것인가?"

"보군은 정주나 안주에서 주둔한 채 뒤를 지켜줄 것입니다. 그것이 지금까지 오르진군(軍)의 전법이었지요."

한마디씩 말한 요중이 덧붙였다.

"제가 해온 전법이었습니다만 오르진은 쉽게 바꾸지 못할 것입니다."

"그것은 정석이야."

혼잣소리로 말한 스즈키가 고개를 들고 상석에 앉은 이산을 보았다.

"주군, 평양으로 가시지요."

이산이 고개를 끄덕였다.

두말할 것 없다.

속보로 달리는 마상에서 이산이 요중에게 물었다.

요중은 통역을 사이에 두고 이산과 나란히 나아가고 있다.

"요중, 그대 나이는 몇이냐?"

"35세입니다."

"오르진의 군사(軍師)가 된 지는 얼마나 되었는가?"

"8년 되었습니다."

"누르하치 님은 그대의 적이었으니 군사(軍師)로서 연구했을 터, 장점을 말해보라."

"끈기가 있습니다."

이산이 고개만 끄덕였고 요중이 말을 이었다.

"상대가 약해지고 허점이 드러날 때까지 기다리는 분입니다."

"또 있나?"

"포용력이 있고 수모를 견딥니다."

"아는 대로 말하라."

"부하가 직언하면 받아들입니다. 그래서 부하는 마음속에 있는 말도 다 뱉게 됩니다."

"그렇군."

"그러다가 한계에 닿았을 때 처리합니다."

고개를 든 이산이 요중을 보았다.

"무슨 말이냐?"

"없애는 것입니다."

요중의 얼굴에 웃음이 떠올랐다.

"다른 사람은 물론이고 본인도 모르게 말씀입니다. 사고로 죽거나 전사하거나, 또는 영화를 얻고 은퇴하지요."

"……."

"무서운 분입니다."

그때 이산이 이를 드러내고 웃었다.

"나를 파악했느냐?"

"누르하치 님을 감동시킨 분 아니십니까?"

따라 웃은 요중이 말을 이었다.

"제가 모시게 되어서 영광입니다."

평양성에는 순찰사 이우훈이 수성장을 겸하고 있었는데, 휘하에 관군 750명과 의병 1,200여 명을 지휘하고 있다.

그러나 관군, 의병 모두 노약자였고 급조한 병력이다.

남쪽에서는 여전히 전쟁 중이어서 건장한 군사나 제대로 된 무기는 모두 남쪽 전장(戰場)에 징발되었기 때문이다.

여진군이 남침한 후에 이우훈은 제대로 잠을 잔 적이 없다.

오늘도 한양으로 전령을 띄우고 성문 단속을 하고 돌아온 이우훈에게 종사관 김동기가 보고했다.

"나리, 세자 저하께서 오신다는 연락이 왔습니다. 어떻게 할까요?"

"이런."

깜짝 놀란 이우훈이 어깨를 부풀렸다.

"지금 여진 놈들이 지척에 있는데 왜 오신단 말인가?"

그때 김동기가 말했다.

"이산을 만나신답니다."

"하시바 이산에게 광해를 보내다니 조선왕도 다급해졌군."

고니시 유키나가가 이를 드러내고 웃었다.

밀양의 고니시 진영 안.

이곳에는 3천여 명의 병력이 주둔하고 있었는데 가끔 조총 발사음이 울렸다. 전투가 소강상태라 사격연습을 하는 것이다.

고니시가 앞에 앉은 부장 히로쿠에게 물었다.

"히로쿠, 이산의 진영에 네가 아는 자가 있다고 했지? 연락되느냐?"

"이산의 군사(軍師) 스즈키가 제 고향 선배가 됩니다."

히로쿠가 고개를 들고 고니시를 보았다.

"하지만 안 만난 지 10년이 넘었습니다."

"이산이 갑자기 요동에서 조선으로 내려온 것은 여진군을 쫓아 내려온 것이지만 우리에게 기회가 되었군."

고니시가 자리를 고쳐 앉았다.

밀양성의 청 안이다.

장수들의 시선이 고니시에게 모였다.

"평양성을 지나 한양성으로 진출하면 우리가 일제히 북진할 테니 조선 왕조는 순식간에 멸망한다. 의병들은 사기를 잃고 투항할 것이고 명군(明軍)은 온전하게 명(明)으로 돌려보낼 테니까."

고니시가 이를 드러내고 소리 없이 웃었다.

"이산이 요동에서 남진(南進)해 온 것은 우리에게 절호의 기회가 되었다. 전세를 반전시킬 기회야."

"주군."

옆에서 부른 것은 중신(重臣) 오카다다.

"뭔가?"

"이산은 가토 님과 인연이 많습니다. 가토 님하고 연락하지 않았을까요?"

"가토가 이번 일에 나선다면 반역 행위를 한 것이 돼."

고니시가 말채찍으로 탁자를 후려쳤다.

"조선에서 작전 책임을 맡은 것은 나다. 내가 관백 전하로부터 지시를 받았다."

오카다가 목을 움츠렸지만 물러나지 않았다.

"주군, 가토 님이 은밀하게 연락했을지도 모릅니다."

"어떻게 말이냐?"

"이산이 남진(南進)한 이유는 조선을 침략한 여진을 치려는 것이 분명합니다. 관백 전하께서 지시하셨을 리 없습니다."

"그런데 가토가 뭐라고 나선단 말인가?"

"가토 님은 이 기회를 이용해서 주군을 무력화시키려고 할 가능성이 있습니다."

고니시가 입을 다물었다.

예상했기 때문이다.

오카다가 말을 이었다.

"이산이 조선 왕조를 구하고 한양성 이북을 장악하면 일본군 중에서 가토 님만 상대하려고 하지 않겠습니까?"

청 안이 조용해졌다.

고개를 든 고니시의 얼굴에 쓴웃음이 떠올랐다.

그것은 고니시도 예상했던 것이다.

"그래서 우리도 서둘러야 한단 말이다."

고니시가 말을 이었다.

"사방에 소문을 퍼뜨려라. 광해가 이산하고 공모해서 임금을 몰아내고 왕위를 차지할 것이라고 말야. 그래서 이산을 불러들였다고 말이다."

모두 숨을 죽였고 고니시의 말이 이어졌다.

"특히 조선 왕실에 말이야. 그 소문을 들은 조선왕은 눈이 뒤집힐 것이다. 이산과 광해는 공모한 역적이 된다."

"과연."

감동한 오카다가 커다랗게 고개를 끄덕였다.

"묘수입니다. 조선왕이 날뛸 것입니다."

"서둘러라!"

소리친 고니시가 자리에서 일어섰다.

지금까지 답보상태였던 전선에 변화가 일어났다.

평양성은 하루 만에 함락되었다.

사시(오전 10시)에 시작해서 술시(오후 8시)에 여진군이 성의 북문 옆 성벽을 넘어 진입한 것이다.

곧 북문이 열리고 1만에 가까운 여진 기마군이 쏟아져 들어갔다.

순찰사 이우훈은 평양성이 견디기 어렵다는 것을 깨닫고 전날 밤에 주민을 모두 대피시켰고 군사도 노약자만 남겨놓았다.

노약자 중에서도 지원자를 뽑아 성벽에 세웠는데, 2백여 명이다.

전쟁을 많이 치른 군사이고 주민이다.

평양성도 왜군에게 두 번이나 빼앗긴 경험이 있었기 때문에 탈출로도 다 안다.

이우훈은 노약자 군사와 함께 남아있다가 성이 함락되면서 전사했다.

종사관 허욱이 여진군을 성루에서 쳐다보고 서 있는 이우훈에게 물었다.

함락되기 직전이었다.

"영감, 왜 그러십니까?"

이우훈이 고개를 돌려 허욱을 보았다.

"성에 조선 관리 하나는 남아있어야지."

이우훈이 흐려진 눈으로 허욱을 보았다.

"나는 이번 왜란에서 죽을 장소로 이곳을 정했어."

"개죽음 아닙니까?"

"아니야. 이것이 정상이야. 나는 내 임지에서 죽는 것이야."

이우훈이 손을 저어 허욱에게 빨리 도망치라는 시늉을 했다.

"더러운 꼴 더 이상 안 보게 되어서 다행이야. 그리고."

여진의 함성과 기마군의 말굽 소리가 울렸기 때문에 허욱이 바짝 다가섰다.

이우훈이 소리쳤다.

"보호받지 못하고 목숨을 잃은 백성들에게 관리로서 죗값을 치르는 거야. 그래서 빚 갚는 느낌이 드네."

이우현이 허욱의 몸을 밀었다.

"가게!"

이산은 오르진의 기마군이 평양성을 함락한 지 이틀 후에 대동강 변에 섰다.

"오르진은 수비에 익숙합니다."

요중이 성을 둘러보면서 말했다.

"동여진의 성채에서 수십 번 공성전을 겪었기 때문에 성안에 들어가 있으면 깨뜨리기가 힘듭니다."

통역을 통해 들은 이산이 웃음 띤 얼굴로 요중을 보았다.

"오르진이 평양성에서 남하할 가능성은 있나?"

“없습니다, 장군.”

요중이 고개를 저었다.

“평양까지 내려온 것도 부하들에게 보여주려는 허세입니다. 오르진은 지금 잔뜩 긴장하고 있습니다.”

“그래서 성 밖으로는 나오지 않으려고 하겠군.”

“군량이 떨어지면 소규모 부대를 내보낼 것입니다.”

고개를 끄덕인 이산이 스즈키를 보았다.

“서둘 것 없다. 놈들을 평양성과 위쪽에서 묶어두면 된다.”

약탈과 살육은 멈추게 될 것이었다.

광해가 개성에 닿았을 때 평양성이 함락되었다는 연락을 받았다.

순찰사 이우훈의 순사(殉死) 소식도 들었다.

순사(殉死)란 ‘따라서 죽는다’는 말이다.

이우훈은 노병(老兵) 2백여 명과 함께 성을 지키다 죽은 것이다.

“이산군(軍)이 여진군이 들어간 평양성과 정주, 안주성을 밖에서 포위하고 있습니다.”

개성유수 엄길도가 보고했다.

“정주, 안주성은 여진의 보군 부대가 주둔하고 있습니다. 2만 명이 넘는 대군입니다.”

유수의 관아 안이다.

광해는 이조참의 한상우를 부사(副使)로 삼고 종사관 하나, 별장 둘, 군사 15명을 거느렸으니 세자 행차로서는 초라했다.

전시(戰時)라고 해도 그렇다.

종5품 도사도 수행원이 이보다는 더 많다.

서로 임금과 임금 주위의 권신 눈치를 보느라고 세자와 동행하지 않으려고 했기 때문이다.

이번에 세자가 이산을 회유하지 못하면 같이 역적으로 몰릴 것이 뻔한 것이다.

그래서 정3품인 이조참의 한상우나 정4품 종사관 박기태는 자원한 수행원이다.

그때 엄길도가 말했다.

"저하, 이산군은 평양성을 포위하고 있다고 합니다. 하오나……."

엄길도가 고개를 들고 광해를 응시한 채 머뭇거렸다.

유시(오후 6시) 무렵.

광해가 개성에 도착한 지 아직 한 식경도 안 되었다.

수원에서 한양을 거쳐 왔지만 임금은 만나지 못했다.

임금이 남쪽으로 민생을 살피려고 떠났다고 했기 때문이다.

한양에서 기다리던 한상우와 박기태를 만나 북상했는데, 이제는 광해도 알 만큼은 안다, 자신과 동행하려는 관리는 임금에게 미움받을 각오를 하고 있다는 것을.

"유수, 말하시오."

광해가 재촉했다.

"다른 일이 있소?"

"조금 전 한양에 갔던 별장이 소문을 듣고 왔습니다."

결심한 듯 엄길도가 고개를 들고 광해를 보았다.

"저하, 저하께서 이산을 조선으로 끌어들였다는 소문이 났습니다."

"무슨 말이오?"

"저하께서 이산과 함께 주상 전하를 몰아내려고 하신다는 것입니다."

"내가?"

광해가 손으로 제 몸을 가리켰다.

"내가 이산을 끌어들였다고?"

"예……."

"이, 이런……."

어깨를 늘어뜨린 광해가 엄길도를 보았다.

"유수, 어디에서 그런 소문이 났소?"

"왜군들이 그렇게 퍼뜨린다고 합니다."

엄길도가 말을 잇는다.

"조정에서도 다 그렇게 믿는 것 같다고 합니다."

"내가 수원에서 영상 대감을 만나고 오는 길이오."

"주상께서는 저하를 폐세자한다고 하셨답니다."

그때 옆에서 듣기만 하던 한상우가 버럭 소리쳤다.

"차라리 그러라고 하시지요, 저하."

광해의 시선을 받은 한상우가 말을 이었다.

"이래도 저래도 의심하는 임금 아닙니까? 이 통제사도 어떻게든 잡아 죽이려고 하는 임금입니다."

한상우의 얼굴이 붉게 상기되었다.

"소신은 저하께서 이산을 무마해서 여진을 패퇴시키고 돌아가셔도 임금이 오히려 더 시기할까 봐 두려웠습니다."

말을 그친 한상우가 헐떡였을 때 이번에는 엄길도가 말했다.

"저하, 소인도 동감이올시다. 마음을 놓으시고 쉬시지요."

광해가 둘을 번갈아 보더니 이윽고 흐린 눈에서 눈물이 떨어졌다.

이산이 광해를 만났을 때는 미시(오후 2시) 무렵이었다.

왜란이 일어난 지 2년째가 되는 1월 중순.

눈발이 흩날리는 흐린 날씨였다.

초병이 먼저 세자 일행을 보았고 보고를 했기 때문에 이산이 말을 달려 세자에게 온 것이다.

평양성 아래쪽의 황무지.

초라한 세자 일행의 대열을 향해 수백 기의 기마군이 달려왔기 때문에 주위는 말굽 소리로 뒤덮였다.

이산군(軍)은 8기군(八旗軍)의 원조다.

이산을 호위해 온 위사대는 적기군(赤旗軍)이어서 붉은색으로 뒤덮인 불덩이 같다.

앞장서 달려온 이산이 세자의 모습을 보더니 말에서 뛰어내려 무릎을 꿇었다.

"저하!"

들판에 이산의 외침이 울렸다.

광해가 말에서 내리더니 두 손을 내밀고 이산에게 다가갔다.

"이 공(公)."

광해의 목소리는 떨렸고 눈에는 벌써 눈물이 가득 고였다.

다가선 광해가 이산의 팔을 잡아 일으켰다.

그때는 이산을 따라온 수백 기의 위사들도 모두 말에서 내려 언 땅에 무릎을 꿇고 앉아있는 중이다.

이산이 일어서면서 광해에게 허리를 굽혀 절을 했다.

"저하, 얼마나 심려가 많으십니까?"

"이 공이 조선을 또 구해주시는군요."

광해가 답례하면서 슬쩍 눈을 닦았다.

"저하, 제 진지로 모시고 가지요."

이산이 광해에게 말했다.

그때 광해의 뒤를 따르던 한상우와 박기태가 소리쳐 인사를 했다.

둘 다 목이 메었다.

대동강 아래쪽의 이산군(軍) 진영은 8기군(八旗軍)의 깃발이 어지럽게 휘날렸고 수천 필의 기마군이 도열해 있어서 눈이 어지러울 정도였다.

이산군(軍)은 왜군이다.

왜군 기마군의 영접을 받은 것이다.

진영 깊숙한 곳에 있는 본진의 막사로 들어섰을 때 이산이 광해를 상석으로 안내했다.

광해가 사양했으나 이산이 안내한 후에 휘하 장수들을 소개했다.

인사를 마친 후에 모두 자리에 앉았을 때다.

이산의 옆에 앉아있던 최경훈이 광해에게 말했다.

"평양성의 오르진은 더 이상 남하하지 못합니다, 저하. 마음 놓으소서."

"고맙소."

최경훈의 시선을 받은 광해의 눈이 다시 흐려졌다.

최경훈도 광해를 떠나 이산에게로 도망쳐온 신세다.

그때 이조참의 한상우가 헛기침을 했다.

"대장군께 말씀드립니다."

"말하시오."

이산이 대답하자 한상우는 말을 이었다.

"저하께서 오시는 동안 또 소문이 퍼졌습니다. 대장군을 저하께서 부르셨다는 것입니다."

"나를 저하께서 부르셨다는 말이오?"

"예, 그래서 저하와 대장군이 연합, 조선 왕위를 찬탈한다는 소문이 퍼지고 있습니다."

이산이 쓴웃음만 지었을 때다.

그들의 조선말을 옆에 앉은 역관을 통해 듣던 스즈키가 고개를 들었다.

"그것은 일본군 측에서 만들어진 소문일 것 같습니다."

스즈키가 일본어를 했지만 이제는 최경훈도 알아들었다.

고개를 든 스즈키가 이산을 보았다.

"고니시 님 측에서 만들어졌을 가능성이 높습니다."

"그렇군."

이산이 쓴웃음을 지었다.

"조선 조정에만 적이 있는 것이 아니야."

그때 광해가 이산에게 말했다.

"이 공(公), 나는 한양으로 가지 않고 이곳에서 이 공의 손님으로 지내고 싶소."

놀란 한상우와 박기태가 고개를 들었을 때 광해가 말을 이었다.

"나는 세자도 싫소. 폐세자된 상태에서 이곳에 머물고 싶소."

광해가 가슴에 뭉친 응어리를 빼놓는 것처럼 말했다.

진막 안.

이산을 중심으로 스즈키, 최경훈, 신지, 무라다, 유니마와 요중이 둘러앉았다.

지휘관과 참모 회의다.

고개를 든 이산이 물었다.

“어떻게 하는 것이 좋겠는가?”

모두 상황을 알고 있다.

그때 무라다가 입을 열었다.

“외람되오나 제가 먼저 말씀드립니다. 곧장 한양으로 남진(南進), 점령하는 것이 상책입니다.”

무라다가 똑바로 이산을 보았다.

“평양성에 숨어있는 오르진 따위에 신경 쓰실 것이 없습니다. 그놈은 우리가 포위를 풀어도 나오지 못합니다. 위쪽의 다이락족 보군으로도 충분히 막을 수가 있습니다.”

무라다가 평소답지 않게 목소리를 높였다.

“한양성에 있는 조선왕은 우리의 남진(南進) 소식을 듣자마자 파천할 것입니다. 이때.”

고개를 든 무라다가 얼굴을 일그러뜨리며 웃었다.

“우리는 일개 부대를 한양성 아래쪽에 매복시켰다가 조선왕을 생포하는 것입니다.”

“옳지.”

소리쳐 말을 받은 장수가 신지다.

신지가 무릎걸음으로 한 걸음 앞으로 나왔다.

“주군, 소신에게 맡겨주시면 기필코 조선왕을 잡아오겠습니다.”

신지가 말을 이었다.

“1천 기만 주십시오. 제가 길목에 매복하고 있다가 조선왕을 잡겠습니다.”

그때 스즈키가 말했다.

“묘책입니다. 그렇게 되면 한양성은 저절로 함락될 것입니다.”

이산의 시선이 최경훈에게 옮겨졌다.

묻는 표정이다.

어깨를 부풀렸던 최경훈이 이산을 보았다.

"주군, 때가 된 것 같습니다."

고개를 끄덕인 이산이 어깨를 폈다.

"한양성으로 남진한다."

모두 숨을 죽였고 이산의 목소리가 진막 안에 울렸다.

"그보다 먼저 신지가 적군(赤軍) 1천 기를 이끌고 한양성 남쪽으로 급진해서 매복하라."

"예, 주군."

신지가 소리쳐 대답했다.

이산이 장수들을 둘러보았다.

"출동 준비."

인시(오전 4시) 무렵.

말굽 소리로 땅이 울렸기 때문에 잠이 깨었던 광해가 자리에서 일어나 앉았다.

이곳은 골짜기에 만들어놓은 진막 안이다.

문의 갈라진 틈으로 보이는 밖은 아직도 어둡다.

광해는 다시 자리에 누웠다.

짚을 깐 바닥이 푹신했고 방한 장치가 잘되어 있는 진막은 동궁의 침전보다 나았다.

첫째, 마음이 편했기 때문일 것이다.

"저하, 기침하셨습니까?"

밖에서 한상우의 목소리가 울렸다.

"일어났네. 들어오게."

광해가 대답하자 진막 문이 젖히고 한상우가 들어섰다.

방의 불은 꺼졌지만 한상우의 얼굴 윤곽은 선명하게 드러났다.

"저하, 기마군이 출동하고 있습니다."

앞에 앉은 한상우가 숨을 골랐다.

밖에서 다시 말굽 소리가 울렸다.

수천 필의 말굽 소리다.

한상우가 말을 이었다.

"남진(南進)하고 있습니다, 저하."

"남진(南進)?"

"예, 한양성을 공격한다는 것입니다."

"이, 이런."

놀란 광해가 상반신을 세웠다.

"이 공(李公)이 그러면 안 되는데……."

"저하."

한상우의 두 눈이 번들거렸다.

"올 것이 왔을 뿐입니다. 간신에게 둘러싸인 주상은 저하가 어떤 결과를 만드셔도 역적으로 처리할 것입니다."

"말려야 되오."

"이미 늦었습니다, 저하."

바짝 다가선 한상우가 말을 이었다.

"저하, 이젠 생각을 바꾸소서. 조선 왕조는, 조선 조정은 이대로 두면 안 되옵니다. 이산 공(公)에게 맡겨두소서."

"내가 반역에 동참하란 말인가?"

광해의 목소리가 떨렸다.

"나도 이 상황에 책임이 있소. 나도 함께 처벌을 받겠소."

"이산 공은 저하를 중심으로 새 조정을 만들겠다고 하셨습니다."

"나는 싫소."

"저하, 백성을 위해서 견디소서."

한상우의 목소리가 굵어졌다.

"이산 공(公)의 충심을 믿으시고 맡기소서."

"이보오, 참의."

"백성을 위하여 견디소서. 이 기회를 놓치면 안 됩니다! 피하면 비겁한 것입니다!"

한상우가 이제는 소리치듯 말했다.

"이산군(軍)은 새 조정을 만들어 저하께 양도해줄 것입니다!"

"무엇이!"

놀란 선조의 목소리는 비명 같다.

눈을 크게 치켜떴지만 흐려져 있다.

이틀 후인 유시(오후 6시) 무렵.

정릉행궁의 마당에서 선조가 봉산에서 달려온 전령을 맞는다.

앞에 별장 둘이 엎드려 있다.

"왜군이 남진하고 있어?"

선조가 외침처럼 물었다.

"예, 전하. 기마군 1만 수천입니다. 봉산을 점령하고 주둔했기 때문에 숫자까지 셀 수 있었습니다."

별장 하나가 고개를 들고 소리쳤다.

"기마군이라 말이 수만 필이었습니다."

"어허."

선조가 고개를 돌려 주위를 둘러보았다.

"마침내 이산이 광해와 공모를 했구나."

둘러선 신하 중 대답하는 사람이 없었기 때문에 선조의 목소리가 이어졌다.

"서둘러 총병께 알려라! 그리고……."

숨을 고른 선조가 다시 소리쳤다.

"파천이다! 전라도로 내려간다!"

전라도에는 이순신이 있기 때문에 가장 안전한 곳이다.

지금은 이순신에게 가는 것이 상책이다.

유성룡은 복통 때문에 자택에서 누워 있다가 이산군(軍)의 남침 소식을 들었다.

집으로 찾아와 말해준 사람은 이조판서 남기옥이다.

"이산이 조정을 뒤엎으려고 하는군."

자리에서 겨우 일어난 유성룡이 말을 듣자마자 말했다.

"세자는 이산을 부추기지 않았을 거요. 주변 상황을 들은 이산이 남진(南進)을 결정한 것이지."

"지금 봉산에 주둔하고 있다고 합니다."

"빨리 내려왔군. 이틀이면 한양에 닿겠다."

"주상께선 오늘 밤에 남쪽으로 파천하신다고 했습니다."

"나한테는 기별도 안 하시는군."

"반대하실 것이 뻔하니까요."

길게 숨을 뱉은 남기옥이 말을 이었다.

"병판 박정일이 먼저 내려갔고 한응인 등이 주상을 수행하고 밀행할 것입니다."

"밀행이라."

유성룡이 얼굴을 일그러뜨리며 웃었다.

"도망질에는 선수가 되었으니 이번에는 백성들 모르게 잘 빠져나가겠지."

"대감, 의정부를 소집해야 되지 않을까요?"

남기옥이 주름진 얼굴로 유성룡을 보았다.

"아직 두 대감도 파천을 모르고 계십니다. 주상께서 측근들한테만 밀명을 내리신 것이라……."

"두 대감도 아마 한양에 남으실 것이네."

한숨을 쉰 유성룡이 밖에 대고 소리쳤다.

"누구 있느냐?"

"예, 나으리."

바로 집사가 대답했을 때 유성룡이 일렀다.

"지금 바로 좌의정 대감, 우의정 대감께 달려가서 나한테 오시라고 해라. 급하다고 전해라!"

"예, 나으리."

집사가 소리쳐 대답했다.

술시(오후 8시)가 되어가고 있다.

"또 파천이야?"

남대문 안 주막에 둘러앉은 일행 중에서 목소리 하나가 솟아올랐다.

모두 상민들로 7, 8명이 둘러앉아 술을 마시는 중이다.

그때 다른 목소리가 대답했다.

"파천은 무슨, 도망질이지."

"이산이 남진(南進)한다니 임금이 혼비백산한 것이지."

다른 사내가 말을 받는다.

"아이구, 잘되었다."

술잔을 소리 나게 내려놓은 사내 하나가 소리쳤다.

"이제 새 세상이 되는구나!"

지금 그들은 이산의 남진과 임금의 도망질을 이야기하는 중이다.

그런데 대군(大軍)이 남진한다는데도 전혀 불안한 기색들이 아니다.

오히려 반기는 분위기다.

사내 하나가 웃음 띤 얼굴로 좌중을 둘러보았다.

"임금이 야반도주하는데 따라갈 백성이 있을까?"

"어떤 미친놈이 따라가?"

사내 하나가 비웃었다.

"뒤에다 소금이나 뿌려야지."

처음 임금이 북쪽으로 도망갈 때는 한양성 백성들이 통곡하면서 길을 막았다.

우리를 버리지 말라고 울부짖으며 막았다.

임금이 기어코 도망치자 분개한 백성들은 형조 건물과 장례원에 불을 질러서 노비 문서를 불태웠다.

창덕궁, 창경궁에도 불을 질러 잿더미로 만들었다.

양반, 재상 집을 찾아다니며 살육했다.

그런데 지금은 다르다.

임금을 따라서 가는 백성도 없다.

모두 남아서 이산과 이산과 함께 있을 광해군을 기다리려는 것이다.

임금이 남대문을 나오면서 뒤를 돌아보았다.

자시(밤 12시) 무렵.

깊은 밤이다.

주위는 조용해서 지난번 북으로 도망칠 때와는 분위기가 전혀 다르다.

임금 일행 외에는 개 한 마리 보이지 않는다.

그때 호송 대장인 어영대장 오중구가 다가왔다.

"전하, 서두르셔야 하옵니다. 날이 밝기 전에 수원까지 닿아야 합니다."

"음, 후궁 행차는 어딘가?"

선조가 묻자 오중구가 뒤쪽을 보면서 대답했다.

"뒤쪽을 따라오고 있습니다."

"폭도는 나타나지 않겠지?"

"예, 조용합니다."

그러더니 오중구가 임금이 탄 말고삐를 쥔 군관에게 말했다.

"이놈! 서둘러라!"

놀란 군관이 말고삐를 당겼기 때문에 임금이 겨우 몸을 세웠다.

오중구가 다시 군관에게 소리쳤다.

"목을 베기 전에 서둘러! 이놈아!"

군관이 뛰었고 말이 속보로 걸었기 때문에 임금은 말고삐를 움켜쥐었다.

다른 일에 신경을 쓸 여유가 없다.

이산군(軍)은 개성에서 임금이 한양성을 탈출했다는 첩보를 받았다.

개성에서 한양까지는 기마군으로 하루면 넉넉하다.

사시(오전 10시) 무렵.

"지금쯤 수원에 닿았을 것입니다."

스즈키가 이산에게 보고했다.

"일행은 왕실 가족이 4백여 명, 어영대장이 이끄는 군사가 1천여 명입니다."

진막 안에는 장수급 지휘관과 참모들이 모여 있었는데 광해 일행은 참석시키지 않았다.

그때 무라다가 입을 열었다.

"경상도에 주둔한 일본군이 조선왕의 파천을 알고 있을 것입니다."

이산이 고개만 끄덕였고, 무라다가 말을 이었다.

"고니시 님은 말할 것도 없고 가토 님도 조선왕을 잡으려고 하겠지요."

"명군(明軍) 총병한테는 보고를 했겠지요."

스즈키가 말했다.

"일본군에 잡히지 않으려고 전라도 쪽으로 급히 남하할 것입니다."

이산의 시선을 받은 스즈키가 쓴웃음을 지었다.

"지난번에는 북쪽 끝으로 도망을 치더니 이번에는 남쪽 끝인가?"

뒤쪽에서 누군가 말했기 때문에 장수들 사이에서 낮은 웃음소리가 일어났다.

그러나 이산이 정색하고 있었기 때문에 진막 안은 조용해졌다.

신시(오후 4시)가 되었을 때 선조의 옆으로 병마사 김병익이 다가왔다.

김병익은 한응인의 심복이다.

"전하, 곧 천안성이 나옵니다. 저 산모퉁이만 지나면 국도가 평탄하니까 가마를 타시지요."

"응. 그런가?"

지치고 짜증이 나 있던 선조가 고개를 끄덕였다.

"천안성이 얼마 남았는가?"

"40리(20킬로) 정도 남았습니다."

"멀구나."

"가마를 타시면 나으실 것입니다."

겨울이어서 찬바람이 휘몰려왔다.

습기 띤 바람이어서 곧 눈이 내릴 것 같다.

말이 험한 길을 걷느라 엉덩이가 시큰거렸기 때문에 가마에 타고 눕고 싶다.

1리(500미터) 정도나 뻗은 임금의 파천 행렬은 곧 산모퉁이를 돌아가기 시작했다.

함성이 울렸을 때 임금은 말에서 내려 가마에 올라타려던 참이었다.

한쪽 발을 가마에 올렸을 때 산모퉁이 뒤쪽에서 함성이 울렸다.

그러고는 기마군의 말굽 소리.

"무엇이냐!"

임금의 목소리가 떨렸다.

그때 함성이 더 가까워지더니 기마군 둘이 이쪽으로 달려왔다.

비장 하나와 군관이다.

"전하! 왜군이오!"

비장이 소리쳤다.

"왜군의 복병이 나타났습니다!"

임금이 숨만 죽였을 때 기마군이 나타났다.

창에 붉은색 깃발을 매달았고 갑옷 위로 붉은색 전포를 휘감아서 온통 붉은색 불덩이다.

수백 명이다.

"전하!"

뒤쪽에서 병마사 김병익이 달려왔다.

눈에 핏발이 섰다.

말에서 내리지도 않은 채 바짝 다가선 김병익이 임금에게 손을 내밀었다.

"전하, 이 손을 잡으십시오!"

"손, 손을 말이냐?"

그때 적색(赤色) 기마군이 함성을 질렀다.

거리는 3백 보도 되지 않는다.

"어서 제 말에 타십시오!"

김병익이 버럭 소리치더니 뒤에 서 있던 군관들에게 고함을 쳤다.

"뭘하느냐! 어서 전하를 들어 올려 내 뒤에 태워드려라!"

당황한 군관들이 임금을 사방에서 붙잡았다.

들어 올리려는 것이다.

"아이구, 이런."

임금의 몸이 군관 셋에 의해 들렸다.

"악!"

그 순간 신음이 울렸기 때문에 몸이 들려있던 선조가 눈을 치켜떴다.

다음 순간 선조의 입에서도 비명이 터졌다.

"으악!"

보라, 병마사 김병익의 이마에 깊숙이 화살이 박혀 있다.

곧 김병익이 사지를 펴면서 말에서 떨어졌고 놀란 군관들이 제각기 임금의 몸을 놓았다.

"어이구!"

다음 순간 땅바닥으로 내팽개쳐진 임금이 신음을 뱉었다.

철퍼덕 소리와 함께 떨어진 것이다.

그때 함성과 함께 적군(赤軍)이 몰려왔다.

"엎드려라!"

외침 소리가 울렸다.

조선어다.

"엎드리면 안 죽인다!"

군관들이 일제히 엎드렸기 때문에 선조가 황급히 따라 엎드렸다.

임금 체면 따질 여유는 없다.

한양성은 피 한 방울 흘리지 않고 함락되었다.

함락이 아니다.

투항이 맞다.

이산군(軍)이 접근하자 남대문이 활짝 열려버린 것이다.

수문장인 도위 최황기가 군사들을 시켜 문을 열어놓고 밖으로 나가서 손까지 흔들었다.

그러자 백성들이 뛰쳐나와 만세를 부르기 시작했다.

당황한 것은 이산군(軍) 선봉대다.

열린 문으로 성안에 입성한 기마군은 오히려 얼떨떨해서 굳어 있다.

"만세! 만세!"

함성을 들으면서 입성한 이산이 스즈키에게 지시했다.

"성문을 닫고 백성들을 해산시키도록."

스즈키가 소리쳐 전령을 불렀을 때 무라다가 다가와 말했다.

"주군, 향도를 모집하겠습니다."

이산이 고개를 끄덕이자 무라다도 말을 몰아 사라졌다.

유시(오후 6시) 무렵이다.

한양성은 이렇게 이산군(軍)이 장악했다.

광해는 미복 차림인 데다 군사들 사이에 묻혀 입성했기 때문에 백성들의 눈에 띄지 않았다.

더구나 어둠이 덮이고 있던 시간이다.

성안으로 들어온 광해는 불에 타 폐허가 된 창덕궁의 방 하나를 처소로 삼았다. 사옹원 창고 옆방으로 들어간 것이다.

동행한 이조참의 한상우와 종사관 박기태가 말렸지만 막무가내다.

그래서 둘도 누추한 옆방을 처소로 삼았다.

광해 일행을 호위한 이산의 위사대는 상관하지 않았기 때문이다.

보고를 들은 이산이 위사대장에게 지시했다.

"궁 안에 내시, 궁인들이 남아 있을 것이다. 찾아서 세자 저하를 모시도록 해라."

위사장이 서둘러 나갔을 때 이산이 최경훈에게 말했다.

"그대는 한양에 남아 있는 대신들을 찾아보도록."

밤이 길어지면서 성안은 조용해졌다.

금세 평정을 찾은 것이다.

자시(밤 12시)가 되었을 때 이산 앞으로 전령이 다가와 엎드렸다.

신지가 보낸 1백인장이다.

창덕궁 밖의 저택을 본진으로 삼고 있던 이산에게 전령이 보고했다.

"주군, 조선왕을 생포했습니다."

이산이 시선만 주었고 전령이 말을 이었다.

"조선군 일부가 반항했지만 대부분이 투항했습니다."

"지금 어디 있느냐?"

이산이 묻자 전령이 대답했다.

"밤을 새워 이쪽으로 오는 중입니다. 내일 오후에는 도착할 수 있을 것입니다."

"잘했다."

고개를 끄덕인 이산이 옆에 선 위사장 곤도를 보았다.

"네가 위사대 5백을 이끌고 내려가 신지를 도와라."

다음 날 진시(오전 8시)가 되었을 때 유성룡이 정릉행궁의 청으로 들어섰다.

청 안에는 10여 명의 왜군 장수들이 둘러앉아 있었는데, 유성룡을 응시한 채 입을 열지 않았다.

"대감, 이리 앉으시지요."

유성룡을 안내해온 최경훈이 중앙에 놓인 방석을 가리키며 말했다.

"제가 곧 주군을 모시고 오겠습니다."

고개를 끄덕인 유성룡이 방석에 앉았다.

청의 사방은 문이 닫혀 있어서 겨울바람은 들어오지 않았다.

붉은 기둥에 걸린 등에 불을 켜놓아서 청을 밝히고 있다.

유성룡은 둘러앉은 왜장들과 하나씩 눈을 맞췄다.

제각기 황, 청, 백, 적 색깔의 허리띠, 두건을 쓰고 있었는데, 8기군(八旗軍)임이 드러났다.

요동에서 누르하치군(軍)이 8기군(八旗軍)으로 운용된다는 소문을 들었던 유성룡이다.

유성룡의 시선을 받은 왜장들이 각각 목례를 하거나 고개를 끄덕였다.

호의를 드러낸 것이다.

유성룡이 누군지 모르지만 이산의 손님이며 최경훈이 모시고 온 것을 알기 때문이다.

그때 청으로 이산이 들어왔다.

왜장들이 일제히 일어섰지만 유성룡은 앉아서 이산을 보았다.

"대감께서 오셨습니까?"

유성룡을 본 이산이 서둘러 다가오더니 앞에 앉았다.

그러더니 두 손을 청 바닥에 짚고 머리를 숙여 절을 했다.

"이산이 대감을 뵙습니다."

윗사람에게 대하는 인사다.

그러자 유성룡도 몸을 바로 세우고는 맞절을 했다.

"이 공(公)을 오랜만에 뵙소."

둘러선 왜장들이 숙연해졌다.

조선어를 알아듣지 못했지만 분위기를 파악한 것이다.

그때 이산이 옆쪽에 앉은 스즈키에게 일본어로 물었다.

"조선왕은 언제쯤 도착하나?"

"미시(오후 2시)쯤이면 도착할 것 같습니다."

스즈키가 바로 대답했다.

고개를 끄덕인 이산이 유성룡을 보았다.

"대감, 조선왕을 잡아 지금 이곳으로 압송해오고 있습니다."

"무엇이?"

깜짝 놀란 유성룡이 숨까지 들이켰다.

“전하를 잡았다고 하셨소?”

“예. 후궁과 왕자, 공주들까지 모두 생포했습니다.”

이산이 조선말로 말을 이었다.

“호위하던 장수와 군사는 10여 명이 죽고 다쳤지만 모두 투항했기 때문에 무장 해제시키고 수원성에서 풀어주었습니다.”

“풀어주었단 말이오?”

“예, 1천 명 가깝게 된다고 합니다.”

“…….”

“어영대장 오중구는 자진해서 임금 일행에 섞여 따라오고 있습니다.”

“이 공(公).”

마침내 유성룡이 상반신을 기울이고 이산을 보았다.

“어떻게 하실 작정이오?”

“임금을 저잣거리에 내놓고 백성들에게 심판하도록 할 겁니다.”

“아니!”

소스라친 유성룡이 벌떡 상반신을 세웠다.

“안 되오! 그럴 수는 없소!”

목소리가 컸기 때문에 모두의 시선이 모였다.

유성룡이 소리쳤다.

“내가 대신 백성들의 심판을 받겠소! 주상은 놔두시오!”

“임금을 치마로 감싸고 국정을 농단한 인빈과 그 자식들을 백성들이 보는 앞에서 참수하겠소.”

이제 유성룡은 입을 딱 벌렸다.

다시 이산이 정색하고 유성룡을 보았다.

“대감, 내가 남진(南進)한 이유는 무능하고 비겁하고 제 욕심만 채우는 임금을 없애고 그 주변의 간신들을 숙청하려는 것입니다. 그리고 세자를 중심으로 새 조정을 세우게 하려는 것이오."

이산의 목소리가 청을 울렸다.

자리에서 일어선 이산이 유성룡을 내려다보았다.

엄격한 표정이다.

"대감이 백성들의 지탄을 받는 저 임금과 왕족들을 끝까지 감싸겠다면 할 수 없는 일이오."

그때 유성룡이 이산에게 물었다.

"세자께서는 동의하셨소?"

"그럴 리가 있습니까?"

바로 대답한 이산이 말을 이었다.

"세자께 아직 묻지 않았지만 이건 내 결정이오. 세자가 따르지 않으신다면 이 땅을 왜군에게 내주고 난 요동으로 돌아갈 것입니다."

그러고는 이산이 몸을 돌렸다.

"이산이 조선왕이 되겠군."

고니시가 이맛살을 찌푸리고 말했다.

"조선왕까지 잡았다니 전광석화 같은 작전이야. 2년 동안 우리가 15만 대군을 동원해서도 이루지 못한 일을 며칠 만에 해치웠구나."

고니시가 마상에 앉아 눈에 덮인 황무지를 보았다.

이곳은 경상도 합천 근처.

사시(오전 10시) 무렵.

고니시는 부대 시찰 중에 전령의 보고를 들은 것이다.

그때 옆에 선 중신 오카모도가 말했다.

"주군, 한양성에 전령을 보내셔야 합니다. 제가 가겠습니다."

"그래야겠다."

고개를 든 고니시가 말을 이었다.

"가토도 전령을 보낼 테니 서둘러라."

고니시가 말을 이었다.

"조선 원정군 사령관의 지시를 전하도록 해라."

최경훈의 말을 들은 광해가 고개를 들었다.

눈이 흐려졌지만 어금니를 문 얼굴이다.

창덕궁 옆, 사옹원 근처의 방 안이다.

방에는 둘뿐이다.

"안 됩니다. 그때는 내가 죽겠습니다."

광해가 말을 이었다.

"최 공(公)이 이 공(公)에게 말씀해주시오. 차라리 이씨 왕조를 멸망시키고 이 공(公)이 새 왕조를 세우는 것이 낫습니다."

"그럴 생각이면 세자 저하와 함께 오시지도 않았습니다."

최경훈이 길게 숨을 뱉었다.

"저하께서 이산 공(公)의 제의를 받아들이시는 방법밖에 없습니다."

"이산 공(公)을 만나게 해주시오. 내가 설득해 보겠소."

"안 됩니다."

대번에 고개를 저은 최경훈이 단호한 표정으로 광해를 보았다.

"저하, 백성을 생각하십시오. 부자(父子)의 정이나 삼강오륜을 떠올리신다면 주상께서 저하를 어떻게 대하셨는가라도 생각해보시지요."

최경훈의 얼굴에 일그러진 웃음이 떠올랐다.

"그것이 일국의 군주로서 행할 짓이었습니까? 저 혼자 살겠다고 북쪽으로, 남쪽으로 도망질을 치는 작태를 보셨지 않습니까?"

"……."

"세자 저하의 주변에 사람이 꼬이는 것도 시기하고 질투해서 가만있지를 못하는 부왕(父王)이었지요."

최경훈의 목소리가 열기를 띠었다.

"왜적을 겨우 막아준 이순신 통제사를 시기해서 어떻게든 감옥에 넣거나 죽이려고 기회를 노리는 왕 아닙니까?"

"……."

"주변의 간신들을 보십시오. 썩은 고기에 파리 떼가 꼬이는 법입니다. 맑은 물은 썩지 않는 법입니다."

"……."

"임금이 지난번 야반도주했을 때 백성들은 왕궁에 불을 질렀고 왕을 저주했습니다. 그리고 남겨진 백성 대부분이 왜군의 향도로 지원했지요. 그것을 아십니까?"

"……."

"이번에 왕이 다급해서 남쪽의 이순신에게로 야반도주했을 때 백성들은 잘 갔다고 환호했습니다. 그러고는 사대문을 활짝 열고 이산군(軍)을 받아들였습니다."

고개를 든 최경훈이 광해를 보았다.

"저하, 이런데도 고집을 부리실 겁니까?"

마침내 광해가 외면했다.

조선왕 선조 일행이 환궁했다.

예정보다 늦어서 유시(오후 6시) 무렵이 되어서 한양으로 돌아온 것이다.

이산의 지시로 왕은 왕궁으로 들어왔다.

제자리로 돌아온 것이다.

그러나 포로다.

왕궁 안팎에 이산군(軍)이 겹겹이 늘어섰고 침소에 갇힌 왕과 후궁, 왕자, 공주들은 밖으로 나갈 수도 없다.

왕궁이 감옥이 되었다.

술시(오후 8시) 무렵.

정릉행궁의 청 안으로 임금 선조가 들어섰다.

남쪽으로 피란 가던 행색 그 차림으로 머리에 쓴 갓만 벗었다.

그러나 사옹원 무수리가 갖다 준 저녁은 배가 고팠는지 다 먹었다고 했다.

청 안의 상석을 이산이 차지했는데, 임금이 앉던 용상은 치우고 방석에 앉았다.

이산의 앞쪽 좌측에는 이산군(軍)의 장수들, 우측에는 한양성에 남아 있던 대신들이 늘어앉았다.

임금을 따라 피란 가던 팔도도순찰사 한응인은 대열 후미에 있다가 도망쳐서 끌려오지 않았다.

그때 이산이 앞쪽에 앉은 선조를 보았다.

선조와의 거리는 10보 정도다.

둘의 시선이 부딪쳤다.

선조의 이름은 이공.

중종의 후궁인 창빈 안씨의 소생인 덕흥군 이초의 셋째 아들이다.

중종의 서손인 것이다.

명종이 죽고 적손이 없자 서손인 이공이 제14대 조선왕이 되었다.

이른바 방계 승통이 시작된 것이다.

이산을 쳐다보는 선조 이공의 나이는 43세.

16세에 왕이 된 후로 27년째다.

그때 이산이 조선말로 물었다.

목소리가 커서 청이 울렸다.

"네가 조선왕 이공이냐?"

소리치듯 물었기 때문에 선조가 깜짝 놀라 숨을 들이켰다.

대답하려고 입을 벌렸다가 숨통이 거칠어져서 재채기가 나왔다.

그때 이산이 옆에 내려놓은 칼자루로 청 바닥을 쳤다.

요란한 소리가 났고, 이산이 다시 물었다.

"대답해라!"

"그렇소."

선조가 겨우 대답했을 때 이산이 다시 물었다.

"나의 근본을 아느냐?"

"모릅니다."

"나는 전(前) 호조판서 이윤기의 서자다."

청 안에 낮게 일본어가 울린 것은 역관이 이산의 말을 통역해주기 때문이다.

이산이 말을 이었다.

"내 어미는 경성부사였던 김경업의 딸이었으나 역모로 몰려 외조부가 죽고 관비가 되었다. 따라서 나는 종의 자식이다."

이산의 얼굴에 웃음이 떠올랐다.

"지금 너는 종의 포로가 되었다. 이제 네 처지를 알겠느냐?"

청 안의 조선 대신들은 숨도 죽이고 있다.

유성룡, 최만, 윤두수 등 대신들도 마찬가지다.

고개를 든 이산이 소리쳤다.

"인빈 김씨와 그 자식들을 당장 이곳으로 끌고 와라!"

조선말로 소리쳤기 때문에 조선 대신들은 화들짝 놀랐고 선조의 입이 떡 벌어졌다.

역관이 일본말로 통역하자 위사들이 뛰어나갔다.

그때 영의정 유성룡이 이산에게 말했다.

"이 공(公), 차라리 대신들을 벌주시오. 왕실은 내놓지 말아주시기 바라오."

"닥치시오!"

이산이 버럭 소리쳤기 때문에 유성룡도 숨을 들이켰다.

예전의 이산이 아니다.

이글거리는 눈에서 금방이라도 불길이 일어날 것 같다.

그때 이산이 일본어로 말했다.

"도망치다가 잡힌 관리 놈들을 데려오도록 해라."

그러자 위사들이 다시 뛰어나갔다.

잠시 후에 청 아래쪽에 관리 세 명이 꿇어앉았다.

위사들이 데려온 관리들을 본 조선 대신들이 술렁거렸다.

임금을 따라 파천 행렬에 끼었던 병조판서 박정일과 병마우후 양기준, 홍문관 부제학 박동영이다.

이들은 신지의 기습군이 달려오자 그대로 말을 달려 도망치다가 생포된 것이다.

그때 이산이 말했다.

"저놈들은 왕 행차를 호위하다가 기습군이 달려오자 도망쳤던 놈들이다."

셋은 손이 뒤로 묶인 채 마당에 나란히 꿇어앉아 있다.

머리는 산발이 되고 옷은 어지럽게 흐트러졌는데, 셋 다 겁에 질린 표정이다.

청 위쪽의 조선 대신, 왜장들의 시선이 모두 모였다.

선조도 힐끗 그들을 보았다.

그때다.

안쪽이 수선스러워지더니 위사들에게 끌린 인빈 김씨와 그 소생의 왕자, 공주들이 청으로 들어섰다.

인빈 김씨는 원체 임금의 총애를 받아서인지 4남 5녀를 생산했다.

그런데 왕의 총애를 받던 둘째 아들 신성군이 작년에 죽었기 때문에 이제는 셋째 아들 정원군을 끼고 산다.

인빈은 정원군을 세자로 삼으려는 것이다.

우르르 몰려온 인빈과 자식들이 임금과 함께 앉았다.

청 위에서는 임금과 인빈, 그리고 그 자식들이, 청 아래 마당에는 임금을 수행하다가 도망친 간신 셋이 앉아있다.

그때 이산이 인빈에게 물었다.

"네가 인빈이냐?"

그 순간 인빈이 고개를 들었다.

눈빛이 강하다.

갸름한 얼굴. 30대의 농염한 분위기가 풍기는 미모. 붉은 입술이 꾹 닫혔고 이산의 시선을 받고도 눈동자가 흔들리지 않는다.

청 안이 순식간에 숨소리도 나지 않을 정도로 조용해졌다.

마당에 꿇어앉은 셋은 몸을 굳히고 있다.

다 들은 것이다.

그때 인빈의 입이 열렸다.

"네가 감히, 뉘 앞이라고 이러느냐!"

날카로운 목소리.

서릿발 같은 기상이다.

그때 이산이 이를 드러내고 소리 없이 웃었다.

"내가 저승사자다."

이산이 조선말을 했기 때문에 역관이 일본어로 왜장들에게 통역했다.

이산이 말을 이었다.

"네 이년, 궁궐 안에서 바깥 물정을 모르는 모양이니 겪어보아라."

그러더니 고개를 들고 마당에 서 있는 위사에게 소리쳤다.

이번에는 일본어다.

"한 놈 머리를 베어서 갖고 오너라!"

"옛!"

그런 명령쯤이야, 하는 것 같은 기운찬 대답이 들리더니 위사 하나가 성큼 셋 중 홍문관 부제학 박동영 앞으로 다가가 섰다.

모두의 시선이 모였고 인빈도 그쪽을 보았다.

다음 순간 위사가 허리에 찬 칼을 빼 치켜들었다.

"얏!"

기합 소리가 궁 안을 울렸다.

다음 순간 눈만 크게 뜨고 있던 박동영의 머리통이 몸에서 뚝 떼어지더니 앞으로 떨어져 굴렀다.

"꺅!"

비명 소리는 공주 하나한테서 울렸다.

임금은 눈만 크게 뜬 채 움직이지 않았고 인빈은 입을 꾹 다물었지만 눈이 흐려졌다.

그때 이산의 목소리가 다시 울렸다.

"그놈 머리를 들고 와서 이 여자의 치마 안에다 집어넣어라!"

"옛!"

"여자를 좌우에서 붙들어야 할 테니 셋이 오너라!"

그 말을 들은 위사장 곤도가 위사들 중에서 둘을 지목했다.

그러자 위사 하나는 박동영의 머리통을 들고, 둘은 좌우에 붙어서 청으로 올라왔다.

모두 홀린 것처럼 그들을 보았고 이산군(軍) 장수들은 눈빛이 호기심으로 바뀌었다.

"으악!"

청 안에서 인빈의 비명이 들린 것은 잠시 후다.

위사 둘이 인빈의 팔을 움켜쥐었고 하나가 인빈의 치마 안에 박동영의 피가 뚝뚝 흐르는 머리통을 집어넣었기 때문이다.

"아이구! 사람 살려!"

인빈의 비명이 이어졌다.

"이것 보시오, 이 공(公)!"

유성룡이 소리쳤다가 무라다에게 저지당했다. 무라다의 목소리가 더 컸다.

"닥쳐라! 감히 뉘 앞이라고 소리를 지르느냐!"

그러자 위사장 곤도가 유성룡 앞으로 다가가더니 허리에 찬 장검을 빼 들었다.

"우리는 고니시 휘하의 왜군이 아니다!"

곤도의 외침이 곧 조선어로 통역되었다.

"우리는 요동에서 내려온 누르하치의 동맹군이다!"

다시 곤도가 외쳤고 조선 대신들이 일제히 숨을 들이켰다.

여진의 동맹군이다.

"꺄악!"

치마 속에 박동영의 머리통을 넣은 채 인빈이 다시 비명을 질렀다.

그때 이산이 지시했다.

"그 반역자의 머리통을 치마 속에 넣은 채 치마 끝을 묶어라."

"예, 주군."

이산의 뜻을 짐작한 위사들이 재빠르게 움직여 인빈의 치마에 머리통을 넣은 채 묶었다.

"네 이년."

이산이 인빈에게 낮게 말했다.

그러나 인빈의 눈은 어느덧 흐려졌고 치마 속의 박동영을 의식한 채 움직이지도 않는다.

이산이 말을 이었다.

"다시 머리통 하나를 떼어 이번에는 네 저고리 안에다 넣어주마."

인빈이 떨기 시작했다.

"그다음에는 네년의 소생을 하나씩 머리통을 베어 네 앞에 놔주겠다."

"……."

"네 옆에 앉은 놈이 누구냐?"

인빈이 대답하지 않았기 때문에 곤도가 칼끝을 인빈 옆에 앉은 왕자의 목에 붙였다.

그때 왕자가 온몸을 떨었다.

"그분이 정원군이오!"

우의정 최만이 소리쳤다.

인빈의 셋째 아들, 임금의 총애를 받는 왕자다. 그래서 인빈 옆에 붙어 앉아

있었다.

정원군은 1580년생이니 이때 14살.

숙성했으나 겁에 질려 금방이라도 혼절할 것 같다.

인빈은 기를 쓰고 앉아있었지만 혼절도 못 했다.

치마 속에 박동영의 머리통을 담고 혼절할 수는 없었기 때문이다.

다시 이산이 곤도에게 지시했다.

"그놈이 정원군이라고? 그놈 머리통을 떼어서 임금 바지 속에 넣어라."

일부러 조선말을 했기 때문에 곤도는 눈만 껌벅였지만 조선 대신들이 일제히 웅성거렸다.

그때 최경훈이 입을 열었다.

"주군, 밤이 깊어졌습니다. 내일 다시 취조하시지요."

이산이 자리에서 일어섰다.

"내일 조선 왕실 정리를 하겠다."

저택의 사랑채 안.

불을 켠 방 안에 다섯이 둘러앉아 있다.

자시(밤 12시)가 넘은 시간이어서 주위는 조용하다.

술상을 사이에 두고 앉은 다섯은 이산과 최경훈, 그리고 의정부의 세 대신인 영의정 유성룡, 좌의정 윤두수, 우의정 최만이다.

이산이 세 대신을 이곳으로 부른 것이다.

방 안 분위기는 무겁고 어둡다.

조금 전에 청에서 조선 왕실에 대한 엄청난 징벌이 내려졌기 때문이다. 이미 조선왕은 포로가 되었고 왕가는 멸문 직전의 상태에 이르렀다.

마당에 끌려왔던 세 관리는 모두 처형되었고 인빈은 넋이 나간 상태에서 실려 나갔다.

임금도 마찬가지다.

인빈의 소생인 왕자, 공주는 다섯이 청에 나왔지만 끔찍한 장면을 보고 나서 공주 셋은 혼절했다.

왜군이 왕족을 포로로 잡았다고 해도 이 정도까지 닦달하지는 않았을 것이다.

그때 먼저 이산이 입을 열었다.

"나는 임금과 후궁 김씨 인빈을 죽이고, 인빈의 자식들도 몰살한 후에 세자를 조선왕으로 세우고 요동으로 돌아갈 작정이었습니다."

단숨에 말한 이산이 셋을 둘러보았다.

"조선 이씨 왕조를 광해 왕으로 이어가게 하려는 것이었소."

이산이 얼굴을 일그러뜨리며 웃었다.

"그러면 조선 땅 중앙 부분에 명군(明軍)이, 아래쪽에 왜군이 박혀 있는 현 상태는 그대로이지만 왕과 조정은 바뀌게 되겠지요."

고개를 든 이산이 말을 이었다.

"그래서 내일은 임금과 인빈, 그 왕자, 공주들을 모두 죽이고, 간신들까지 다 죽인 후에 돌아갈 생각인데, 세 대감들의 의향은 어떠시오?"

"장군."

윤두수가 어깨를 늘어뜨리면서 불렀다.

눈이 흐려져 있고 말을 시작하기 전에 다시 한숨을 쉬었다.

"저희가 목숨을 바쳐 세자를 모시겠소이다. 그것은 주상이 다른 생각을 하지 못하도록 하겠다는 말씀이오."

윤두수의 말이 떨렸지만 기를 쓰고 잇는다.

"그러니 장군께서는 저희를 믿고 귀환해주셨으면 고맙겠소이다."

"저 임금 놈을 살려 두란 말씀이오?"

"장군."

이번에는 최만이 불렀다.

최만의 눈에는 이미 눈물이 흘러내리고 있다.

"임금을 죽이고 나면 세자 광해는 유림으로부터 임금을 죽이게 했다는 지탄을 받게 됩니다."

"그럼 그 유림 놈들을 처자식까지 다 죽이고 가지요. 처자식까지 합하면 한 10만쯤 됩니까?"

"이산 공(公)."

이번에는 유성룡이 불렀다.

유성룡은 얼굴은 이산에게 향했지만 시선은 내리고 있다.

"이산 공(公)은 모르겠지만 조선 땅은 파당이 깊게 뿌리를 내리고 있소. 양반사회는 그 파당으로 존재하는 것이나 같소."

"양반들을 몰살하는 것이 어떻습니까?"

이산이 되묻자 모두 침묵했다.

세 대신은 시선을 내린 채 술잔도 쥐지 않는다.

그때 최경훈이 입을 열었다.

"주군, 가토 님의 전령이 왔습니다."

이산의 시선을 받은 최경훈이 말을 이었다.

"고니시 님의 전령도 곧 도착한다고 합니다."

고개를 든 이산이 쓴웃음을 지었다.

"고니시는 내가 조선왕이 되려는 줄 알 겁니다."

세 대신은 침묵했고 이산이 다시 물었다.

"대감, 조선이라는 땅에는 양반이라는 병균이 박혀서 좋은 씨가 자랄 수 없다는 말씀이오?"

이산의 말이 이어졌다.

"세자가 왕이 되어도 양반 놈들이 또, 동서남북으로 나뉘어서 싸움질이나 하는 세상이 될 것이라는 말씀이오?"

"영명한 군주가 나서야 합니다."

마침내 유성룡이 말을 뱉었는데 마치 피를 토하는 것처럼 거칠었다.

"세자가 그 재목이나, 자연스럽게 왕위를 잇도록 해주시오."

이번에는 이산이 입을 다물었고 윤두수가 말을 잇는다.

"우리 삼정승이 목숨을 바쳐 세자를 보위하겠소이다. 부디 믿고 귀환하소서."

그때 최경훈이 외면하더니 길게 숨을 뱉었다.

삼정승이 돌아갔을 때는 축시(오전 2시)가 되어갈 무렵이다.

정승들을 배웅하고 돌아온 최경훈이 이산에게 말했다.

"주군, 가토 님의 전령은 내일 오전에 만나시지요."

고개만 끄덕인 이산에게 최경훈이 말을 이었다.

"고니시 님의 전령은 내일 오후에 도착할 것입니다."

"한양성을 넘기라고 하겠지."

이산이 말하자 최경훈이 고개를 끄덕였다.

"고니시가 히데요시의 지시라고 한다면 문제가 될 수도 있습니다."

"그동안에 지시를 받아올 리 없어."

그때 최경훈이 목소리를 낮췄다.

"주군, 임금은 어떻게 하시렵니까?"

"그대 생각은 어떤가?"

"사고로 위장해서 죽이지요."

최경훈의 눈이 번들거렸다.

"놔두면 이순신 통제사도 처형할 위인입니다. 오후에 안면이 있는 병마첨절제사를 만났더니 원균이 보낸 상소를 보고 꼭 이순신을 잡아 죽이겠다고 했답니다."

"……."

"이순신의 주위에 백성들이 모인다는 보고를 들으면 안색이 변하고 화를 낸다는 것입니다. 그러다가 이번에 우리가 남진한다는 보고를 받자 이순신한테 도망질을 치는 것을 보십시오."

"죽일 수는 없을 것 같다."

마침내 이산이 말하고는 길게 숨을 뱉었다.

"양반들을 다 죽여야 이런 당파 싸움이 끊길 것인가?"

"지금까지 천여 년간 이 좁은 땅덩이에 있었기 때문입니다. 그래서 사촌이 땅을 사도 배가 아프다는 말까지 생겨났지요."

최경훈이 말을 이었다.

"대륙으로 뻗어 나갔다면 같은 부족이니 서로 뭉쳐서 다른 부족을 점령했을 것입니다. 이웃끼리 죽이는 일은 없었겠지요."

고개를 끄덕였던 이산이 정색하고 최경훈을 보았다.

"죽이지는 않더라도 왕이나 인빈, 그리고 왕가(王家) 놈들에게 교훈을 남겨주고 떠날 것이다."

인빈은 지금도 인사불성 상태라고 했다.

4장 화진과의 이별

지금까지 이산은 광해를 만나지 않았다.

광해의 심중을 아는 터라 연락도 하지 않은 것이다.

광해는 은거한 채 아무도 만나지 않았다.

그러나 소문은 좁은 한양성 바닥에 가뭄 때 들불 번지듯이 퍼져버렸다. 하룻밤이 지난 후에는 만나는 사람마다 남녀노소, 양반, 상놈 모두에게 이산이 임금과 인빈에게 한 행태가 퍼졌다.

인빈이 치마 속에 박동영의 머리통을 넣었다는 소문이 꼬리를 달았다.

박동영이 인빈의 치마 속에서 이로 '무엇'을 물었다는 것이다.

난리 통에 몇 년간 웃음을 잃었던 백성들이 웃음을 찾았다.

그것을 광해도 들은 것이다.

"이보게, 종사관."

광해가 마침내 수행해온 종사관 한인성을 불렀다.

오시(오전 12시) 무렵.

광해가 말을 이었다.

"지금 바로 이산 공(公)을 찾아가 내가 만나고 싶다는 말을 전해주게."

"예, 저하."

"은밀하게 전해야 하네."

"예, 저하."

몸을 일으킨 한인성에게 광해가 다짐하듯 말했다.

"내가 기다리고 있겠네."

그 시간에 이산은 가토의 사신 오타키를 만나고 있었는데 좌우에 스즈키와 무라다가 앉아있다.

오타키는 가토의 중신으로 이산과 안면이 있다.

40대 중반인 오타키는 부드러운 성품이다.

"영주님을 뵙습니다."

먼저 오타키가 무릎을 꿇고 정식으로 다시 인사를 했다.

이산은 대영주다.

히고 남부의 25만 석 영지에서 다시 주변의 20여만 석을 보태어 50만 석 영지의 가토에 비하여 이산의 영지는 그 두 배쯤 되었다.

그리고 지금, 수천만 석 규모의 요동 땅을 휩쓸다가 조선을 점령했다.

조선왕을 단숨에 포로로 잡은 것이다.

그때 이산이 쓴웃음을 짓고 물었다.

"오타키, 무슨 일로 왔는가?"

"가토 님의 전갈입니다."

"곧 고니시 님 사신도 만날 거네. 먼저 말해보시게."

"예, 바로 말씀드리지요."

허리를 편 오타키가 굳어진 얼굴로 이산을 보았다.

"가토 님은 조선왕을 가토 님께 넘겨주시기를 바라고 있습니다."

"조선왕을 말인가?"

"예, 그리고 세자 광해를 임금으로 세우는 것입니다."

이산이 시선만 주었고 오타키가 말을 이었다.

"그것은 일단 조선 백성을 무마시키려는 의도이고 영주님께서 광해의 후견인으로 남아계셔야겠지요."

"……."

"그렇게 되면 가토 님이 다른 일본군 지휘관들을 설득해 일본으로 철군하는 것입니다."

"……."

"관백 전하께서도 허락하실 것이라고 주군이 말씀하셨습니다."

그때 무라다가 헛기침을 했다.

"이것 보시오, 오타키 님."

고개를 든 무라다가 오타키를 보았다.

"그것은 고니시 님, 구로다 님 등과 상의해보시는 것이 낫지 않겠소?"

"고니시 님도 틀림없이 조선 임금을 자신한테 넘기라고 하실 겁니다. 그럴 수는 없지 않겠습니까?"

"조선에 온 일본 원정군의 대표는 고니시 님으로 되어 있어서 하는 말씀이오."

"무라다 님은 가만 계시오."

정색한 오타키가 무라다를 보았다.

온화했던 오타키의 얼굴이 험악해졌다.

"무라다 님이 계시니까 말씀드리겠소."

오타키가 이산에게로 몸을 돌려 절을 했다.

두 손을 청 바닥에 짚고 절을 한 것이다.

청에는 스즈키까지 넷이 앉아있을 뿐이다.

"영주님, 이런 상황을 예상하고 가토 님께서 저한테 지시하셨습니다."

"무슨 말씀을 하시던가?"

"일본의 미래에 대해서입니다."

"나에게 일본의 미래에 대해서 말씀을 하신 건가?"

"예, 영주님."

오타키가 이산을 보았다.

"가토 님께서는 히데요시 관백 전하 다음 세상을 말씀하셨습니다."

순간 무라다가 숨을 들이켰기 때문에 이산이 고개를 들었다.

그때 오타키가 어깨를 폈다.

"관백 전하의 뒤를 이을 장군은 이에야스 님이십니다. 가토 님은 이에야스 님께 충성을 맹세하셨습니다."

"오타키 님."

당황한 무라다의 얼굴이 창백해졌다.

"왜 이러시는 거요?"

"가토 님께서 영주께 말씀드리라고 하셨습니다."

무라다가 입을 다물었고 오타키가 말을 이었다.

"고니시 님은 관백 전하의 심복입니다. 가토 님과는 이미 다른 길을 택한 적이지요."

"잠깐."

이산이 둘의 말을 막고는 빙그레 웃었다.

"내 이름이 하시바 이산이라는 것을 둘 다 잊은 것 같군."

청 안이 조용해졌고 이산의 말이 이어졌다.

"그리고 나는 관백 전하의 지시로 대륙에 들어온 사람이야. 내가 전하를 배신할 이유가 없다."

어느덧 이산의 얼굴이 굳어져 있다.

"그리고 이에야스 님도 마찬가지다. 무라다, 알겠느냐?"

"예, 영주님."

놀란 무라다가 고개를 숙였을 때 이산이 밖에 대고 소리쳤다.

"곤도 있느냐?"

"옛."

밖에서 금세 곤도의 목소리가 울렸다.

듣고 있었던 것 같다.

곤도가 들어서자 이산이 지시했다.

"무라다를 추방해라. 그렇지, 오타키와 함께 떠나보내는 것이 낫겠다."

"예, 주군."

곤도가 무라다와 오타키를 내려다보면서 이산에게 물었다.

"지금 당장 추방할까요?"

그때 지금까지 입을 다물고 있던 스즈키가 말했다.

"고니시 님의 사신이 왔으니 만나보시고 나서 추방하시는 것이 나을 것 같습니다."

곤도가 오타키와 무라다를 재촉해서 청을 나갔을 때 스즈키가 이산에게 말했다.

"무라다는 가토 님이 이에야스 님께 충성 맹세한 것을 모르고 있었던 것 같습니다."

"사콘이 관백께 돌아갔으니 이제 무라다도 이에야스 님께 돌아갈 때가 되었다."

이산이 바로 말했다.

"오타키가 그 계기를 만들어준 것이지."

"주군, 고니시 님 사신도 조선왕을 일본으로 보낼 계획인 것 같습니다."

"스즈키, 네 생각은 어떠냐?"

이산이 묻자 스즈키가 정색했다.

"주군, 일본과 인연을 끊으실 것입니까?"

"그렇다."

어깨를 편 이산이 지그시 스즈키를 보았다.

스즈키는 이산의 가신이다.

이산의 심중을 가장 잘 아는 심복이다.

이산이 말을 이었다.

"나는 이미 일본과의 인연을 끊었다."

"그러시다면 임금은 일본으로 보내실 필요는 없을 것 같습니다."

"여기서 임금과 인빈을 죽이는 것이 낫겠군."

그때 스즈키가 고개를 들었다.

"먼저 고니시 님의 사신을 만나보시지요."

고니시 유키나가의 사신 하시모토는 오타키와 다른 유형이다.

역시 고니시의 중신이고 무장(武將)이지만 상주 싸움에서 조선군의 화살이 볼에 박혀서 뺨에 커다란 상처가 있다.

청에 들어선 하시모토가 절차상 고개를 숙여 절을 하더니 번쩍 상반신을 세웠다.

두 눈이 번들거렸고 입 끝에는 자신만만한 웃음기가 떠올라 있다.

"이산 공(公)께 인사드립니다. 저는 고니시 영주님의 중신으로……."

그때 옆쪽에 서 있던 신지가 소리쳤다.

"잠깐!"

하시모토가 털투성이의 얼굴을 들고 신지를 보았다.

하시모토는 신지와 안면이 있다.

그때 신지가 물었다.

"방금 뭐라고 했소? 이산 공(公)이라고 했소?"

"그것이 어쨌단 말이오?"

"우리 주군은 네 주군인 고니시 님보다 상전이다. 그걸 모르는가?"

"무엇이?"

하시모토가 눈을 부릅떴다.

"누가 그런 서열을 만들었는가?"

"관백님이시다. 우리 주군은 대륙 정벌군 사령관이지만 고니시 님은 조선 원정군의 1개 부대장일 뿐 아닌가?"

"이, 이런."

"조선주둔군의 총사령 격은 9번대장 우키다 히데이에 님이고 고니시 님은 협상 대표일 뿐이야. 그렇지 않은가?"

신지의 목소리가 높아졌다.

"따라서 너는 우리 주군께 사령관 각하라고 불러야 옳다. 감히 이름을 부르다니. 네 목을 베어도 고니시 님은 불평할 수도 없을 것이다."

이제는 하시모토의 얼굴이 하얗게 굳어졌다.

그러나 입을 열지는 못했다.

주위 분위기가 살벌했기 때문이다.

그때 이산이 말했다.

"바쁘다. 용건을 말하라."

하시모토가 겨우 고개를 들었다.

"주군께서 조선 임금을 오사카로 보내는 것이 낫겠다고 하셨습니다."

"나한테 명령하는 것인가?"

"그것은 아닙니다."

"내가 알아서 한다. 그렇게 전해라."

"하지만……."

"또 있는가?"

"남쪽의 아군이 북상할 수 있도록 명군(明軍)을 위에서 공격해달라고 하셨습니다."

"못 한다."

이산이 정색하고 하시모토를 보았다.

"고니시 님은 나한테 그럴 지시를 할 입장이 아니다."

하시모토가 숨만 쉬었을 때 이산이 말을 이었다.

"이미 조선원정군은 실패했다. 회군하는 것이 낫다. 네 주군께 그렇게 전해라."

유시(오후 6시) 무렵.

이산이 광해의 처소로 찾아갔다.

수행자는 위사장 곤도와 최경훈, 스즈키다.

방으로 들어선 이산이 먼저 절을 했고 광해도 정중하게 인사를 차렸다.

자리를 잡고 앉았을 때 먼저 광해가 입을 열었다.

"이 공(公), 전란 중에 사관의 기록이 부실하겠지만 결국은 남겨질 것이오. 나는 왕권을 찬탈한 세자로 역사에 기록되기는 싫소."

광해가 고개를 들고 이산을 보았다.

"차라리 죽겠소."

"무책임한 말씀입니다."

이산이 똑바로 광해를 보았다.

"그러면 이 땅의 백성은 어찌하란 말씀입니까?"

"이 공(公)이 통치해주시오."

"저는 대륙으로 돌아갑니다."

고개까지 저은 이산이 말을 이었다.

"임금은 이미 백성들의 마음에서 떠났습니다. 임금이 그 자리에 남아 있으면 조선은 썩은 왕국이 되어서 백성들이 조롱할 것입니다. 저하께서도 아시지 않습니까? 이번 일도 기록에 남을 것입니다."

"사관의 사초는 없애거나 다시 쓰면 될 것이오."

광해가 번들거리는 눈으로 이산을 보았다.

"이미 2년 동안 고쳐 썼소. 사관이 없는 날도 부지기수였고 이번 이산 공(公)의 한양성 점령도 기록에 남지 않을 것입니다."

이산의 시선을 받은 광해가 얼굴을 일그러뜨리며 웃었다.

"내가 비록 나이가 어리나 그쯤은 다 알고 있습니다. 사초는 얼마든지 조작되고, 시간이 지나면 잊힌다는 것을 왕가에서는 알고 있는 것이오."

"저하."

이제는 이산의 눈이 번들거렸다.

이를 악물었다가 푼 이산이 광해를 노려보았다.

"가토, 고니시의 사신이 번갈아 와서 임금을 일본으로 보내라고 합니다. 일본에서도 임금으로 인정하지 않는 무능한 왕을 내세워서 백성들을 좌절시킬 작정이십니까? 왕이 되어서 목숨을 바쳐 백성을 구하시지요. 제가 도와드리겠습니다."

"방법이 있습니다."

어깨를 치켰다가 내린 광해가 눈물이 가득 담긴 눈으로 이산을 보았다.

"제가 주상을 돕는 것입니다. 주상께서 저한테 정사를 맡기시는 것이지요."

"……."

"제가 간신들을 몰아내고 흩어진 백성을 모아 민심을 바로 세우겠습니다."

마침내 광해의 눈에서 눈물이 흘러내렸다.

"하루아침에 되는 일이 아니지만, 지금까지의 일을 반면교사로 삼아서 개혁하겠습니다."

광해가 팔을 뻗어서 이산의 손을 쥐었다.

"이 공(公), 도와주시오. 그것이 최선일 것 같습니다."

돌아가는 마상에서 이산이 옆을 따르는 최경훈에게 말했다.

"예상했던 일이야."

최경훈이 앞쪽만 보았고 이산이 말을 이었다.

"세자는 부왕을 몰아낸 임금이 되기 싫은 것 같군."

"만일 그렇게 되면 조정 신하들이 다시 갈라져서 비판, 찬성, 중립으로 나뉘어 싸울 것입니다."

최경훈이 일그러진 얼굴로 말을 이었다.

"그것을 빌미로 반대파, 경쟁자들을 죽이겠지요. 또 사화가 일어납니다."

그때 이산이 잇새로 말을 뱉었다.

"그럴 가능성이 있는 놈들까지 다 죽이고 가는 것이 어떤가?"

"죽여도 잡초처럼 또 일어납니다. 지금까지의 기록만 보아도 증명됩니다."

그때 고개를 든 이산이 최경훈을 보았다.

"임금을 죽이지는 않더라도 확인은 받아야겠다."

"……."

"요부 인빈은 죽여야겠다. 죽여도 세자의 말대로 사초에는 기록이 되지 않을 수도 있겠지."

"수군, 그러시면 임금이 총애하는 정원군도 죽이시지요."

"그렇군."

이산이 고개를 끄덕였다.

"내 손으로 죽이고 가지."

그러고는 덧붙였다.

"임금 앞에서."

가토와 고니시의 사신을 쫓아내다시피 돌려보냈다.

더구나 가토의 사신 편에 이에야스가 보낸 군사(軍師) 무라다까지 보냈기 때문에 이산군(軍)은 독립된 부대가 되었다.

구(旧) 사이토 가문과 호소카와 가문의 가신, 군사들로 편성된 병력인 것이다.

"회군 준비."

유일한 군사(軍師)가 된 스즈키가 장수들에게 지시했다.

"주군의 명(命)이다. 이틀 후에 북상한다."

"옳지."

다이락 족장 유니마가 회군령(令)에 가장 반가워했다.

여진족장 유니마는 부하들과 함께 한양성까지 따라왔던 것이다.

"답답해서 혼났어. 역시 우리는 넓은 황야에서 살아야 해."

유니마가 요중에게 말했다.

"왜군이 다 훑고 가서 제대로 남아 있는 저택도 없어."

그때 요중이 말했다.

"이제는 오르진 차례야."

오르진은 지금도 평양성에 주둔하고 있다.

남진한 이산군(軍)의 보군이 평양성을 포위하고 있었기 때문에 꼼짝달싹하지 못하고 있다.

그때 위사대의 1백인장이 숙소 마당으로 들어섰다.

청에 앉은 유니마에게 1백인장이 소리쳤다.

"주군께서 부르시오!"

1백인장의 시선이 요중에게로 옮겨졌다.

"군사(軍師)도 같이 오시라고 했습니다!"

이산의 숙소인 저택 청에는 군사 스즈키와 팔기군(八旗軍)의 각 대장이 모여 있었기 때문에 유니마와 요중은 긴장했다.

한양성에 입성한 후에 여진의 다이락 부족군은 성 밖의 골짜기에 주둔하고 있었다.

청으로 올라온 유니마와 요중이 인사를 마쳤을 때 이산이 말했다.

"유니마, 그대의 여진군을 내 본대에 편입시키겠다. 어떤가?"

통역을 들은 유니마가 이산을 보았다.

눈에 생기가 떠올라 있다.

여진군을 본대(本隊)와 동등하게 취급하겠다는 말이다.

지금까지 다이락족 기마군은 속령의 부대처럼 취급받았다.

"팔기군(八旗軍)에 포함시키실 것입니까?"

"그대는 흑군(黑軍) 대장이다."

"흑군(黑軍)입니까?"

유니마가 고개를 들고 물었다.

팔기(八旗)는 황(黃), 청(靑), 백(白), 적(赤) 4개 군과 붉은색 테두리를 두른 깃발을 말한다.

적기군(赤旗軍)의 테두리는 흰색이다.

"그렇다. 내가 색깔 하나를 더 만들었다."

이산이 말을 이었다.

"그대는 흑기군(黑旗軍)의 총대장이다."

흑기군, 흑테군의 대장인 것이다.

각각 2천 명 정도의 기마군을 거느리기 때문에 4천여 명을 지휘하는 대장군 격이다.

만족한 유니마가 어깨를 폈을 때 이산이 말했다.

"그대가 먼저 북상해서 평양성 포위군과 합류하도록."

"예, 주군."

유니마가 기운차게 대답했을 때 이산이 요중에게 말했다.

"요중, 그대가 군사(軍師)로 도와주도록."

"예, 주군."

요중이 고개를 숙였다.

이제는 모두 이산의 본군(本軍)이 되었다.

유니마는 흑군(黑軍)의 총대장이다.

다음 날 오전.

정릉행궁의 청에 조선 조정의 대신들이 모이기 시작했다.

임금이 한양성에 와 있는 종4품 이상의 관리들을 소집시킨 것이다.

의정부의 삼정승도 청으로 들어와 있다.

그때 영의정 유성룡이 청 안을 둘러보다가 좌의정 윤두수에게 물었다.

"예조판서 조관이 보이지 않는군요."

이미 청 안에는 50여 명의 고관이 모여 있었는데 올 사람은 거의 다 왔다.

"이조참판 정순호도 아직 안 왔습니다."

윤두수가 고개를 기울이며 말했다.

"병마절도사 백길준도 나타나지 않았습니다. 웬일인지 모르겠네."

우의정 최만이 눈을 가늘게 뜨고 관리들을 둘러보았을 때 아래쪽 마당으로 이산 일행이 들어섰다.

그러자 청 안의 관리들은 일제히 몸을 굳혔고 조용해졌다.

이산이 팔기군(八旗軍) 대장들과 군사(軍師), 참모들을 이끌고 나타난 것이다.

점령군 사령관이다.

거침없이 청으로 들어선 이산이 안쪽 상석에 자리 잡고 앉았다.

팔기군(八旗軍) 대장들이 뒤쪽에 벌려 서서 조선 대신들과 마주 보았다.

그때 이산의 뒤쪽에 선 최경훈이 소리쳐 말했다.

"오늘 이산군(軍)은 한양성을 떠납니다. 그전에 임금과 할 일이 있소."

그 순간 대신들이 숨을 죽였다.

삼정승은 금세 얼굴이 굳어지면서 서로의 얼굴을 보았다.

최경훈의 목소리가 다시 울렸다.

"총사령께서 조선 임금에게 드릴 말씀이 있소. 그래서 조선 조정의 대신들을 모두 모이게 한 것입니다."

그때 청 안쪽에서 이산의 위사들에게 안내된 임금이 승지들과 함께 나왔다.

그 순간 신하들이 술렁거렸다.

특히 삼정승의 안색이 달라졌다.

임금 선조가 이산의 앞쪽 자리에 앉았는데 이미 새파랗게 질린 표정이다.

눈의 초점이 흐렸고 입은 반쯤 벌어져 있다.

그때 이산이 헛기침을 했기 때문에 청 안은 순식간에 조용해졌다.

삼정승도 굳은 표정으로 시선만 주었다.

이산이 임금과 신하들을 둘러보았다.

"조선 임금과 신하들은 들으시오."

이산의 목소리가 청을 울렸다.

"어제 왜장 가토와 고니시가 각각 나한테 사신을 보내 조선왕 이공을 포로로 보내달라는 부탁을 했소."

청 안은 숨소리도 나지 않았고 임금은 입안에 고인 침을 삼켰다.

이산이 말을 이었다.

"지금도 그들은 내 대답을 기다리는 중이오."

이산이 조선 관리들을 둘러보았다.

"왜냐하면, 나는 그 누구의 신하도 아니기 때문이오, 나는 요동의 여진 대족장 누르하치와 형제의 의(義)를 맺었고 곧 명(明)을 정벌할 작정이니까."

청 안에는 아직도 숨소리도 들리지 않는다.

관리들에게는 계속해서 날벼락이 떨어지는 것 같은 선언이다.

그때 고개를 든 이산이 조선왕 선조를 보았다.

"조선왕은 내 말에 대답하라."

버럭 목소리를 높였기 때문에 선조가 흠칫했다.

이산이 다시 소리쳤다.

"네 대답에 따라서 지금 당장 왜군의 진지로 보내 왜국에 실려 가게 될 것이니 바로 대답해야 할 것이다."

이산이 선조를 똑바로 보았다.

"너 이공, 북쪽, 남쪽으로 도망질만 하느라고 정신이 없을 터이니 차라리 왜국으로 끌려가서 편하게 사는 것이 어떠냐?"

소리쳐 묻자 임금이 흐려진 눈으로 이산을 보았다.

임금의 이름이 '공'인 것이다.

중종의 서손, 초명이 '균'이었다가 '공'으로 바뀌었다.

명종의 귀여움을 받다가 명종이 죽자 16세에 조선 14대 왕이 되었는데, 처음으로 적자가 아닌 방계 승통이다.

이산이 소리쳤다.

"대답해라! 왜국으로 가겠느냐!"

"남게 해주시오."

어깨를 늘어뜨린 임금이 시선을 내리고 대답했다.

며칠 전, 그때도 인빈과 함께 앉은 자리에서 치욕을 당한 적이 있던 임금이다.

그때는 인빈이 치마 속에 부제학 박동영의 머리통이 들어가는 참혹한 꼴을 당했지만 임금은 당하지 않았다.

최경훈이 무마시켰기 때문이다.

"무엇이? 남게 해달라고?"

이산이 되묻자 임금이 두 손으로 청 바닥을 짚고 뚝뚝 눈물을 떨구었다.

"살려주시면 무슨 일이든 하겠소."

"에이, 버러지 같은 놈."

"은혜를 잊지 않으리다."

"너 같은 놈을 모시는 신하라는 놈들도 다 버러지다."

이산의 목소리가 청을 울렸다.

고개를 든 이산이 신하들을 둘러보았다.

"이 수모를 보고 자결하는 신하는 없느냐?"

모두 석상처럼 몸을 굳히고 있었기 때문에 이산이 위사장 곤도에게 소리쳤다.

"칼을 뽑아서 청 바닥에 꽂아 놓아라. 자결하려는 놈들이 그 칼로 자결하도록 해라."

말을 알아들은 곤도가 위사에게 소리쳐 지시하자 위사들이 신하들 사이로 뛰어들었다.

왜검이 신하들 사이에 군데군데 꽂혔다.

그때 이산이 소리쳤다.

"거기 칼이 있다. 이 수모를 견디기 힘들면 나를 꾸짖고 그 칼로 자결해라!"

조선어로 소리친 이산이 곤도에게 왜말로 지시했다.

"삼정승은 자결하지 못하도록 해라."

곤도가 슬그머니 삼정승 옆으로 다가가 섰다.

이산이 고개를 돌려 아직도 눈물을 흘리는 임금을 보았다.

"어젯밤에 네 주변에서 세 치 혓바닥을 놀렸던 간신들을 모두 처단했다. 그래서 오늘 이곳 청에 나오지 못한 것이다."

임금이 숨을 들이켰고 이산의 목소리가 다시 울렸다.

"한응인 같은 놈은 아예 도망쳐서 도성으로 오지도 않았으니 명이 긴 놈이지."

이산이 지그시 임금을 보았다.

"그리고 지금쯤 후궁에서 인빈 김씨의 목이 베어졌을 것이고 네가 애지중지하던 정원군의 머리통도 몸에서 떨어졌을 것이다."

임금의 눈이 흐려지더니 사지를 떨기 시작했기 때문에 이산이 소리쳤다.

"들리느냐!"

"예, 들립니다."

"너도 죽여주랴?"

"아닙니다. 살려주십시오."

"내가 다녀간 이야기는 사초에서 싹 지워지겠지. 아니냐?"

임금의 이가 부딪치는 소리가 크게 울렸다.

"대신들 말을 경청하도록 해라."

이산이 소리쳤다.

"그러지 않으면 내가 질풍처럼 내려와 네 머리통을 들고 요동으로 돌아갈 테다."

바람처럼 왔다가 바람처럼 사라졌다.

이산군(軍)의 한양성 점령을 말한다.

한양성에 닷새간 머물렀지만 1만여 명의 기마군이 주둔했어도 전혀 민폐를 끼치지 않았다.

흔적도 남기지 않았기 때문에 그야말로 바람 같은 출현이었다.

개성을 지나 북상하는 마상(馬上)에서 옆을 달리던 최경훈이 말했다.

"실록에도 남지 않을 것입니다."

"그럴까?"

앞쪽을 응시한 채 이산이 말을 이었다.

"임금과 왕실에는 치욕의 기록일 테니까 지우겠지."

"조정 신하들도 마찬가지일 것입니다."

"삼정승에게 내가 왕에게 참혹한 치욕을 준다고 미리 말은 해놓았지만 곤도를 시켜 자결하지 못하도록 했다."

"저도 주군께서 말씀하시는 것을 들었습니다."

말에 박차를 넣은 최경훈이 이산과 보조를 맞췄다.

"비겁하고 더러운 임금이었습니다."

"부끄러운 줄을 모르는 놈이다."

이산이 쓴웃음을 짓고 말했다.

"사람 인(人)자를 붙이기도 아깝다."

"그런 놈한테는 무섭게 공포심을 심어주는 것이 낫습니다. 잘하셨습니다."

고개를 든 최경훈이 이산을 보았다.

"주군이 무서워서 세자는 건드리지 못할 것입니다."

그리고 삼정승이 있다.

대신들의 말을 경청하라고 했으니 광해에게 해코지는 못 할 것이다.

임금이 광해를 견제하는 이유는 단 한 가지다.

제위(帝位)를 위협받는다고 느끼기 때문이다.

마치 개가 제가 물고 있는 뼈를 빼앗기지 않으려는 심보나 다름없다.

다른 건 염두에도 없는 것이다.

최경훈이 앞쪽을 향한 채로 말을 이었다.

"훗날 써진 실록에는 인빈이나 정원군의 죽음도 애매하게 적혀 있겠지요. 주군의 한양성 점령과 임금과의 대면은 구전으로만 전해지다가 잊힐 것입니다."

이산은 쓴웃음만 지었다.

인생은 흙으로 돌아가는 것이다.

훗날의 이야기가 무슨 소용인가?

히데요시는 이산의 원정군이 요동에서 조선으로 남진(南進)했다는 보고를 받았다.

오사카의 성 안.

"이산이 조선으로 들어왔다니 예상외의 사건이다."

히데요시가 웃음 띤 얼굴로 앞에 앉은 미쓰나리와 사콘을 번갈아 보았다.

"누르하치와 함께 동여진의 부족을 쫓다가 조선으로 들어갔단 말이지?"

"예, 전하."

대답은 미쓰나리가 했다.

"쫓기던 동여진 부족은 분산되었고 이산은 여세를 몰아 남진(南進)한다는 것입니다."

"지금쯤 한양성에 닿지 않았을까?"

"곧 전령이 오겠지요."

히데요시가 사콘을 보았다.

"이봐라, 사콘. 네가 이산을 옆에서 겪었으니 인물을 측정했을 터 이산이 조선왕이 될 것 같으냐?"

"안 됩니다."

대번에 사콘이 대답하는 바람에 히데요시는 쓴웃음을 지었다.

"그럼 떠돌이 장군으로 끝날 것 같으냐?"

"아닙니다."

고개를 저은 사콘이 히데요시를 보았다.

"누르하치와 함께 대륙의 통치자가 될 것 같습니다."

"통치자? 누르하치와 함께?"

"예, 전하."

"명(明)이 넘어갈 것 같으냐?"

"예, 제가 보기에는 조선보다 먼저 넘어갈 것 같습니다."

"허어. 그 대국(大國)이 말이냐?"

"예, 전하."

정색한 사콘이 고개를 저었다.

"조선은 진흙 덩어리 같고 명은 모래성입니다, 전하."

"진흙 덩어리?"

"예, 전하."

"명이 모래성이란 말인가?"

어깨를 부풀린 히데요시가 흐려진 눈으로 미쓰나리를 보았다.

"미쓰나리, 우리가 진흙 구덩이에 빠져서 모래성을 무너뜨리지 못한 것 아니냐?"

"전하, 기회가 있습니다."

미쓰나리가 번들거리는 눈으로 히데요시를 보았다.

"이산을 이용하면 가능합니다, 전하."

"이놈, 유니마. 네가 감히."

오르진이 잇새로 말했다.

평양성 안.

성루에 선 오르진이 앞쪽에 펼쳐진 흑군(黑軍)을 보았다.

깃발부터 갑옷, 말 덮개까지 온통 흑색이다.

황량한 벌판에 뒤덮인 흑군의 위용은 성안의 에르카이 부족을 위축시켰다.

지금까지 이산군(軍), 도모란 부족, 자사르 부족의 보군에 포위되어 꼼짝달싹하지 못하고 있었다.

옆에 서 있던 사촌 앙카이트가 말했다.

"족장, 이제는 놈들을 돌파하고 돌아갈 때가 되었소. 내가 앞장을 서지요."

"닥쳐, 앙카이트."

말을 자른 오르진이 둘러선 장수들에게 말했다.

"누르하치군(軍)이 위를 막고 있는 상황이야. 아래쪽이 더 이롭다."

"족장, 아래쪽에는 명군(明軍), 왜군(倭軍)이 첩첩이 늘어서 있소. 더구나 이산군까지……."

"닥치라니까!"

오르진의 목소리가 성루에 울렸다.

진시(오전 8시) 무렵.

삭풍이 휘몰아치면서 옆에 세운 깃발이 펄럭였다.

오르진이 위사장 하르탄에게 지시했다.

"왜군은 남쪽에서 터를 잡고 기반을 굳혔다. 우리도 동쪽이나 서쪽에 영토를 만들면 된다. 하르탄, 네가 앞장서서 뚫고 나가라."

"그러지요."

오르진의 말이라면 무조건 따르는 하르탄이 소리쳐 대답했다.

"이산군(軍)과 부딪치지 말고 내륙으로 우회해라. 한양성은 건드릴 필요 없다."

"예, 족장."

평양성 안에서 답답하게 지내던 하르탄이다.

어깨를 부풀린 하르탄이 얼굴에 생기가 떠올랐다.

"남쪽으로 돌파하겠습니다."

"하르탄 같은 돌대가리를 선봉으로 내세우고 불구덩이로 뛰어드는군."

앙카이트가 옆을 따르는 진당에게 말했다.

성루를 내려와 본대로 돌아가는 중이다.

그때 진당이 말했다.

"대장, 이러다가 다 죽겠습니다."

앙카이트는 입을 다물었고 진당이 말을 이었다.

"북으로 뚫고 나가야 삽니다. 대륙에는 숨을 곳이 많단 말입니다."

"……."

"족장은 누르하치를 너무 겁내는 것 같소."

마침내 진당이 본심을 털어놓았다.

"대장, 남쪽으로 내려가면 우리는 덫 안으로 뛰어드는 꼴입니다. 족장 때문에 우리가 몰사할 거요."

앙카이트가 고개를 돌려 진당을 보았다.

번들거리는 눈이 흐려져 있다.

"성안 병력은 7천 남짓. 기마군 3천, 보군 4천 정도입니다."

척후가 보고했다.

"위쪽 안주와 정주성에 들어가 있던 오르진의 보군은 격파되고 나서 남은 병력이 평양성에 합류했습니다."

고개를 끄덕인 유니마가 옆쪽의 요중을 보았다.

유니마가 이끈 흑군(黑軍)의 병력은 기마군 3천5백이다.

유니마의 다이락족이다.

"요중, 주군은 뒤로 부라트와 알탄을 보낸 것 같다. 그자들이 오기 전에 끝내고 싶은데."

"안 돼."

요중이 고개를 저었다.

"서둘지 마. 공(功)을 탐내다가 부라트와 알탄에게 좋은 일을 시켜줄 수 있어."

"주군은 나한테 평양성을 맡겼어. 평양성은 내가 함락시켜야 한단 말이다."

그때 눈을 가늘게 뜬 요중이 성루를 쳐다보았다.

평양성은 오르진의 깃발로 뒤덮여 있다.

앞에 벌려선 흑군을 보고도 동요하는 것 같지가 않다.

전혀 움직이지 않는 것이다.

그 시간에 이산군(軍)은 북진(北進)하는 중이다.

한양성에서 철수하고 이틀째 북진하는 중이었는데, 어느새 평양성과는 1백 50리(75킬로) 지점에 도달한 상태다.

그것을 먼저 떠난 흑군(黑軍)의 유니마도, 그 뒤를 따르는 부라트와 알탄의 황군(黃軍), 백군(白軍)도 이산군의 본대가 북진하고 있는 것을 모른다.

평양성의 오르진은 말할 것도 없다.

유시(오후 6시) 무렵.

평양성 남문이 갑자기 열리더니 기마군이 쏟아져 나왔다.

엄청난 기세다.

한 무더기가 되어서 쏟아져 나온 기마군은 유니마의 흑군(黑軍)을 순식간에 돌파, 남진(南進)했다.

오르진군의 전격전이다.

선두에는 하르탄이 이끄는 기마군 8백 기, 그 뒤로 본군 2천2백 기를 이끌고 오르진이 따랐고 앙카이트는 기마군 5백 기, 보군 4천과 함께 후위를 맡았다.

앙카이트군(軍)의 역할은 포위한 이산군 보군과 유니마의 흑군을 격파하는 것이다.

오르진의 본군 기마군 2천여 기가 어둠 속으로 사라졌을 때 평양성 남쪽 황야에서 대군(大軍)이 마주했다.

오르진의 4천여 보군과 유니마의 흑군, 그리고 포위하고 있던 이산군(軍) 보군 8천여 명의 대결이다.

"전령이다! 전령이다! 잠깐 휴전이다!"

외치는 소리가 점점 요란해졌기 때문에 소란했던 양군(兩軍)의 앞쪽이 조용해졌다.

그때 전령이 말을 달려오더니 유니마에게 소리쳤다.

"에르카이군(軍)이 투항한다고 합니다!"

"뭣이? 장수가 누구냐?"

유니마의 옆에 선 장수가 물었다.

"앙카이트입니다!"

전령이 말을 이었다.

"보군 4천, 기마군 5백을 이끌고 투항한다고 했습니다!"

도모란 부족장 부라트는 2천 기마군을 이끌고 평양성으로 직진하는 중이었는데, 황해도 봉산 근처에서 오르진의 선봉군과 마주쳤다.

미시(오후 2시) 무렵이다.

오르진의 선봉군은 위사장 하트란, 용장(勇將)이다.

하트란도 놀랐고 부라트도 마찬가지다.

첨병대가 파악하기도 전에 본대끼리 부딪쳐버린 상황이다.

"쳐라!"

먼저 돌격한 부대는 하트란의 에르카이 부족이다.

하트란에게는 눈에 보이는 모두가 적이었기 때문에 반응이 빠를 수밖에 없다.

하트란의 기마군 8백 기가 부라트의 부대를 둘로 갈라놓았다.

그러나 부라트에게도 이점이 있었다.

전장(戰場)이 넓은 황무지였기 때문에 두 쪽으로 갈라졌던 2천 기가 다시 모이면서 격렬한 기마전이 일어났다.

에르카이 부족과 도모란 부족의 전쟁이다.

그리고 두 부족은 한때 동맹 관계였기 때문에 서로를 잘 안다.

한 식경쯤 지났을 때는 전세(戰勢)가 바뀌었다.

처음에 타격을 입었던 부라트군(軍)이 하트란의 8백 기를 둘러싸고 사방에서 좁혀오기 시작한 것이다.

"돌파해라!"

여전히 앞장을 선 하트란이 고래고래 소리쳤다.

그때 앞쪽에서 함성이 일어났다.

긴장한 하트란이 눈을 부릅떴을 때다.

부하 하나가 소리치며 달려왔다.

"자사르 부족이오!"

알탄이 이끄는 자사르 부족 기마군이다.

하르탄의 뒤를 따라 남진하던 오르진의 본대는 그때 전장(戰場)에서 4리(2킬로) 거리에서 멈춘 상태다.

그 상태로 한 시진 동안이나 움직이지 않았기 때문에 아래쪽 하르탄을 구원하지 못했다.

그것은 북쪽에서 전령이 달려왔기 때문이다.

후위를 맡았던 사촌 앙카이트가 이산군(軍)에 투항했다는 보고를 받은 것이다.

그러다가 하르탄이 교전 중이라는 소식이 전해져온 상황이다.

"우측으로!"

자리에서 일어선 오르진이 지시했다.

"우측으로 돌아서 남진한다!"

하르탄도 버려두고 남진한다는 말이다.

신시(오후 4시)가 되었을 때 이산이 전령의 보고를 받는다.

이곳은 평양성 남방 1백 리(50킬로) 지점.

전령이 소리쳐 보고했다.

"오르진의 선봉장 하르탄은 한총현 앞 벌판에서 부라트 부족장의 부하에게 목이 잘렸습니다."

전령의 목소리가 벌판을 울렸다.

"하르탄이 이끈 기마군 8백은 몰사했습니다."

고개를 든 전령이 이산을 보았다.

"그리고 그 뒤를 따르던 오르진 본대는 하르탄을 구하지 않고 우측으로 돌아서 남진했습니다. 그런데……."

숨을 고른 전령이 보고를 이었다.

"오르진 본대의 흔적이 없어졌습니다. 에르카이 부족으로 보이는 기마군이 삼삼오오 흩어져 북상하거나 산속에 숨어있습니다."

"무슨 말이냐?"

이산이 이맛살을 찌푸렸다.

"흔적이 없어지다니?"

"남진하다가 없어졌습니다. 어젯밤에 방향을 바꾼 것 같습니다."

그때 옆에 있던 스즈키가 이산에게 말했다.

"이곳에서 정지하고 오르진을 수색해야 될 것 같습니다."

이산이 고개를 끄덕였다.

오르진이 부대를 분산시켜 남하할 가능성도 있다.

마치 몸체를 줄여서 그물망 사이로 빠져나가려는 전법이다.

"오르진을 수색해라. 그놈이 더 이상 횡행하게 할 수는 없다."

곧 오르진의 사촌 앙카이트가 보군을 이끌고 투항했다는 소식이 전해졌다.

오르진의 후속군이 끊긴 것이다.

"주군, 오르신도 앙카이트가 투항했다는 것을 알았을 것입니다."

스즈키가 말했다.

"선봉인 하르탄이 유니마와 부라트군(軍)에 의해서 궤멸하고 후군인 앙카이트가 투항해버린 상황입니다."

진막 안에 모인 장수들이 웅성거렸다.

그때 이산이 고개를 들었다.

"찾아라. 수색대를 보내라."

이산이 말을 이었다.

"유니마, 부라트, 알탄에게도 전령을 보내 오르진을 찾아라."

다음 날 오후.

전군(全軍)을 정지시킨 후에 오르진군(軍)의 수색을 시작한 지 만 하루가 지났을 때다.

신지 휘하의 적군(赤軍) 수색대가 곡산 근처의 산골짜기에서 50여 명의 기마군을 발견했다.

수색대장은 1백인장 다카키다.

"그놈들이 우리를 보더니 당황해서 골짜기 안으로 들어갔어."

10인장 오사노가 보고했다.

"한 놈을 호위하고 들어갔는데 꽤 높은 놈 같았어."

"혹시 오르진 아닐까?"

다카키가 골짜기를 노려보면서 물었다.

그들은 골짜기 입구를 막고 서 있었는데 출구는 이곳뿐이다.

골짜기 끝은 산으로 막혀있다.

"오르진이라면 내가 1백인장이 될 기회가 온 것이지."

오사노가 어깨를 부풀리며 말했다.

오사노와 다카키는 고향도 같고 친구 사이다.

그때 다카키가 오사노에게 말했다.

"궁지에 몰린 쥐새끼는 고양이를 문다고 했어. 오사노, 조심해라."

"걱정 마."

오사노가 말고삐를 채면서 웃었다.

오사노가 1번대로 진입하는 것이다.

"놈들이 진입해 올 것입니다."

로하드가 골짜기 입구를 응시하면서 말했다.

로하드는 오르진의 집사다.

로하드가 말을 이었다.

"주인, 말을 버리고 산을 오르시지요."

오르진이 고개를 돌려 뒤쪽을 보았다.

골짜기 끝은 산으로 막혔다.

겨울이어서 잔가지만 무성한 황량한 산.

경사가 심한 산이다.

그때 로하드가 말을 이었다.

"주인, 놈들은 1백 기 가깝게 됩니다. 놈들이 진입해오면 당해내기 힘듭니다."

다시 로하드가 말했을 때다.

골짜기 입구로 기마군이 달려 들어왔다.

10기다.

오르진의 눈에도 선명하게 보였다.

거리는 5백여 보.

오르진이 숨을 들이켰다.

자신의 주위로 둘러선 기마군은 50기 정도.

모두 숨을 죽이고 있다.

그때 다시 일진의 기마군이 달려 들어왔다.

또 10기.

이어서 그 뒤에 다시 10기.

"주인, 말에서 내리시지요!"

로하드가 다시 소리쳤다.

이제 선두의 10기와는 3백여 보로 가까워졌다.

적색 깃발, 적색 두건, 말 덮개 모두 적색으로 뒤덮인 기마군.

"주인!"

다시 로하드가 소리쳤을 때 오르진이 말에서 내렸다.

그러고는 앞으로 발을 떼었다.

기마군을 향해 다가간 것이다.

"투항하겠다."

오르진이 소리쳤다.

"모두 말에서 내려라!"

이산에게 전령이 달려왔을 때는 술시(오후 8시) 무렵이다.

적군 대장 신지가 보낸 전령이다.

"오르진을 잡았습니다!"

진막으로 들어선 전령이 소리쳐 보고했다.

어깨를 부풀린 전령이 이산을 보았다.

"오르진은 50기를 거느리고 도주 중이었습니다."

"그래서 생포했느냐?"

이산이 묻자 전령이 고개를 저었다.

"아닙니다. 저항하다가 모두 죽었습니다."

"그런가?"

"오르진의 목을 벤 것은 10인장 오사노입니다. 그래서 신지 님이 1백인장으로 승진시키셨습니다."

"잘했다."

"50인을 몰사시켰기 때문에 신지 님이 부대를 표창하셨습니다."

고개를 끄덕인 이산이 전령을 보았다.

"적군이 조선 땅에서 마지막 공을 세웠구나."

이것으로 오르진군(軍)을 따라 조선에 진입했던 이산군(軍)의 역할도 끝난 셈이다.

오르진 덕분에 이산은 조선 조정도 숙정할 수 있게 되었다.

다음 날 오전.

북상(北上)하던 이산 옆으로 적군 대장 신지가 말을 달려 다가왔다.

이제 부대를 집결시킨 적군도 본대와 합류하고 있다.

"주군, 드릴 말씀이 있습니다."

말을 나란히 걸리면서 신지가 말을 이었다.

"오르진은 투항하려고 부하들과 함께 말에서 내렸는데 10인장 오사노가 베어 죽인 것입니다. 나머지 부하들도 비무장 상태에서 처형당했지요."

신지가 정색하고 이산을 보았다.

"주군, 오사노를 불러서 꾸짖었지만 1백인장 승급시킨 것은 놔두었습니다."

"잘했어."

이산이 고개를 끄덕였다.

신지는 대국(大局)을 볼 줄 아는 장수다.

이산이 덧붙였다.

"나도 그렇게 했을 거네."

"앗핫하."

누르하치가 소리 내어 웃었다.

요동의 장안강성 안.

청에 둘러앉은 장수들의 얼굴에도 웃음이 떠올라 있다.

신시(오후 4시) 무렵.

누르하치 앞에는 이산이 보낸 전령이 앉아있다.

"마침내 이산이 오르진을 제거했구나."

손바닥으로 팔걸이를 내려치면서 누르하치가 소리쳤다.

"이제 뒤 걱정하지 않고 명(明)을 정복할 수 있게 되었다!"

"대족장 전하."

전령이 고개를 들고 누르하치를 보았다.

"이산군(軍)은 오르진이 장악했던 부라트, 알탄 부족장과 오르진의 사촌 앙카이트까지 투항을 받아들였습니다. 현재도 오르진의 잔여 병력이 계속해서 투항해오고 있습니다."

전령이 말을 이었다.

"당분간 조선 북방에서 부대를 재정비할 계획입니다."

"오, 대장군께 전해라. 조선과 요동을 맡기겠다고."

"예, 대족장 전하."

"나는 서쪽으로 옮겨갈 작정이야. 준비는 다 끝났다."

어깨를 부풀린 누르하치가 말을 이었다.

"이제야말로 대업(大業)이 시작되는구나."

압록강 지류의 끝 쪽에 있는 귀성에 이산군(軍)이 주둔하고 있다.

국경을 넘지 않는 것은 오르진군(軍)의 낙오한 병력을 소탕하기 위해서다.

오르진이 본부 병력을 일부러 흩어놓았기 때문이다.

술시(오후 8시) 무렵.

귀성의 본진에서 7, 8기의 기마무사가 나오고 있다.

위사들은 제각기 3필씩의 말을 끌고 있었는데 먼 길을 떠나는 차림이다.

주위는 어둠에 덮여서 기마인들의 모습은 금세 시야에서 사라졌다.

사흘 후, 신시(오후 4시) 무렵.

이곳은 요동 서남쪽 바닷가.

조선에서 8백여 리(400여 킬로) 떨어진 윤창현 소속의 마을이다.

마을 끝 쪽의 산골짜기 안에 집 한 채가 세워져 있었는데, 그곳으로 일대의 기마인들이 다가갔다.

집 안에서 놀란 듯 사내 두 명이 뛰어나오더니 곧 안으로 서둘러 들어갔다.

대문 앞.

말에서 내린 이산에게 낯익은 위사가 달려와 허리를 꺾었다.

"주군, 마님께서 나오십니다."

하인 행색의 위사가 상기된 얼굴로 말했을 때 마루에 여인이 나타났다.

여인의 팔에 아이가 안겨 있다.

이산이 마당으로 들어서자 여인이 하녀의 부축을 받으면서 다가왔다.
홍화진이다.
화진의 품에는 태어난 지 1백 일이 되는 아이가 안겨 있다.
다가선 화진의 눈에는 이미 눈물이 가득 담겨 있다.
그때 이산이 말했다.
"고생했소."
"나리."
화진의 목소리가 떨렸다.
그때 화진의 눈에 고여 있던 눈물이 볼을 타고 흘러내렸다.
다가선 이산이 화진의 품에 안긴 아이를 보았다.
사내아이다.
포대기에 싸인 아이는 잠이 들었다.
곧은 콧날, 두툼한 입술.
이산을 닮은 것 같다.

잠시 후 방 안에 둘이 마주 보고 앉았다.
아이는 아래쪽에 눕혀진 채 여전히 잠이 들어있다.
이산이 아이한테서 시선을 떼었을 때 화진이 말했다.
"아이가 순하고 착해요. 잘 웃고 잘 잡니다. 울지를 않아요."
화진의 얼굴에도 웃음이 떠올랐다.
"한 번도 애를 먹인 적이 없어요."
"효자로군."
따라 웃은 이산이 지그시 화진을 보았다.
시선이 부딪치자 화진의 얼굴이 금세 상기되었다.

"하지만 난세(亂世)를 살아가려면 강하고 독해야 하는데, 걱정이야."

"아버지가 계시는데 무슨 걱정입니까?"

"내가 떠난 후를 말하는 거요."

"그때까지는 아버지가 단련시켜주셔야지요."

깊은 밤.

이산이 가슴에 안긴 화진의 어깨를 당겨 안았다.

화진의 몸은 뜨겁다.

더운 숨결이 이산의 가슴을 훑고 지나갔다.

이산이 입을 열었다.

"내가 정착할 때까지 이곳에 머물러야겠소. 지금은 내가 떠도는 입장이어서."

"압니다."

화진이 몸을 더 붙였다.

"저는 치하고 기다리겠습니다."

"이곳 경비를 더 강화하겠소."

이산이 말을 이었다.

"나는 대륙정벌의 선봉이 될 것이오."

"누르하치의 부하가 되셨습니까?"

"그렇소. 형제의 의(義)를 맺었지만 대장군으로 누르하치 대족장의 수하요."

"아버님은 나리가 백성들을 지옥에서 건져내고 새 희망을 심어주는 영웅이 되신다고 했습니다."

고개를 든 화진의 눈이 어둠 속에서 반짝였다.

"그대는 내가 군주가 되기를 바라오?"

"백성들을 지옥에서 건져내는 영웅이 되시기를 바랍니다."

"누르하치 님을 도와서 이룰 것이오."

"조선에는 언제 내려가십니까?"

"대륙을 점령하면 그럴 기회가 있겠지."

그때 숨을 고른 화진이 두 팔로 이산의 허리를 감아 안았다.

"나리, 아버님 편지에 그렇게 쓰여 있었습니다."

"……."

"왜란은 7년간을 끈다고 하셨습니다. 앞으로 4년 반이 남았네요. 그리고……."

화진이 말을 이었다.

"명(明)은 50년이 지나야 숨통이 끊긴다고 하셨습니다. 그리고……."

숨을 들이켠 화진이 다시 고개를 들고 이산을 보았다.

어둠 속에서 다시 눈이 반짝였다.

"나리."

이산의 시선을 받은 화진이 말을 이었다.

"우리 아들 치(治)가 대륙의 황제가 된다고 하셨습니다."

"이런."

쓴웃음을 지은 이산이 화진의 어깨를 당겨 안았다.

끌어당겨 안았기 때문에 화진의 얼굴이 다시 이산의 가슴에 닿았다.

"화진, 나는 누르하치를 배신하지 않소."

"나리, 운명은 하늘이 정해주시는 것입니다."

"어쨌든 나는 누르하치 님과 함께 갈 것이오."

"압니다. 하지만 우리 아들이 대륙의 황제가 된답니다."

화진이 낮게 말했다.

"저는 아버님을 믿습니다."

이산이 화진의 몸을 바로 눕혔다.

문득 시간이 아까웠기 때문이다.

"무엇이? 말이 수십 필이야?"

운정 태수 모현이 눈을 치켜떴다.

모현은 무반(武班)으로 입신한 지 22년.

요동 땅이 여진 부족의 진출로 혼란스럽지만 운정 지역은 평온한 편이다.

그것은 운정이 요동 서쪽 바닷가에 치우쳐 있기 때문이다.

모현이 방비를 잘한 것은 아니다.

그때 비장이 말했다.

"비적 같지는 않습니다. 장사꾼들로 보였는데 모두 무장을 했습니다. 그런데 말이 군마(軍馬)였습니다."

"그놈들이 민가에 들어갔어?"

"예, 골짜기 안의 집인데 마을과는 2리(1킬로)나 떨어져서 왕래가 없었다고 합니다."

"몇 놈이 들락거리더냐?"

"10여 명입니다."

"해적이다. 그 집이 해적의 연락소가 틀림없다."

모현이 어깨를 부풀렸다.

마을주민의 밀고를 받은 비장이 골짜기 근처까지 접근해서 둘러보고 온 것이다.

유시(오후 6시) 무렵이다.

이곳 현청에서 바닷가 마을까지는 30여 리(15킬로).

말을 달리면 한 시진이면 닿을 거리다.

고개를 든 모현이 지시했다.

"기마군을 모아라."

"50명 정도를 모을 수 있습니다."

"10여 명이라니 그 정도면 되었다."

모현이 벌떡 일어섰다.

"내가 직접 가보겠다."

치(治)를 안고 있던 화진이 얼굴을 펴고 웃었다.

진시(오전 8시) 무렵.

방 안이다.

"얘 좀 보세요."

고개를 든 이산에게 화진이 치를 내밀었다.

"방금 엄마라고 했어요."

바로 옆에 앉아있었지만 듣지 못했기 때문에 이산이 고개를 흔들었다.

"난 못 들었는데."

"아유, 엄마라고 했는데."

그때 치가 화진의 저고리를 잡더니 옹알거렸다.

화진이 다시 활짝 웃었다.

"들었어요?"

"뭐라고 했는데?"

"엄마라고 했어요."

다시 치가 옹알거리자 화진이 눈을 크게 떴다.

"고맙다고 했어요."

"이런."

마침내 이산이 얼굴을 펴고 웃었다.

이산에게는 그냥 옹알거리는 소리였기 때문이다.

그때다.

말굽 소리가 울렸기 때문에 이산이 벌떡 일어섰다.

동시에 외침이 울렸다.

"적이다!"

이어서 위사장 곤도가 밖에서 소리쳤다.

"주군! 적의 기습입니다!"

이산이 방문을 박차고 나왔을 때 기마군의 말굽 소리가 울렸다.

마루에 선 이산은 이쪽으로 달려오는 수십 기의 기마군을 보았다.

명군(明軍)이다.

"말에 올라라!"

위사들의 외침이 이곳저곳에서 울렸다.

고개를 돌린 이산이 뒤에 선 화진에게 말했다.

"30기 정도야. 이놈들을 몰사시킬 수 있어."

이산의 눈이 번들거렸다.

"뒤쪽에 피신하고 있어."

그때 곤도가 말을 끌고 달려왔다.

"주군, 말에 오르시지요!"

기습이다.

명군(明軍)은 이제 3백 보 거리로 다가왔다.

"쳐라!"

앞장을 선 이산이 벽력같이 외치면서 내달렸다.

뒤를 곤도와 6명의 위사대가 따랐다.

이것이 이산군(軍)의 전력(全力)이다.

저택의 남자 하인 6명도 모두 무사(武士)다.

그들은 저택의 화진과 치를 보호하고 있다.

순식간에 명군(明軍)과 부딪친 7인의 이산군(軍) 기마대는 질풍노도 같았다.

부딪친 명군 기마대는 30여 기.

이산은 단칼에 선두에 선 명군(明軍)의 팔을 잘랐다.

"으악!"

창을 내질렀던 팔이 어깨 아래쪽에서부터 잘린 명군의 첫 비명이 터졌다.

이어서 두 번째 칼날이 날아 옆쪽 명군의 옆구리를 베었다.

"악!"

"모두 죽여라!"

뒤를 따르던 곤도가 악을 썼다.

이제 기마군들은 엉켜서 서로 치고받는다.

이산은 세 번째 명군을 찌른 후에 말 머리를 비틀었다가 옆으로 넘어졌다.

말과 함께 쓰러진 것이다.

그러나 말이 쓰러지기도 전에 뛰어내린 이산이 칼을 휘둘러 마상의 명군을 베었다.

다시 명군이 탄 말 다리를 후려쳐 넘어뜨린 후에 칼바람을 날렸다.

"주군!"

곤도가 말에서 뛰어 내리더니 옆에 붙었다.

몸에 피를 뒤집어쓰고 있다.

"에익!"

곤도의 부하 하나가 칼을 휘둘러 명군 하나를 베었는데 등에 칼을 맞았다.

그러나 기세를 잃지 않고 앞으로 내달려 명군을 친다.

한 식경쯤이 지났을 때 결판이 났다.

말 위에 탄 명군(明軍) 4기가 아래쪽으로 도망쳤고 이산과 곤도, 그리고 위사 둘이 남았다.

7명 중 셋이 전사한 것이다.

살아남은 위사 둘도 상처를 입었고 곤도와 이산도 각각 어깨와 등에 자상을 입었다.

그때다.

뒤쪽 저택에서 함성이 울렸기 때문에 곤도가 대경실색했다.

놀란 이산도 옆에서 서성대는 말고삐를 잡고 뛰어올랐다.

그러고는 넷이 저택을 향해 전속력으로 달렸다.

거리는 2백 보 정도.

저택에서 함성과 외침이 울렸다.

명군(明軍)의 기습이다.

옆쪽 산을 타고 걸어서 습격한 것이다.

질풍처럼 돌아온 4기의 무사.

집 안은 경호대와 침입대가 난전을 벌이고 있다.

명군은 10여 명이 남아 있다.

경호대는 셋이 남아서 분전 중이다.

"이놈들!"

곤도의 악쓰는 소리에 결판이 났다.

기마대의 출현에 놀란 명군(明軍)이 주춤했고 그때부터 살육이 시작되었다.

"마님!"

살육이 거의 끝났을 때다.

뒤쪽에서 울리는 외침에 놀란 이산이 내달렸다.

뒤를 곤도가 따른다.

뒷마당으로 달려간 이산이 숨을 들이켰다.

하녀가 화진을 안아 일으키는 중이다.

화진은 품에 치를 안고 있었는데 고개를 떨구고 있다.

이산이 달려가 화진의 품에서 치를 받아 안았다.

그때 화진이 길게 숨을 뱉으면서 눈에 초점이 잡혔다.

눈동자가 이산을 바라보고 있다.

그러나 입 끝에서 피가 흐르고 있다.

"치는 살았지요?"

화진이 낮게 물었기 때문에 이산이 소리쳐 대답했다.

치가 방긋방긋 웃는다.

"살았소!"

그때 화진이 입 끝으로 웃었다.

"치가 고맙다고 했어요."

이산이 화진의 등에서 번지는 피를 손바닥으로 막았다.

치명상이다.

화진이 말을 이었다.

"내가 분명히 들었어요. 그래서 나한테 고맙다고 했군요."

"화진, 나도 고맙소."

마침내 이산이 치를 한 손에 안은 채 화진에게 소리쳐 말했다.

"화진! 고맙소."

이산이 화진까지 안았을 때다.

화진의 얼굴에 웃음이 떠올랐다.

그러나 눈은 흐려졌다.

"아, 나리, 이렇게 셋이 모였군요."

"화진!"

"나리, 고맙습니다."

화진이 분명하게 말했을 때다.

치가 옹알거렸다.

"고마워요."

그때 화진이 활짝 웃더니 고개를 떨어뜨렸다.

미시(오후 2시) 무렵.

일단의 기마인이 황무지를 걷고 있다.

10여 필의 말.

그중 말고삐를 사내에게 잡힌 말에 여자 하나가 탔고 품에 곰 가죽에 감싼 아이를 안고 있다.

하녀가 치를 안고 있다.

이산은 잠자코 말을 걸리고 있다.

이산 일행이다.

화진을 골짜기 위쪽 산에 매장하고 저택을 불태운 후에 돌아가고 있다.

히데요시가 한양성의 변란 소식을 들었을 때는 이산이 북상(北上)한 지 한 달쯤 지났을 때다.

고니시와 가토, 우키다 히데이에까지 각각 전령을 보냈지만 직접 면담한 것은 우키다의 전령 사꾸라이다.

사꾸라이는 55세.

우키다의 중신으로 히데요시와도 안면이 많다.

오사카의 4층 청 안.

주위에는 이시다 미쓰나리, 시마 사콘, 미요시까지 가로, 중신들이 늘어앉아 있다.

"사꾸라이, 너도 많이 늙었구나."

히데요시가 눈을 가늘게 뜨고 사꾸라이를 보았다.

"조선에는 장수들이 서로 싸우느라고 정신이 없다던데, 맞느냐?"

"모르는 일입니다."

"지금 고니시, 가토가 보낸 전령이 와 있어. 그런데 그놈들은 안 만나고 너를 부른 거다."

"감사합니다, 전하."

"좋은 소식이 아니면 입 다물고 그냥 돌아가라. 이젠 지겹다."

"좋은 소식입니다, 전하."

"듣자."

"이산이 한양성을 점령했다가 닷새 만에 철수했습니다."

"어떻게 되었느냐?"

그때 어깨를 편 사꾸라이가 히데요시를 보았다.

"인빈을 죽였습니다."

"어이쿠."

히데요시가 부채로 청 바닥을 쳤다.

"기어코 큰일을 저질렀구나. 조선의 요부를 처단했어."

"그리고 인빈의 아들 정원군을 베어 죽였습니다."

"어이구!"

이번에는 히데요시가 두 번 바닥을 쳤다.

"그놈을 조선왕이 세자로 세우려고 했지?"

"예, 전하."

"이산이 광해를 위해 경쟁자를 제거해주었구나."

"그리고 한양성 안에 있던 관리 40여 명을 처형했습니다. 자택으로 암살대를 보내 도륙했지요."

"광해를 위해 장애물을 제거했군."

"삼정승에게 광해를 부탁했다고 합니다."

"끝까지 광해에게 충성을 바치는군."

"예, 전하. 이산을 조선 백성들이 신(神)으로 떠받들고 있습니다."

"이산을 내가 보냈다는 걸 조선 백성들이 알고 있나?"

"일본군은 다 알지만, 조선 백성들은 아마 모를 것 같습니다."

"무식한 놈들."

히데요시가 투덜거렸지만 무식자는 히데요시 본인이다.

히데요시는 글도 못 읽는다.

헛기침을 한 히데요시가 사꾸라이를 보았다.

"그래서 조선왕은 그대로 임금 노릇을 한다더냐?"

"예, 전하."

"그것이 좋은 소식이냐?"

"예, 전하."

"나쁜 소식도 있어?"

"있습니다, 전하."

"아가리 닥치고 물러가라."

"전하."

"지금부터 입을 벌리면 목을 베겠다."

엄숙하게 말한 히데요시가 손을 젓자 소리 없이 다가온 위사 둘이 사꾸라이의 양쪽 팔을 끼더니 밖으로 사라졌다.

그때 히데요시가 미요시를 보았다.

"나쁜 소식이 뭐냐?"

"이순신이 와키자카 야스하루의 수군 전함 14척을 격침했습니다."

"이런 병신 같은……."

"야스하루는 갑옷을 벗고 훈도시 차림으로 헤엄쳐서 겨우 살았다고 합니다."

"개구리 같은 놈."

"조선 주둔군에 괴질이 번져 머리가 빠지고 설사를 하는 병사가 3할이나 된다고 합니다."

"내가 전쟁할 때는 그런 일 없었는데 요즘은 장수나 병졸이나 게을러서 그렇다."

히데요시가 꾸짖듯이 말하더니 고개를 돌려 미쓰나리를 보았다.

"미쓰나리, 네가 가토와 고니시의 전령을 만나고 오너라."

"예, 전하."

"좋은 이야기만 나에게 전하도록. 나쁜 이야기는 네가 듣고 처리해."

"예, 전하."

"올해가 갈 때까지 나는 좋은 이야기만 듣고 좋은 기운에 덮여 있어야 해. 그래야 히로이마루에게 이롭다."

"예, 전하. 명심하겠습니다."

마침내 히데요시가 본색을 드러냈다.

지난 8월 29일 히데요시는 늦둥이 아들을 낳았다.

첫아들이다.

4년 전인 53세 때 아들을 낳았지만 세 살 때 죽었다.

그리고 57세인 석 달 전에 후실인 요도도노한테서 아들을 낳았다.

아들 이름은 히로이마루로 정했다.

'길에서 주워온 아이'라는 뜻인데 이름을 천하게 지으면 장수한다는 풍습 때문이다.

히데요시가 자리에서 일어섰다.

히로이마루를 보러 가려는 것이다.

"무엇이?"

누르하치가 눈을 치켜떴다.

"부인이 죽었단 말이냐?"

"예, 대족장 전하."

전령이 엎드린 채 말을 이었다.

"지금 대장군께서는 자상 치료를 하시고 있으나 말도 타고 일상에 지장은 없으십니다."

누르하치가 전령의 말을 듣는 둥 마는 둥 하면서 주위를 둘러보았다.

청 안에는 누르하치 가문의 원로대신 서너 명이 앉아있을 뿐이다.

앞에 앉은 전령은 이산에게 다녀온 길이다.

"이게 무슨 우연인지……."

누르하치가 혼잣소리로 말했을 때 원로대신 중 하나인 보카차이가 입을 열었다.

"대족장 전하, 이산 대장군께 위로의 사절을 보내시는 게 나을 것 같소."

"위로 사절이라……."

고개를 든 누르하치가 전령을 보았다.

"아이가 몇 살이라고 했지?"

"백일(百日)이 지났다고 합니다."

"지금 아이는 누가 돌보느냐?"

"하녀 하나를 데려왔다고 합니다."

"아직 젖먹이 아니냐?"

"예? 그것이……."

"그것도 몰라?"

"저는……."

"이런 병신 같은 놈이."

그때 원로대신 구스토가 말했다.

"백일이라면 젖먹이입니다."

누르하치가 입을 다물었다.

눈이 흐려져 있다.

이틀이 지난 신시(오후 4시) 무렵.

호적 소리가 요란하게 울리더니 일진의 기마군이 나타났다.

선봉대.

8기군(八旗軍)의 청군(靑軍) 선봉대다.

이어서 뒤에 붙은 본대.

본대에는 8기군(八旗軍)의 깃발이 다 흔들린다.

8기군의 대장(隊長)이 다 모여 있는 것이다.

그것은 총사령이며 대족장이 본대에 있다는 의미다.

대단한 위용이다.

호각에 이어서 요란한 북소리가 울렸다.

거리는 2리(1킬로)로 다가왔다.

그때 기다리고 있던 이산이 말에 박차를 넣었다.

이곳으로 누르하치가 나타난 것이다.

기마군 1만 5천을 이끌고 풍우처럼 달려 내려왔다.

이산을 만나려고 온 것이다.

한 시진쯤이 지났을 때 이산과 누르하치는 황야에 쳐놓은 진막에서 마주 앉아있다.

누르하치의 지시로 진막 안에는 양측의 최측근 간부들만 둘러앉았다.

모두 긴장으로 굳어진 표정이다.

이산도 영문을 모르는 상황이라 누르하치에게 시선만 준다.

진막 안이 순식간에 조용해졌고 그때 누르하치가 입을 열었다.

"대장군, 아이 이름이 뭔가?"

순간 고개를 든 이산이 누르하치의 시선을 받고 나서 대답했다.

"치(治)입니다."

"백일(百日)이 지났다고?"

"예, 그쯤 되었소."

이산이 외면했을 때 누르하치가 말을 이었다.

"젖은 어떻게 먹나?"

"근처 마을에서 젖이 나오는 여자 둘을 고용했고 죽도 가끔 먹입니다."

진막 안은 숨소리도 나지 않는다.

그때 누르하치가 혼잣소리를 했다.

"우연이야, 아우."

"무슨 말씀이십니까?"

"내 처, 세 번째 처 말이네."

누르하치의 눈이 흐려졌다.

"지난달에 해산 중에 아이가 죽었다네."

"……."

"아이가 말이야. 사내자식이었는데 죽었어."

"……."

"그래서 지금 절반은 실성한 상태야."

"……."

"시녀들한테 들었는데 젖이 퉁퉁 불어서 아침저녁으로 젖을 짜낸다는군. 소젖을 짜는 것처럼 말이네."

누르하치가 눈의 초점을 잡고 이산을 보았다.

"아우."

"예, 대족장 전하."

"아우 아들을 나한테 주게. 내가 아들로 키우겠네."

"……."

"세 번째 처 차연은 성품이 착하고 교양이 있는 여자네. 아이를 잘 키울 거야. 내가 장담하지."

"……."

"내 여덟 번째 아들이 될 것이네. 치(治)가 말이네."

진막 안은 여전히 숨소리도 나지 않았고 모두의 시선이 이산에게 모여졌다.

그때 이산이 고개를 들었다.

"예, 고맙습니다. 제 아들을 잘 부탁합니다, 대족장 전하."

"이젠 내 아들이야."

얼굴을 편 누르하치가 활짝 웃었다.

"내가 이름까지 지어왔어. 여진 이름은 아바가이야."

치는 이산의 품에 안기자 손을 뻗었다.

그러더니 이산의 얼굴을 만졌다.

옆에 선 하녀가 손등으로 눈물을 닦는다.

살아남은 하녀다.

조선에서부터 따라왔던 옥분은 화진과 함께 칼을 맞고 그날 죽었다.

치가 싱글싱글 웃었기 때문에 이산이 숨을 들이켰다.

"착하구나."

이산이 치를 응시하며 말했다.

"너는 이제 누르하치 님의 여덟 번째 아들이다. 잘 크거라."

치가 옹알거렸다.

"고맙습니다."

꼭 그렇게 들렸기 때문에 이산이 숨을 들이켰다.

"내가 눈여겨볼 테니, 젖 많이 먹고 자라거라."

다시 이산이 말했을 때다.

"아버님, 안녕히."

치의 옹알대는 소리가 그렇게 들렸기 때문에 이산이 시녀 막내를 보았다.

"들었느냐?"

"예, 나리."

막내가 반짝이는 눈으로 이산을 보았다.

"'아버님 안녕히'라고 했습니다."

"그렇구나."

이산의 눈이 흐려졌다.

화진이 들은 소리도 맞을 것이다.

그때 이산이 치를 막내에게 넘겨주면서 말했다.

"네가 평생 함께 있기로 했으니 치가 장성하면 내력을 말해주거라."

"예, 나리."

눈물을 쏟으면서 막내가 말했다.

"목숨을 바쳐 도련님을 지키겠습니다."

숨을 들이켠 막내가 말을 잇는다.

"꼭 아씨와 나리의 내력을 전하지요."

막내에게 안긴 치가 벙글거리면서 떠났다.

그리고 누르하치의 대군(大軍)에 휩싸여 보이지도 않았다.

8기군(八旗軍)의 깃발이 푸른 하늘 밑에서 요란하게 펄럭이고 있다.

마상에 앉은 이산이 8기군의 뒷모습을 본 채 움직이지 않는다.

그때 최경훈이 말했다.

"주군, 누르하치 님이 치의 이름까지 지어왔습니다. 잘 키울 것입니다."

조선말이다.

그때 옆쪽 스즈키가 일본어로 말했다.

"주군, 제가 알아보았더니 세 번째 부인 차연 님은 덕이 높고 부인 중에서 누르하치 님이 가장 신임한다고 합니다. 그리고 자식이 치 하나뿐입니다."

스즈키의 두 눈이 번들거렸다.

"자식이 없는 데다 지난번 사산을 해서 불임 상태입니다. 치를 잘 키울 것입니다."

그때 이산이 혼잣말을 했다.

“모두 제 어미의 덕이다.”

화진이 죽은 후에 이산은 홍기선이 딸 화진에게 남긴 편지를 읽었다.

홍기선은 화진에게 아비의 애정을 담은 애절한 글을 남겼다.

‘진아, 너는 황제를 낳고 떠난다. 네 지아비 이산은 너를 평생 가슴에 품고 살게 될 것이다. 네 아들도 너를 기리게 될 것이니, 이 얼마나 행복한 인생이냐? 짧다고 서운해하지 마라. 너희들 셋이 안고 있는 장면을 떠올리면서 이 글을 쓴다.’

5장 아바가이

요동은 넓다.

베이징(北京) 북쪽 만리장성 동쪽의 광대한 땅이 요동이다.

명(明)에서는 만주로 불렸다.

아무르강 건너편까지 뻗친 대지에는 수백 개 부족이 흩어져 있었는데, 동여진의 누르하치가 동쪽에서 서진(西進)하는 중이다.

이미 동여진을 통일한 것이다.

"주군, 이곳 태수가 탐관오리입니다."

스즈키가 앞쪽 마을을 손으로 가리키며 말했다.

"작년에 태수로 부임했는데 주민에게 세를 7개나 걷었기 때문에 빈집이 많아졌습니다."

이산이 잠자코 시선만 주었고 스즈키가 말을 이었다.

"주민의 4할이 외지로 도망을 친 것입니다. 지금도 주민들이 야반도주하고 있습니다."

그때 옆에 선 신지가 나섰다.

"주군, 누르하치 님이 당장 천하를 석권할 수는 없으니 우리가 나서야 합니다. 태수, 현감 등 지역 수령을 우리가 세워야 합니다."

그때 스즈키가 말했다.

"주군, 이곳부터 시작하시지요. 지방 수령을 우리가 조종하고 지역을 점령지로 만드는 것입니다. 수령들은 제 목숨을 부지하려고 앞잡이 노릇을 할 것입니다."

이산이 고개를 끄덕였다.

거부하는 수령은 처단하면 될 것이다.

이산이 주둔한 지역은 요동의 서남쪽이다.

발해만 위쪽으로 펼쳐진 광대한 지역이지만 명과 조선으로 오가는 통로이기도 하다.

조선 땅만 한 면적이어서 주민이 수백만이다.

술시(오후 8시) 무렵.

청 안으로 사내 둘이 들어섰는데 조심스러운 표정이다.

둘은 각각 상민 차림으로 두건을 썼지만 품격이 느껴졌다.

하나는 상전이고 조금 뒤쪽으로 따르는 사내는 수행원 같다.

자리에 앉아있던 이산이 일어나 둘을 맞는다.

이곳은 모장현의 민가 저택 안이다.

"어서 오시오."

그러자 앞에 선 사내가 허리를 굽혀 절을 했다.

"처음 뵙습니다. 금오태수 장영서올시다."

뒤에 선 사내도 허리를 굽혔다.

"태수 휘하 중랑장 위천입니다."

이산의 옆에 선 스즈키가 둘에게 말했다.

"앉으시오."

방 안에는 스즈키, 최경훈, 신지 등 고위 지휘관들이 둘러앉아 있다.

이산이 고개를 들고 장영서를 보았다.

장영서는 45세.

금오태수로 부임한 지 1년 반.

이산의 본진에서 1백여 리(50킬로) 떨어진 고을이지만 비교적 청렴하고 관리 단속을 잘해서 주민의 원성은 듣지 않는다.

그래서 다른 지방에서 도주한 주민이 금오군으로 모이는 상황이다.

"태수가 선정을 베풀어서 주민이 모인다고 들었소."

"과찬이십니다."

장영서가 고개를 숙여 보이면서 말했다.

"그리고 부끄럽습니다."

이산이 장영서를 응시했다.

장영서는 이산이 사람을 보내 부르자 순순히 밀행해왔다.

심복인 무반(武班) 위천을 데리고 온 것이다.

"태수, 내가 안전을 보장해줄 테니 내 통제를 받으시오."

그때 장영서가 고개를 들었다.

"어떻게 통제를 하십니까?"

"측근에 내 부하를 보내 뜻을 전하겠소."

"그렇게 하시지요."

장영서가 순순히 고개를 끄덕였다.

"주민에게 피해가 되지 않는다면 다 받아들이겠습니다."

"알겠소."

이산의 얼굴에 웃음이 떠올랐다.

"주민을 위한다면 명(明)도 여진도 가릴 것 없지."

이렇게 본진 근처의 고을을 흡수하고 있다.

대부분의 고을 수장은 비밀리에 협조를 약속했고 복종을 했다.

그러나 겉으로는 명(明)의 관리이고 지시를 받는다.

낮에는 명(明)의 세상이요, 밤에는 여진이 지배하는 것이다.

당장 요동을 석권할 형편이 아니어서 이산은 이중 통치를 할 예정이다.

그러나 탐관오리는 타협할 수가 없다.

마두태수 곽진은 탐관오리로 소문이 났지만 2년이 넘도록 군림하고 있었다.

30대 후반의 곽진은 환관 이용의 양자다.

본래 채소가게 아들로 건달 생활을 하던 곽진은 우연히 궁 밖에 나온 이용의 눈에 띄었다.

곽진이 여자보다 더 고운 피부와 미모를 지닌 남자였기 때문이다.

남색(男色)을 밝힌 이용은 곽진을 양자로 삼고 3년을 아끼다가 마두태수로 보낸 것이다.

해시(오후 10시)가 되었을 때 곽진이 술잔을 들고 말했다.

"이제부터 시작이다. 자, 벗어라."

이미 곽진은 술에 취한 상태다.

초저녁부터 시작한 연회는 분위기가 어수선해졌다.

상석에는 곽진과 비장, 별장 등 측근들이 앉았고 오늘은 근처의 현감 둘과 수비장 셋까지 불렀다.

기녀 20여 명을 참석시켰고 악공과 무희 10여 명까지 연회장에 모여 있는 것이다.

곽진의 말이 떨어지자 비장, 별장이 소리쳤다.

"벗어라! 무희도 모두 벗어!"

그러자 연회장에 소동이 일어났다.

도망치던 무희 하나가 관리에게 잡혀 비명을 질렀고 여 악사는 자신은 해당이 안 된다고 항의했다.

기녀들은 여러 번 겪었기 때문에 순순히 옷을 벗는 중이다.

그때 곽진이 소리쳤다.

"남자들도 벗어라!"

그 순간 당황한 사내 몇 명이 서성거렸다가 위사에게 잡혀 옷을 벗기 시작했다.

연회장에 웃음과 탄성, 비명과 외침이 떠들썩하게 일어났다.

그때다.

"악!"

여자 하나가 목구멍이 터질 것 같은 비명을 질렀다.

다음 순간 이쪽저쪽에서 사내들의 신음이 터졌다.

안쪽에 앉아있던 곽진이 벌떡 일어섰다.

연회장 안으로 진입하는 무사들을 본 것이다.

마두태수 곽진은 연회장에서 목이 잘렸다.

잘린 머리통이 창에 꽂혀 청사 대문 앞에 세워져 있었는데 사흘이 지나도 누가 떼지 않았다.

그것은 연회장에 참석했던 관리 20여 명이 모조리 도륙되었기 때문이기도 할 것이다.

그러나 마두부는 오히려 평온했다.

보름이 지나서야 뒤쪽 양호진에서 진장(陣將)이 군사 3백여 명을 데리고 내려왔지만 부중 행정은 태수가 있을 때보다 나았다.

"진장이 고생 안 하셔도 되겠소."

부(府)의 지주 중 하나인 왕승이 진장 효복에게 말했다.

왕승은 70객 노인으로 다른 지주 셋과 함께 부(府)에 들어와 행정을 돕고 있었다.

“무슨 말씀이오?”

효복이 묻자 왕승이 목소리를 낮췄다.

“쉿. 근처에 여진 정탐꾼이 있을지도 모르니 목소리를 낮추시오.”

부중에는 오가는 사람이 많았기 때문에 효복이 바짝 다가섰다.

“태수를 죽인 것이 비적 떼가 아니란 말씀이오?”

“여진군이오.”

“여진 8기군(八旗軍)은 아래쪽 바닷가에 있지 않소? 이곳에서 5백 리(250킬로) 거리오.”

“여진 기마군은 이틀이면 이곳에 닿소.”

“하긴 그렇지.”

고개를 끄덕인 효복이 다시 물었다.

“그 증거가 있소?”

“위쪽 부(府)와 현, 성(城) 서너 곳이 이미 여진군에 복속했다는 소문이 퍼져 있소. 변복한 여진군이 주민과 섞여 살고 여관에 묵는 데다 심지어 성주, 현령 등과 밀통하고 있다는 것이오.”

“나도 그런 소문은 얼핏 들었지만 그 증거가 있어야지.”

“그 증거가 이곳 마두태수와 탐관오리들이 모조리 도살된 것 아니오?”

“무슨 말씀이오?”

“아래쪽 상지현령이 관리, 가족들과 함께 몰살되었지 않소? 보름쯤 전에 말씀이오.”

“그렇지. 들었소.”

“그 상지현령도 흉악한 탐관오리였소. 알고 계실 것이오.”

왕승의 목소리가 열기를 띠었다.

"여진군은 탐관오리만 죽여 주민들의 환심을 산다오. 때로는 양곡까지 보내 굶주리는 마을을 구제해줍니다."

"……."

"물론 잘사는 마을의 양곡을 가져다주겠지만 말이오."

"……."

"그래서 이곳 마두부(府)도 태수와 탐관오리 일당이 몰살당하고 나서 평온해진 것이오. 아시오?"

"뭘 말이오?"

"태수를 몰살한 다음 날 부(府)의 창고를 열어 가난한 백성들에게 쌀과 부식을 나눠주었소. 그 소식을 듣지 못했지요?"

"……."

"그것이 이제 이곳 마두부(府)의 백성도 여진에게 복속하고 있다는 증거요, 진장."

"그럼 나는 돌아가야겠군."

"그냥 돌아가겠소?"

"내가 할 일이 없지 않소?"

"진장은 어떻게 생각하시오?"

왕승의 시선을 받은 효복이 숨을 들이켰다.

"어떻게 생각하다니? 무슨 말이오?"

"만나 보실 생각이 있소?"

"누구를 말이오?"

되물었던 효복의 얼굴이 금세 굳어졌다.

한동안 왕승의 시선을 받던 효복이 입을 열었다.

"이곳에 있소?"

부중(府中)의 청 안.

진장 효복이 사내 둘과 마주 보고 앉아있다.

효복의 옆에는 지주 왕승이 자리 잡았다.

먼저 사내 중 하나가 입을 열었다.

"나는 대장군 휘하의 부장 윤정이오. 우리하고 협력하겠소?"

"협력이라면 어떻게 하는 것이오?"

효복이 되묻자 윤정이 빙긋 웃었다.

"서로 상부상조하는 것이지. 우리는 그대의 진(陣)을 침범하거나 습격하지 않을 것이며 그대도 마찬가지고. 어떻소?"

"서로 없는 듯이 지내자는 말씀이군."

"그러기 위해서는 서로 교류도 해야 할 것이오."

"무슨 말씀인지 알겠소."

"대장군께 보고하면 진장(陣將)의 결단에 포상을 내릴 것이오."

"나는 포상을 바라는 것이 아니요."

정색한 효복이 윤정을 보았다.

"요동의 주민이 그저 평안하기만을 바랄 뿐이오."

"그대 같은 관리만 있다면 명(明)이 이 꼴이 되었겠소?"

쓴웃음을 짓고 말한 윤정이 말을 잇는다.

"곧 새 세상이 될 것이니 그때 그대의 역량을 발휘해주시오."

히데요시의 사신이 왔을 때는 겨울인 11월이다.

왜란 3년째가 되면서 전선은 소강상태다.

그러나 이곳 요동의 서쪽에 자리 잡은 이산군(軍)은 지방 영주다.

일본식으로 계산하면 1천만 석이 넘는 영지에 수백만의 주민을 거느린 대영주인 셈이다.

사신은 히데요시의 중신이며 집사역인 미요시다.

이신을 본 미요시가 얼굴을 펴고 웃었다.

"영주님을 뵙습니다."

"미요시 님, 어렵게 이곳까지 오셨군요."

미요시의 손을 잡은 이산이 청으로 안내하면서 말했다.

이산이 미요시를 상석으로 안내했지만 극구 사양하는 바람에 둘은 나란히 앉았다.

아래쪽에서 휘하 장수들이 도열해 앉아있다.

이산의 본거지가 된 대보성의 청 안이다.

미요시가 웃음 띤 얼굴로 이산을 보았다.

"제가 쓰시마에서 미리 전령을 이순신에게 보냈지요."

모두 긴장했고 미요시의 말이 이어졌다.

"가장 위험한 길이 조선의 남해여서 말씀이오."

이산의 시선을 받은 미요시가 빙그레 웃었다.

"제가 이산 공을 만나려고 남해를 돌아 대륙으로 갈 계획이니 길을 터 주십사 하고 부탁을 드렸지요."

"그렇습니까?"

"그랬더니 남해로 진입할 때 돛 끝에 붉은색 깃발을 매달라고 하셨소. 예정된 날에 말씀이오."

미요시는 열기를 띠고 말했다.

"그랬더니 부산포 앞바다를 지나자마자 판옥선 2척이 다가오는 것이었소. 갑자기 나타났기 때문에 모두 대경실색했는데 판옥선에서 소리쳐 안내역이라고 하지 뭡니까?"

미요시가 말을 이었다.

"옥포만호 이영남이라는 대장이 우리를 안내해서 서해까지 데려다주었습니다. 그러고는 나한테 영주께 드리라고 이걸 전해주더군요."

미요시가 가슴에서 비단보자기에 싸인 편지를 꺼내 내밀었다.

"이순신 장군이 영주께 보내는 편지요."

"감사합니다."

보자기를 두 손으로 받은 이산이 사례했다.

"이순신 장군은 제게 부모 같은 분이시오."

"우리 관백 전하께서도 영주님을 그렇게 생각하십니다."

"과분한 배려이십니다."

그때 어깨를 편 미요시가 이산을 보았다.

"영주님."

"예, 미요시 님."

"지난 8월에 관백 전하께서는 아들을 낳으셨소."

"오, 축하드립니다."

깜짝 놀란 이산이 미요시를 보았다.

히데요시는 이제 58세다.

아들을 낳은 것이다.

그때 정색한 미요시가 말을 이었다.

"아들을 낳으시고 관백 전하께서는 조급해지신 것 같습니다. 히로이마루 님을 위해서 뭔가 큰일을 해놓아야겠다는 생각을 굳히셨습니다."

이산의 시선을 받은 미요시가 어깨를 부풀렸다가 내렸다.

"관백 전하께서는 이제 조선은 안중에도 없으십니다. 대륙입니다."

"……."

“그래서 대륙정벌의 총사령을 영주님께 맡기고 휘하에 조선 주둔군을 편입시키려는 생각이십니다.”

“…….”

“조선 주둔군은 영주께서 오신 것처럼 배로 서해를 통해서 오면 되지 않겠습니까?”

이산이 숨을 들이켰다.

또 이순신에게 부탁한다는 말인가?

미요시가 객사로 돌아간 후에 이산이 스즈키와 최경훈, 신지 등 중신들을 불러 모았다.

모두 미요시의 말을 들은 후여서 분위기가 술렁거리고 있다.

고개를 든 이산이 중신들을 둘러보았다.

“그대들은 어떻게 생각하는가?”

먼저 신지가 말했다.

“주군, 이제는 일본에서 벗어날 때가 되었습니다.”

신지가 고개를 들고 이산을 보았다.

“누르하치 님을 없는 듯 취급하셨는데 실현 가능성이 희박한 지시이십니다.”

“속임수입니다.”

그렇게 말한 것은 스즈키다.

모두의 시선을 받은 스즈키가 말을 이었다.

“이순신을 이용해서 일본군을 대륙에 상륙시킨다는 말씀도 그렇고, 그렇게 되었을 때 주군께서 일본군의 총사령이 된다는 말씀도 거짓입니다.”

“무시하시지요.”

최경훈이 나섰다.

결연한 표정이 된 최경훈이 이산을 보았다.

"무시한다고 해도 히데요시 님은 주군을 견제할 수 없습니다. 영지의 가족들에게 해를 끼친다면 우리가 적이 됩니다. 히데요시 님은 우리를 적으로 만들지는 못할 것입니다."

"그렇습니다."

스즈키가 동의했다.

"주군, 미요시 님한테는 긍정적으로 대답하시고 시간을 끄시지요. 세월이 약입니다."

그때 이산이 이순신이 준 편지를 꺼내 읽었다.

언문인 한글로 쓴 편지다.

'이 공.

이 공에게 간다는 사람 편에 글을 보내오.

이 공이 내려와 숙정을 하고 돌아간 후에 정국이 잠시 평온해졌소이다.

그러나 어찌할 것인가, 뿌리를 뽑지 않은 잡초처럼 간신, 파당의 무리는 여전히 기승을 부리고 있소.

이것은 신라, 고려를 이은 조선이 오직 중국 사대로 1천 년을 보낸 업보이죠.

대륙이나 바다로 진출했을 때는 고구려, 백제가 존속했을 때입니다.

반도 구석에 박혀있던 신라가 삼국을 통일하면서부터 사대가 시작되었고 그렇게 1천 년이 지났습니다.

그 1천 년 동안 우리는 국방은 중국에 맡기고 안에서 파당을 만들어 싸워왔소.

오호 통재라.

임금은 백성을 위하여 베풀고 헌신하는 것을 잊고 오직 사대국 황제만 바라

보고 살았습니다.

그래야 임금이 되었으니까요.

이 공.

이를 어찌하면 좋겠소?

조선이 의지했던 사대국 명은 이제 지는 해가 되었고 일본은 떠오르는 해가 되었습니다.

지금의 일본을 만든 무장들, 영주들은 모두 백제계 후손이오.

신라에 의해 왜로 망명한 백제 싸울아비들이 사무라이가 되어서 옛 고토(古土)를 회복하려고 온 것이오.

언어만 다르지 무장들의 모습과 혼은 백제인이오.

그리고 또, 이 공과 의형제를 맺은 누르하치는 고구려 후손이오.

고구려와 여진은 같은 혈통입니다.

이 공, 이 격변기에 이 공과 내가 던져졌습니다.

이 공은 이 공의 길을 가시오. 나도 내 길을 가렵니다.

이 공의 미래에 대해서 홍 대사간으로부터 들었소.

여식 화진의 짧은 인생에 대해서도 듣고 눈물이 쏟아졌습니다.

나는 이 공을 응원할 것이오.

이 공은 난세의 영웅입니다.

한산도에서, 이순신.'

다 읽고 난 이산이 고개를 들었는데 눈이 흐려져 있다.

모두 숨을 죽인 채 이산을 바라보는 중이다.

그때 이산이 편지를 최경훈에게 건네주었다.

"그대가 일본어로 번역해서 말해주게."

"예, 주군."

최경훈이 편지를 받더니 곧 일본어로 말해주기 시작했다.

청 안은 조용해졌고 최경훈의 목소리만 이어졌다.

이윽고 읽기가 끝났을 때 이산이 말했다.

"이제 내가 마음을 정했다."

모두의 시선을 받은 이산이 말을 이었다.

"미요시한테는 서약서를 써서 보내겠지만 난 일본군과 함께 대륙을 정벌하지 않는다."

모두 고개를 끄덕였다.

납득한 것이다.

"그렇습니다."

스즈키가 대표로 대답했다.

"기마군 훈련이 잘되어 있습니다."

다음 날 오후.

청에서 미요시가 말했다.

"강군(強軍)입니다. 영주님께서 잘 단련시켜 놓으셨습니다."

이산은 웃기만 했다.

이제 이산 휘하의 기마군단은 2만여 명이다.

대륙에 상륙했을 때는 1만여 명이었다가 2배로 늘어난 것이다.

여진군을 흡수했기 때문이다.

여진족장 부라트, 알탄, 유니마까지 모두 휘하의 8기군(八旗軍) 대장이 되어 있는 것이다.

미요시가 고개를 들고 이산을 보았다.

"영주님, 관백 전하의 제의에 대한 답신을 주시지요."

"준비했소. 서약서요."

이산의 눈짓을 받은 스즈키가 접힌 편지를 내밀었다.

"오오!"

감동한 미요시가 편지를 펼쳐 읽고 나서 고개를 끄덕였다.

제의를 수락한다는 내용이다.

편지를 접은 미요시가 고개를 끄덕였다.

"전하께서 기뻐하실 것입니다."

"히로이마루 님의 출생 기념으로 금 2만 냥을 준비해놓았으니 가져가도록 하시오."

"오오!"

다시 탄성을 뱉은 미요시가 이산을 향해 고개를 숙였다.

"전하께서 여자보다 좋아하시는 것이 금이지요. 오사카 성에 히로이마루 님의 궁을 세우고 계십니다. 건설비가 금 1만 5천 냥 정도인데 넉넉히 맞춰서 주시는군요."

"장수하시기를 빕니다."

청 안 분위기는 부드럽다.

둘러앉은 중신들의 얼굴에도 웃음이 떠올라 있다.

미요시는 열흘 동안 성에 머물다가 귀국했다.

바닷가로 미요시를 배웅하고 돌아온 이산에게 위사장 곤도가 말했다.

"전령이 오고 있습니다."

이산의 시선을 받은 곤도가 말을 이었다.

"누르하치 대족장께서 보내신 전령입니다."

전령이 자주 오가고 있었기 때문에 이산이 고개만 끄덕였다.

누르하치는 지금 거성(居城)인 만추성에 돌아가 있다.

만추성은 난공불락의 4중성이다.

누르하치의 전령은 원로 대신 타이론이었다.

타이론은 60대로 누르하치의 부친 때부터 신하였던 인물이다.

이산과 안면이 있었기 때문에 타이론이 웃음 띤 얼굴로 인사를 했다.

"대장군께 타이론이 인사드립니다."

"잘 오셨소, 원로님."

대보성의 청 안이다.

이산의 장수들도 늘어앉아 있어서 엄숙한 분위기다.

타이론은 부사(副使)도 세 명이나 데려왔고 수행원도 2백여 명이 넘는다.

그때 타이론이 검게 탄 얼굴을 들고 이산을 보았다.

"대족장께서 대장군께 선물을 드린다고 하셨습니다."

이산의 시선을 받은 타이론이 말을 이었다.

"대족장이 드릴 수 있는 가장 큰 선물이지요."

"허어, 영광입니다."

그때 타이론이 상반신을 세우더니 정색했다.

"대족장에게 누이동생이 8명 있습니다. 그중 1명만 동복 여동생이고 나머지는 이복동생분이시지요."

순간 이산의 눈앞에 후사나의 얼굴이 떠올랐다.

후사나는 이복동생이다.

청 안이 조용해졌고 타이론의 목소리가 이어졌다.

"대족장께선 동복 여동생인 차드나 공주를 대장군의 정처로 보내기를 원하고 계십니다."

이산이 입을 다물었고 타이론의 말이 이어졌다.

"차드나 공주는 대족장께서 딸처럼 키우신 막냇동생이십니다. 올해 스물둘이 되셨으며 절세의 미인이십니다."

"……."

"지난번 대장군께서 부인을 잃으신 것에 대족장께서 상심하시다가 차드나 공주를 정실로 추천하신 것입니다."

그때 이산이 외면하고 말했다.

"대족장 전하의 배려는 감사하나 상을 당한 지 아직 1년도 안 되었소."

"대장군."

타이론이 이산에게로 상체를 기울였다.

얼굴이 굳어져 있다.

"조선에서는 1년 상, 또는 3년 상이라는 것도 있다고 들었소. 하지만 이곳은 만추리아, 여진 땅입니다."

타이론의 목소리가 청을 울렸다.

"대족장 전하의 특별한 호의를 사양하신다는 것은 불경이고 반발, 또는 그 이상이 될 수 있습니다. 저는 대장군의 승낙을 받고 날짜를 잡아야겠습니다."

"……."

"며칠 전에 히데요시의 중신 미요시가 다녀갔다는 것도 압니다. 이런 상황에서도 대족장께서는 다른 말씀을 안 하시고 차드나 공주의 혼담을 제의하신 것입니다."

타이론의 눈이 번들거렸다.

"그리고 대장군, 모르십니까? 대족장께서는 대장군을 의지하고 계십니다. 대족장께서 믿고 계시는 분은 대장군뿐이시오. 그걸 아셔야 합니다."

그때 듣기만 하던 스즈키가 고개를 들고 말했다.

"대신께서는 잠시 기다려주시지요. 저희가 주군께 말씀을 드리겠습니다."

"오오, 그렇군."

타이론이 선선히 고개를 끄덕였다.

"내가 너무 대장군 각하를 밀어붙이기만 했군."

내성 안.

내성의 마루방에 넷이 둘러앉아 있다.

이산과 스즈키, 신지와 최경훈이다.

이산 가문의 중신들이다.

술시(오후 8시)가 다 되어서 기둥에 등불이 밝혀져 있다.

스즈키가 먼저 입을 열었다.

"주군, 이미 치 님도 누르하치 님께 보낸 상황입니다."

이산의 시선을 받은 스즈키가 말을 이었다.

"공주님을 맞으소서. 그래야 치 님이 더 안전해질 것입니다."

"아바가이 님이오."

신지가 스즈키의 말을 받았다.

"이미 만추성 안팎에선 아바가이 님, 홍타이지 님으로 누르하치 대족장 전하의 여덟째 아들이 되셨습니다."

이산의 눈이 흐려졌다.

누르하치는 치(治)의 이름을 아바가이로, 다시 군주(君主)에 어울리는 홍타이지로도 지어준 것이다.

그때 이제는 일본어에 능숙해진 최경훈이 나섰다.

"주군, 마님은 가슴에 담으시고 공주님을 맞으시지요."

밤이 깊었을 때 위사장 곤도가 사내 하나를 데려왔다.

타이론의 수행원이다.

8기군(八旗軍)의 청군(青軍) 10인장 차림의 사내가 이산 앞에 엎드렸다.

"대장군을 뵙습니다."

사내는 누르하치의 만추성으로 치와 함께 보낸 하녀 막내의 심부름을 온 것이다.

지금 막내는 누르하치의 3번째 부인 차연의 시녀가 되어있다.

차연의 시녀로 아바가이로 이름을 바꾼 치를 돌보고 있다.

사내가 품에서 기름종이에 싼 편지를 꺼내 내밀었다.

"막내 님이 보내신 편지입니다."

"오, 수고했다."

이산이 서둘러 편지를 받아 펼쳐 읽는 동안 둘러앉은 중신들은 숨을 죽였다.

편지는 언문으로 정성껏 쓰였다.

'대장군께 하녀 막내가 올립니다.

아바가이로 이름을 바꾼 치 님은 잘 크십니다.

건강하십니다.

이젠 여진 말을 하십니다.

어머니, 아버지를 부르십니다. 저한테는 유모라고 하십니다.

어머니 차연 님은 도련님을 아끼십니다. 그래서 도련님은 차연 님을 어머니로 부르며 따릅니다.

누르하치 님도 하루에 한 번 들러서 도련님을 안아주십니다.

도련님은 두 분을 부모로 잘 따르고 있습니다.

아씨의 혼이 도련님을 도와주신 것 같습니다.

하지만 저는 도련님이 철이 들 때를 기다려 조선말을 하나씩 가르쳐 드릴 생각입니다.

그리고 어느 날 돌아가신 마님에 대해서 말씀드릴 것입니다.

그래야 마님이 편히 눈을 감으실 것입니다.

자주 연락드리겠습니다.

막내 올림.'

편지를 내려놓은 이산이 위사장 곤도에게 지시했다.

"이 사람 10인장에게 금화 30냥을 주도록."

"예, 주군."

이산이 고개를 돌려 10인장을 보았다.

"수고했다. 상으로 금자 30냥을 줄 테니 가져가거라."

"감사하옵니다, 대장군."

10인장이 납작 엎드렸다가 고개를 들었다.

눈이 번들거리고 있다.

곤도와 10인장이 청을 나갔을 때 이산이 옆에 앉은 스즈키, 신지, 최경훈을 보았다.

"누르하치 님과 혈족이 되겠어."

"음, 됐다."

이산의 답신을 읽은 미요시가 고개를 들었을 때 히데요시가 고개를 끄덕였다.

그러나 시선은 품에 안긴 히로이마루에게 쏠려 있다.

오사카 성 안.

미요시는 이산을 만나고 온 결과를 보고하고 있다.

"전하, 금화 2만 냥은 창고에 넣었습니다."

다시 미요시가 말했을 때 히데요시가 고개를 들었다.

"그건 히로이마루 궁(宮) 건축자금으로 써야지. 다른 데로 보내면 안 돼."

"예, 전하."

"그런데."

히데요시가 눈썹을 모으고 미요시를 보았다.

"이산의 서약서는 믿을 수가 없어. 그래서 가토나 구로다의 부대 하나를 빼내 요동으로 보내는 것이 낫겠다."

"예?"

놀란 미요시가 눈을 크게 떴을 때 히데요시가 이맛살을 찌푸렸다.

"이 멍청아, 내가 대군을 배에 싣고 이순신이 지키는 남해를 지나 대륙으로 보낼 것 같으냐?"

미요시가 숨을 들이켰고 히데요시가 다시 히로이마루를 어르면서 말을 이었다.

"이산을 속인 거야. 1개 군(軍)을 함경도 쪽으로 북상시켜 대륙으로 보내는 거다. 그러면 전쟁 양상이 달라지겠지."

왜란 3년 차인 선조 27년(1594년) 10월.

가토가 히데요시의 사신을 맞는다.

밀사다.

이곳은 가토의 본진인 울산의 서생포왜성 안.

밀사는 놀랍게도 시마 사콘이다.

히데요시가 미쓰나리의 중신인 사콘을 밀파한 것이다.

"허, 사콘. 그대가 오다니."

청에서 마주 보고 앉았을 때 가토가 웃음 띤 얼굴로 말했다.

"이산을 따라 요동에 다녀왔다고 들었어. 그곳에서 여진족들을 몰사시켰다고?"

"과장된 것입니다."

사콘이 쓴웃음을 지었다.

"이산 영주께서는 누르하치와 의형제를 맺고 동맹군이 되셨습니다."

"들었어."

정색한 가토가 지그시 사콘을 보았다.

"한양성까지 내려와 쑥대밭을 만든 것도 다 들었네."

가토가 말을 이었다.

"조선 임금이 혼비백산했겠지. 그때 우리를 불렀다면 조선은 우리가 합병했을 텐데 아쉽단 말야."

"그때는 명(明)이 전력을 동원해서 조선으로 몰려왔을 것입니다. 누르하치가 성장하고 있지만 아직은 역부족이지요."

"나도 알고 있어."

"전하께서는 이산 공(公)을 조선에 보내려는 생각이 없으셨습니다. 여진군을 쫓다가 조선에 내려온 것이지요."

"이산을 대륙에 보낸 전하의 의도는 무엇인가?"

가토가 묻자 청 안에 정적이 덮였다.

모두의 시선을 받은 사콘이 어깨를 폈다.

"대륙 정벌입니다."

"지금 성공하고 있는가?"

"절반쯤은 목적을 이룬 것 같습니다."

그러고는 사콘이 몸을 곧게 세우고 가토를 보았다.

"관백 전하의 지시를 말씀드리겠습니다."

그때 가토도 몸을 바로 폈다.

사콘의 말이 이어졌다.

"전하께서 2번대가 함경도를 통해 요동으로 진입하라고 하셨습니다."

순간 가토가 숨을 들이켰다.

"무엇이, 내가?"

"그렇습니다. 요동으로 들어가 이산 공(公)의 원정군과 합류, 요동을 석권하고 명(明)을 멸망시키라는 것입니다."

가토가 입을 다물었고 사콘의 말이 이어졌다.

"가토 영주님께서는 요동에 진출한 연합군의 총사령이 되십니다. 이산 공(公)은 부사령입니다."

"……."

"관백께서는 2번대가 한 달 후에 출동하라고 지시하셨습니다."

"한 달 후에 말인가?"

"예, 영주님."

"이곳에 고니시도 있고, 구로다, 시마즈, 후꾸시마 등 잘난 척하는 무장이 십여 명이나 있는데 왜 나를 보내시는지 그 이유를 아나?"

"글쎄요."

"그대가 모를 리가 없어. 그 이유를 말해주면 가겠네."

가토가 눈을 가늘게 뜨고 사콘을 보았다.

"전하께서도 이 상황을 예상하셨을 거네. 자, 말해주게."

"히로이마루 님의 후견인으로 여기시기 때문입니다."

청 안에는 숨소리도 나지 않았고 사콘의 말이 이어졌다.

"지금 관백 전하께는 히로이마루 님의 미래가 우선입니다."

"그렇군."

"요동을 석권하면 조선은 저절로 따라오게 됩니다. 어미 소에 따라붙는 송아지 같은 경우지요."

"그럴듯하군."

"영주께서 요동의 맹주가 되시고 히데요시 님은 일본에서 천하를 지배하는 것입니다."

"일본에 있는 무장들을 싹 요동과 조선으로 보내 반란의 뿌리조차 없앤 후에 말이지."

가토가 연신 고개를 끄덕였다.

"전하께서 일본을 통일하고 넘치는 낭인 무사들을 긁어모아 조선 원정군으로 보낸 것처럼 말이야."

"영주님."

정색한 사콘이 가토를 보았다.

"말씀 조심하시지요. 말이 새나갈 수 있습니다."

"내 가신들은 배신하지 않아."

둘러앉은 무장들을 훑어보면서 가토가 헛웃음을 지었다.

"이보게, 사콘."

"예, 영주님."

"나는 관백 전하의 시동으로 10여 년을 보낸 사람이야. 전하께서는 단순하지 않으신 분이네."

"알고 있습니다."

"관백께선 그대한테도 내심을 털어놓지 않으셨겠지."

"저는 지시만 받았을 뿐입니다."

"이산이 순순히 내 휘하 부사령관이 될 것 같은가?"

"그건 저도 알 수 없습니다."

"이산군(軍)은 기마군 2만이야. 뒤에 누르하치의 10만 대군이 있네."

가토의 얼굴에 웃음이 떠올랐다.

"나는 기마군 2천5백, 보군까지 1만 6천이지. 이산의 기마군이 휩쓸고 오면 한나절쯤 지나서 전멸이야."

"……."

"만주는 벌판이라 사방에서 몰려오면 당해낼 수가 없어."

어느덧 가토의 얼굴에서 웃음기가 지워졌다.

"전하께선 내가 항명하기를 기다리고 계셔. 사콘, 그렇지 않나?"

"저는 지시만 전했을 뿐입니다."

"돌아가서 내가 한 말을 그대로 전하게, 사콘."

"예, 영주님."

"조선에 괴질이 번져서 내 군사의 4할인 7천여 명이 병을 앓고 있어. 다행히 사망자는 적으나 부대를 이동하려면 반년쯤 후에나 가능하겠어."

"알겠습니다. 전하께 그렇게 보고드리지요."

"참고로 고니시의 1번대는 괴질이 2할밖에 안 번졌네. 그것도 말씀드리도록."

"알겠습니다."

고개를 든 가토의 눈이 번들거렸다.

"내가 조만간 전하를 뵈러 간다고도 말씀드리게."

사콘이 객사로 돌아갔을 때 가토가 중신 시모나에게 말했다.

"전쟁보다 정치가 더 골머리가 아프군."

"당연한 일입니다."

시모나가 목소리를 낮췄다.

청 안에는 이제 중신 서너 명만 모여 앉아있다.

"아무래도 이에야스 님하고 연락해온 것이 알려진 것 같다."

가토가 말하자 마쓰다가 고개를 들었다.

"주군, 지금 이산의 영지에 있는 코다에게 연락해보시지요."

마쓰다가 말을 이었다.

"코다는 이산 공의 대리인이며 관백 전하의 집사이기도 하셨던 분입니다. 코다 님께 중재를 청해보시지요."

가토가 시선만 주었고 마쓰다의 말이 이어졌다.

"이번 일은 이산 님의 일이기도 합니다. 이산 님과 주군께서 상의하시는 것입니다. 주군께서 허락하시면 제가 코다한테 가보겠습니다."

"가라, 마쓰다."

고개를 끄덕인 가토가 말을 이었다.

"너 같은 가신이 있는 한 내 가문은 멸망하지 않을 거다."

차드나 공주가 온 날은 전날부터 눈이 내려서 대지가 하얗게 눈으로 뒤덮여 있었다.

공주 일행은 누르하치 대신으로 숙부 아로카보가 결혼식을 주관하여 이끌었는데, 수행원만 무려 3천여 명.

예물로 가져온 말이 2만 5천 필이나 되었다.

동여진의 대족장 누르하치 부족의 최대 행사로 만방에 선전한 터라 동여진의 부족장 17명 전원이 참석했다.

67세의 아로카보는 누르하치의 하나 남은 숙부다.

청에서 인사를 나누고 나서 아로카보가 말했다.

"차드나는 머리가 명석하고 대담합니다. 대장군의 훌륭한 조언자가 될 것이오."

청 안에는 중신 서너 명만 모여 있었는데 모두 숨을 죽이고 있다.

아로카보는 누르하치 가문의 최고 서열의 어른이다.

아르카보가 말을 이었다.

"이번 결혼도 차드나 공주가 원했기 때문이오. 공주가 원하지 않았다면 결혼이 성사되지 않았습니다."

이산이 숨을 들이켰다.

새로운 사실이다.

차드나의 얼굴도 보지 못한 상태에서 결혼식이 거행되었다.

차드나도 마찬가지다.

청에는 수백 명의 장군, 부족장, 가신들이 모였고, 중앙에 이산과 차드나가 마주 보고 서 있다.

옆쪽에 결혼식을 주관하는 아로카보가 서 있다.

예복 차림의 이산이 다섯 걸음쯤 앞에 선 차드나를 보았다.

날씬한 몸매는 예복으로 감쌌지만 드러났다.

그러나 얼굴은 천으로 가려서 보이지 않는다.

여진족의 관습대로 식이 진행되는 동안 밖에서는 폭죽이 터졌고 풍악이 계속해서 울리고 있다.

성안이 온통 떠들썩했다.

축제가 시작되고 있다.

신시(오후 4시) 무렵에 시작된 결혼식이 유시(오후 6시)가 되어서야 끝났고 바로 연회가 시작되었다.

신랑과 신부는 내궁의 청으로 안내되어서 이제는 하인 서너 명의 시중을 받고 저녁을 먹는다.

그러나 아직도 차드나의 머리에 쓴 관(冠)에서 헝겊이 앞으로 늘어져 있어서 얼굴은 보이지 않는다.

식사가 끝났을 때 신랑과 신부는 제각기 방으로 돌아가 옷을 갈아입었다.

이제는 절차가 끝나고 둘이 침실로 들어간다.

합방이다.

방으로 들어선 이산이 의자에서 일어서는 공주를 보았다.

차드나.

이제는 얼굴이 드러났다.

방에 불을 환하게 밝혀 놓았기 때문에 속눈썹까지 보였다.

차드나는 분홍색 옷으로 갈아입었는데 장식이 없는 비단옷이다.

시선이 마주쳤을 때 차드나가 웃었다.

"차드나입니다."

맑은 목소리다.

이산이 한 걸음 다가섰다.

"이산이오."

둘은 지금 여진어를 한다.

그동안 이산이 여진어를 터득한 것이다.

다가간 이산이 앞쪽 탁자를 가리켰다.

"앉읍시다."

"여진어를 잘 하시네요."

자리에 앉은 차드나가 이산을 똑바로 보았다.

갸름한 얼굴, 곧은 콧날과 단정한 입술, 눈꼬리가 조금 솟은 눈이 반월형으로 굽혀지면서 웃는 얼굴이 되었다.

눈부신 미모다.

이산이 차드나와 눈을 맞추면서 물었다.

"그대가 날 선택했다고 들었는데, 맞습니까?"

"예, 그래요."

차드나가 고개를 끄덕이면서 다시 웃는다.

"제가 오빠한테 졸랐습니다. 당신이 아니면 결혼하지 않겠다고 했지요."

"이유는 뭡니까? 내 얼굴도 보지 않았을 텐데."

"당신을 만난 위사대의 1백인장들한테서 들었지요."

차드나가 말을 이었다.

"당신의 용모, 성품 그리고 전장에서의 활동, 그리고 당신의 조선인 전처와 아들 이야기까지."

"……."

"차연 왕비의 아들이 된 아바가이도 가끔 보았어요."

눈을 가늘게 뜬 차드나가 이산을 보았다.

"오빠가 가장 좋아하는 아들이 되었어요."

"……."

"나도 아바가이 같은 아들을 낳고 싶어요."

이산은 차드나의 얼굴을 응시한 채 대답하지 않았다.

눈이 흐려져 있다.

코다는 이산의 영지에서 머물고 있었는데, 집사 역할이다.

이산의 영지는 히데요시의 직할령 형식으로 되어있지만, 관리는 자체에서

해왔기 때문이다.

청으로 들어선 코다가 마쓰다를 보더니 이맛살부터 찌푸렸다.

"마쓰다, 조선에서 이곳까지 오다니 엄청나게 긴급한 일이군."

"영감 눈은 속일 수가 없지."

어깨를 편 마쓰다가 쓴웃음을 지었다.

"가문의 생사가 걸린 일이어서."

"그래?"

청에는 둘뿐이다.

마쓰다가 외인을 물리쳐 달라고 부탁했기 때문이다.

코다가 다시 찌푸린 얼굴로 마쓰다를 보았다.

"마쓰다, 조선에서 패전했나? 요즘 의병들의 기세가 만만치 않다고 하던데."

"그건 아냐."

"또 고니시 님하고 문제가 생겼어?"

"그것도 아냐."

"관백 전하와의 문제인가?"

"맞아."

"그럼 가장 큰일이 생겼군."

"그래서 내가 영감한테 온 거야."

"난 관백 전하하고 직접 연결이 안 되는 상황이야."

"하시바 이산 영주님과 연결이 되어있으니까."

그러자 마쓰다를 응시한 코다의 눈이 흐려졌다.

마쓰다가 눈만 껌뻑였고 다시 코다의 입이 열렸다.

"우리 주군을 다시 조선으로 끌어들이시려는 것인가?"

마쓰다가 숨만 쉬었고 코다가 말을 이었다.

"그래서 가토 님과 연합해서 한양성을 다시 접수하라는 전하의 지시야?"

"그 반대야. 우리 주군을 함경도를 통해 요동으로 보내신 후에 이산 공(公)과 연합, 요동을 석권하라는 지시야."

"옳지."

코다가 이를 드러내고 웃었다.

"전하의 버릇이 나왔구나."

"그렇지. 버릇이지?"

반색한 마쓰다가 눈의 초점을 잡고 코다를 보았다.

"이건 전하의 모략이지? 우리가 어떻게 나오는 가를 봐서 처리하려는 모략 아닌가?"

그때 코다가 길게 숨을 뱉었다.

"우리 주군한테도 해당되는 일이야, 마쓰다."

자리에서 일어선 차드나가 옷을 걸쳤다.

탄력이 넘치는 몸이 마치 사슴을 연상시켰다.

천으로 몸을 휘감은 차드나가 고개를 돌려 이산을 보았다.

천 사이로 어깨와 가슴 일부, 허벅지와 맨발까지 다 드러났다.

이른 아침.

창호지를 바른 창밖이 환해지고 있다.

"산, 얼마나 걸릴 것 같아?"

차드나가 맑은 목소리로 묻는다.

오늘 이산은 위사대 1천 기만 이끌고 서쪽으로 정찰을 떠난다.

예비마 2천 필.

서쪽 만리장성까지 접근했다가 상황을 봐서 북경에도 잠입해볼 계획이다.

전쟁에 대비한 정찰이었기 때문에 군사 스즈키, 대장군 격인 신지, 부족장 부라트까지 동행시켰다.

자리에서 일어선 이산이 옷을 걸치면서 대답했다.

"석 달 정도."

"너무 길어, 산."

다가온 차드나가 이산의 앞에 무릎을 꿇고 앉았다.

어깨에 걸쳤던 천이 흘러내리면서 젖가슴이 드러났다. 단단하게 솟은 젖가슴에도 윤기가 흐른다.

결혼한 지 한 달.

차드나는 거침없이 이름을 부르고 잠자리에서도 대담했지만, 남편을 깍듯이 모셨다.

여진의 관습이 아니라 누르하치 가문의 전통 같다.

차드나가 이산의 옷을 건네주면서 말을 이었다.

"그동안 내가 여기를 지킬 테니까 다른 걱정은 마, 산."

"그래. 잘 지켜, 차드나."

"이럴 때 누르하치의 동생 덕을 보는 거지."

"무슨 말이야?"

"오라버니 옆에 있었기 때문에 나도 세상 돌아가는 이치를 안다는 말이야."

"방심하지 마, 차드나."

"너를 안심시켜 주는 거야."

차드나가 눈웃음을 쳤다.

옷을 입은 이산에게 장검을 건네주면서 차드나가 말을 이었다.

"이산의 처 위치만 지킬 테니까."

이산이 차드나의 어깨에 두 손을 올려놓고 말했다.

"차드나, 너는 오늘부터 내 대리인이야."

사콘의 보고를 들은 히데요시가 손으로 턱수염을 쓸었다.

오사카의 청 안.

옆에는 미요시와 미쓰나리가 앉아있다.

오늘은 히데요시가 히로이마루를 데려오지 않았다.

이윽고 고개를 든 히데요시가 입을 열었다.

"가토 그놈은 내 습성을 잘 알지. 내가 방귀를 뀌면 기분이 나쁘다는 것도 아는 놈이야."

모두 입을 다물었고 히데요시가 혼잣소리로 말을 잇는다.

"나를 보러 온다는 건 거짓말이고, 6개월 후에 출동한다는 것도 거짓말이야. 그놈은 지금쯤 제 본색이 탄로가 났다는 것을 짐작했을 거다. 측근에 머리 쓰는 놈들이 많거든."

고개를 든 히데요시가 미요시와 미쓰나리, 사콘을 훑어보았다.

"이 기회에 이에야스에게 기운 놈들을 하나씩 제거해야 한다."

이것이다.

가토에게 난데없는 북진 명령을 내린 이유가 이것인 것이다.

히데요시가 말을 이었다.

"지금쯤 가토는 일당을 모을 거다. 그 일당들을 추적해서 파악해야 한다."

"가토 옆에 밀정들을 붙여놓았습니다."

미요시가 말을 받았다.

"이에야스 님에게 기운 장수들의 윤곽도 거의 드러났습니다."

"그놈들을 조선에 박아놓아야 한다."

히데요시가 길게 숨을 뱉었다.

조선에 박아놓든지 요동으로 보내든지 해야만 한다.

일본 땅에 발을 딛지 못하도록 해야 한다.

이것이 히로이마루를 위한 일이다.

서진(西進)한 지 엿새째 되는 날 오후.

척후가 달려왔다.

이곳은 명(明)의 방어선이 세워진 요동 서북방의 요하 강변이다.

마상에서 이산이 앞에 펼쳐진 요하를 보았다.

강폭은 2백 자(60미터)쯤 되었지만 얼었다.

강을 건넜던 척후가 돌아온 것이다.

"강이 얼어서 건널 수 있습니다."

고개를 끄덕인 이산이 박차를 넣었다.

기마군이 다시 움직이기 시작했다.

단단하게 언 강을 건넌 1천 기마군이 갈대숲으로 들어섰다.

이곳은 요동 서부군의 관할이다.

"주군, 요동군이 가까워졌습니다. 병력도 기마군 1,500기 정도로 늘어났습니다."

위사장 곤도가 말했다.

어제 오후부터 요동군이 나타나더니 어느덧 하루 만에 1,500기 정도로 늘어난 것이다.

이쪽은 예비마 2천 필까지 이끈 3천여 기의 행렬이다.

아무리 광활한 땅이라고 해도 눈에 띄지 않을 리가 없다.

"쉽게 공격하지는 못할 게다."

갈대숲을 헤쳐 나가면서 이산이 말했다.

"오늘은 만천령에서 쉰다."

기마군은 갈대숲을 빠져나와 직진했다.

요동서부군의 본진은 서북쪽 7백여 리(350킬로) 거리의 해금성이다.

그곳에서 북쪽은 내몽고, 서남쪽이 만리장성이다.

엿새 동안 이산의 정찰군은 2천여 리(1,000킬로) 정도를 서진(西進)했다.

이른바 위력 정찰이다.

"여진군은 8기군(八旗軍) 복색을 했지만 이놈들은 그런 차림이 아닙니다."

교위 부영이 보고했다.

"하지만 위장했을 수도 있습니다."

"천륜산의 마적단일 수도 있어."

위문개가 이맛살을 찌푸렸다.

"이놈들이 만천령의 동광파에게 가는 중인지도 모른다."

요동은 여진족들만 있는 것이 아니다.

오히려 한족 마적단이 더 많은 상황이다.

그리고 마적단의 규모가 1백 명에서 1천여 명까지 다양한 데다가 관(官)의 추적을 피하려고 자주 이동하는 바람에 근거지 파악이 어렵다.

지금 중랑장 위문개가 이끄는 기마군 1,600기가 이산군의 뒤쪽 2리(1킬로) 거리에서 따라가는 중이다.

그때 부영이 위문개를 보았다.

"나리, 놈들도 눈치챘을 것인데도 여유를 부리고 있습니다. 우리를 유인하는 것이 아닐까요?"

"그럴 수도 있지."

"저녁 무렵이면 만천령에 닿을 겁니다."

그때 고개를 든 위문개가 부영을 보았다.

만천령에는 동광파의 소굴이 있다.

산이 험하고 동굴이 많아서 은신하기가 좋기 때문이다.

"그것만 확인하고 돌아가자."

"그러지요."

부영이 고개를 끄덕였다.

백전노장인 위문개의 뜻을 알아차린 것이다.

마적단 하나를 격멸했다고 포상이 주어지는 시기가 아니다.

어설프게 부딪쳤다가 병력이 손상되거나 자신이 다치기라도 하는 것보다 적정을 파악하고 물러가는 것이 나은 것이다.

이것이 근래의 명군(明軍)이다.

"마적단을 다 파악할 수는 없으나 큰 것만 추려도 60여 개, 7만여 명이 됩니다."

스즈키가 옆을 따르면서 말했다.

"50명, 1백여 명 등 1천 명 미만의 마적단은 파악이 안 되지만 그것까지 합하면 수십만이 될 것입니다."

이산이 고개만 끄덕였다.

마적단이라고 불렀지만 도적 떼다.

말을 안 탄 도적 떼가 대부분이다.

지금까지 서진(西進)해 오면서 수십 개의 마적단을 지나쳤다.

이산군(軍)을 요동군으로 오인한 마적단이 도주하는 경우가 많았다. 여진군의 정체를 파악하고는 따라오다가 만 마적단도 대여섯 개다.

그때 다시 앞에서 첨병이 달려왔다.

첨병이 소리쳤다.

"적입니다! 앞을 가로막고 있습니다!"

"관군(官軍)도 아니고 마적도 아닙니다."

초성이 소리쳐 말하자 운당이 버럭 화를 냈다.

"시끄럽다! 나불대지 마라!"

산 중턱에는 2백여 명의 마적이 모여 있었는데 모두 아래쪽을 주시하는 중이다.

이쪽으로 다가오는 기마군은 수천 기로 보인다.

거리는 3리(1.5킬로) 정도.

마른 땅에 말굽 소리가 울렸고 자욱한 먼지가 구름처럼 일어났다.

그래서 말과 사람이 구분되지 않는다.

그때 이쪽으로 기마군사 2기가 전속력으로 달려왔다.

정탐병이다.

비탈진 산을 힘들게 올라온 말에서 정탐병이 뛰어내렸다.

그중 하나가 운당에게 허덕이며 보고했다.

"대장! 앞쪽 기마군은 여진족 같소!"

"여진이라고? 어느 부족이냐?"

"그건 모르겠소! 그런데 뒤를 관군이 따르고 있소!"

"관군이? 어느 부대냐?"

"서부군 같소!"

"이런 빌어먹을 놈들."

운당이 앞쪽의 구름을 흘겨보았다.

"이쪽으로 관군을 끌고 오는 건가?"

"앞쪽 산 중턱에 군사들이 있습니다!"

옆을 따르던 위사장 곤도가 소리쳤다.

말굽 소리에 덮였기 때문에 소리를 쳐야만 한다.

"마적들 같습니다!"

"마적과 5백 보쯤 거리를 두고 멈춰라."

이산이 지시하자 곤도가 고개를 돌려 지시했다.

이산의 의도를 파악한 것이다.

"산을 등지고 전열을 갖춰라!"

스즈키가 이산에게 다가와 말했다.

"주군, 마적단에 전령을 보내도록 하겠습니다."

이산이 고개를 끄덕였다.

만천령의 동광파는 마적이 1천여 명이다.

곧 산 밑쪽으로 이산군이 집결했고 골짜기에는 말들이 밀려 들어갔다.

그러고는 산을 등지고 이산군이 도열했다.

"이런."

위문개가 숨을 고르면서 앞쪽을 보았다.

신시(오후 4시) 무렵.

짧은 겨울 해가 산마루에서 비스듬히 햇살을 비추고 있다.

"저놈들이 마적단과 합세했구나."

산기슭과의 거리는 1리 반(750미터) 정도.

위문개는 더 이상 접근하지 않았다.

이쪽을 바라보고 늘어선 기마군은 1천 기 정도.

기마군 뒤쪽 골짜기가 말 떼로 바글거리고 있다.

이제 여진군과 정면으로 대치하고 있다.

"산 중턱으로 군사들이 늘어나고 있습니다. 동광파가 모이고 있는 겁니다."

교위 부영이 말했다.

"나리, 돌아가시지요. 밤이 되면 불리합니다."

부영이 재촉하자 위문개가 고개를 끄덕였다.

맞는 말이다.

병력도 부족하다.

여진군과 마적단이 연합한 것이 분명한 터에 어둠을 이용해서 공격해오면 병력이 적은 데다 지리에도 익숙하지 못하다.

"돌아가자."

산기슭에서 전령이 왔을 때 앞쪽 들판에 벌려 섰던 관군(官軍)은 철수하는 중이었다.

유시(오후 6시)가 되어가고 있어서 주위는 어두워져 있다.

"우리는 동여진 누르하치 대족장의 대장군 이산의 부대요."

전령이 소리쳐 말했을 때 운당과 초성이 서로의 얼굴을 보았다.

놀란 것이다.

"이산이라니. 왜군 대장 아닌가?"

"이산의 부대가 이곳까지 오다니요."

그때 전령이 다시 아래쪽에서 소리쳤다.

"이산 대장군의 지시를 받고 왔소! 대장과 면담을 요구하오!"

"무어? 이산 대장군의 지시?"

눈을 치켜뜬 운당이 초성을 보았다.

"가 봐라."

잠시 후에 초성이 헐레벌떡 산을 올라와서 말했다.

"대장, 아래쪽에 이산이 있답니다."

놀란 운당이 숨을 들이켰을 때 초성이 말을 이었다.

"이산이 만나고 싶답니다."

"나를? 왜?"

"그건 모르겠소."

"내가 왜 만나?"

어깨를 부풀렸던 운당이 아래쪽을 보았지만 어두워서 아무것도 보이지 않았다.

전령으로 갔던 1백인장 보라타이가 돌아와 보고했다.

"두목 되는 자가 대답도 하지 않고 돌아갔습니다."

"무슨 말이냐?"

위사장 곤도가 묻자 보라타이가 쓴웃음을 지었다.

"대장군께서 와 계시다고 했더니 놀란 것 같습니다."

"그래서?"

"부대장 되는 자가 사실이냐고 여러 번 묻더니 대장한테 다시 말해보겠다면서 산으로 올라갔습니다."

그때 듣기만 하던 신지가 말했다.

"밤입니다. 기습대를 편성해서 산으로 올라가서 두목을 죽이고 산채를 장악하지요."

"산 지형도 모르니 아군 피해가 클 것입니다."

스즈키가 반대했다.

"경계를 철저히 하고 기다려보시지요."

해시(오후 10시) 무렵이 되었을 때다.

진막 밖이 수선스러워지더니 곤도의 목소리가 울렸다.

"주군, 산에서 동광파 부두목이 내려왔습니다."

"안으로 들라."

이산이 지시하자 곧 곤도와 신지, 스즈키, 부라트까지 사내 하나를 앞세우고 들어섰다.

사내는 체격이 컸다.

이산을 본 사내가 무릎을 꿇고 엎드렸다.

"초성이라고 합니다."

"잘 왔다."

고개를 끄덕인 이산이 물었다.

"네 두목은 어디 있느냐?"

"예, 밖에 있습니다."

그때 신지, 곤도, 부라트의 얼굴에 웃음이 떠올랐다.

그러더니 곤도가 말했다.

"초성이 두목의 머리를 가져왔습니다."

"오!"

쓴웃음을 지은 이산이 초성을 보았다.

"왜 베었느냐?"

"대장군께서 오셨다는 말을 듣더니 도망치려고 했기 때문입니다."

"왜 도망치려고 한 건가?"

"겁이 났겠지요."

"너는 겁이 안 나느냐?"

"났지만 뵙고 싶었습니다."

"왜?"

"마적단보다 여진군이 되어서 큰일을 하고 싶습니다."

"그럼 네가 두목을 맡아서 내 휘하 부대장이 되어라."

이산이 웃음 띤 얼굴로 초성을 보았다.

"너를 1천인장으로 임명하겠다."

이렇게 만천령의 동광파가 이산군(軍)에 편입되었다.

이산은 동광파 산채에서 이틀을 머물렀다.

산 중턱에 있는 동광파 산채는 수백 개의 동굴이 연결된 천혜의 요새였다.

동굴 밖에는 광장도 있는 데다 아래쪽 골짜기도 넓어서 수천 필의 말도 여유 있게 풀어놓았다.

이틀간 머물면서 주변 상황과 서쪽 만리장성, 그리고 북경의 소식까지 듣고 난 이산은 산채에서 출발했다.

이번에는 전군(全軍)을 산채에 두고 11기의 기마군이 떠난 것이다.

목적지는 만리장성을 넘어서 북경까지다.

산채에는 사령관 신지를 남겨 군사를 관리시켰다.

이산을 수행한 것은 군사(軍師) 스즈키와 부라트, 곤도다.

가려 뽑은 위사 여덟 명 중에서 넷이 한어에 능숙한 부라트의 부하다.

"주군, 누르하치 님도 이곳까지는 오지 못했을 것입니다."

말 머리를 나란히 하고 속보로 걸으면서 스즈키가 말했다.

일행은 만천령에서 나와 황무지를 서진(西進)하는 중이다.

"이곳은커녕 만리장성까지도 가보지 못했을 겁니다."

"당연하지. 이곳은 서부 여진 지역이야. 아직 서부 여진 부족도 연합시키지 못했다."

이산이 말을 이었다.

"동부 여진은 겨우 통일은 했지만 아직 갈 길이 멀다."

"주군께서는 서부 여진에 기반을 굳히셔야 합니다."

"그게 쉬운 일이냐?"

이제는 스즈키, 곤도만 옆에 있는 상황이다.

이산이 웃음 띤 얼굴로 말을 이었다.

"서부 여진은 친명(親明) 부족 연합으로 7개 부족이 있어. 그놈들을 다 흡수해야 돼."

"동광파를 흡수하는 것처럼 병합하면 됩니다."

"내가 요동에 와서 느낀 점이 무엇인지 아느냐?"

이산이 말을 이었다.

"수많은 마적단, 여진 부족군들을 보면서 대륙에 퍼진 생명력을 느꼈다. 우습지 않으냐?"

"그렇습니다."

스즈키가 커다랗게 고개를 끄덕였다.

"역동적입니다. 이래서 자주 왕조가 바뀌는 것 같습니다."

고개를 든 스즈키가 이산을 보았다.

"주군께서 이 기회를 이용하셔야 합니다."

이산이 잠자코 고개를 끄덕였다.

스즈키하고는 이제 뜻이 통하는 관계다.

자신의 군사(軍師)인 것이다.

심복이다.

산해관(山海關)은 요동에서 내륙으로 진입하는 관문이다.

산해관을 넘어야 눈앞에 대륙이 펼쳐지는 것이다.

산해관을 돌파한다는 것은 만리장성을 넘는다는 말이다.

이산 일행이 산해관의 정문을 통과했을 때는 그로부터 엿새가 지난 유시(오후 6시) 무렵이다.

성문이 닫히기 전이다.

성문에는 군사들이 서 있었지만 기찰은 하지 않았다.

밤에 성문을 닫지도 않았기 때문에 주민이 한가롭게 들락거렸고 수레가 지나갔다.

이산 일행은 한족 장사꾼 차림으로 세 무리로 성문을 통과했다.

말에 짐을 실었는데도 군사들은 쳐다보지도 않았다.

성안으로 들어선 이산이 주위를 둘러보며 말했다.

"이제 대륙으로 들어왔다."

옆을 따르는 스즈키도 감동한 듯 눈만 껌벅이고 있다.

산해관(山海關)은 바닷가로 만리장성의 끝자락이다.

천혜의 요지여서 이곳 수비군은 일당백이라는 소문이 났다.

수비군의 무용이 뛰어난 것이 아니라 산해관이 요새였기 때문에 1명이 1백명을 막을 수 있다는 말이다.

산해관의 수비대장은 태사 안대전.

휘하에 2만 5천 병력을 지휘하고 있었으나 수백 년간 이어오는 태평 시기여서 군사들의 기강은 풀려 있다.

동쪽의 만주에서 여진 부족이 세력을 키우고 있었지만, 아직 중원(中原)으로 진출할 세력이 되지 못했기 때문이다.

산해관 중심부의 대동여관.

2층 객사에 투숙한 이산 일행은 융숭한 대접을 받았다.

객사 2층은 특실이어서 하룻밤 숙박비가 은 1냥이다.

2층 방 5개에 투숙한 일행은 한족 인삼 상인으로 위장하고 있다.

누르하치는 인삼 사업으로 크게 돈을 벌고 있었는데 인삼을 전매했기 때문이다.

그래서 이산이 끌고 온 예비마 5필에는 인삼이 10상자나 실려 있다.

한 상자에 200뿌리씩 담겨 있었으니 엄청난 물량이다.

북경에서 인삼 1뿌리에 금 3냥으로 팔리는 것이다.

"주군, 이곳은 다른 세상입니다."

잠깐 밖에 나갔다 온 스즈키가 감동한 표정으로 말했다.

"이곳이 명(明)의 시골이라 하는데도 이 정도라니요. 나가보시지요."

술시(오후 8시) 무렵이다.

고개를 끄덕인 이산이 밖으로 나왔다.

곤도를 여관에 남겨두고 이산은 스즈키와 부라트, 10인장 황순까지 넷이 시내로 나왔다.

술시(오후 8시)가 넘어서 산해관 거리는 휘황하게 불을 밝히고 있다.

요동에서 여진과 명군(明軍)의 전투가 자주 일어났고 동부 여진은 누르하치가 장악했으며 조선에는 3년째 전쟁이 계속되고 있지만, 이곳은 별천지다.

넓은 거리 양쪽의 상점은 모두 휘황한 등을 밝혔고 오가는 남녀노소의 옷차림은 화려하다.

분칠한 여자 둘이 이산을 스쳐 지나면서 깔깔 웃는다.

여자들한테서 짙은 향내가 맡아졌다.

상점에서 종업원들이 소리쳐 손님을 불렀고 과자가게에는 손님들이 구름처럼 모여 있다.

사람들과 부딪치며 걷던 이산도 분위기에 휩쓸려 머리가 혼란스러워졌다.

히데요시의 거성(居城) 오사카도 가보았지만, 명(明)의 변두리 도시 산해관이 더 화려한 것이다.

그때 누가 소매를 끌었기 때문에 이산이 고개를 돌렸다.

여자 하나가 이산의 소매를 쥔 채 웃음 띤 얼굴로 물었다.

"나리, 우리 주루로 가시지요. 금 1냥이면 하룻밤 선녀 같은 아가씨와 즐길 수 있습니다."

한어로 말했는데 옆에 선 황순이 이산의 귀에 대고 여진어로 통역했다.

이산이 여진어도 익숙해진 것이다.

고개를 저은 이산이 다시 발을 떼었다.

그때 옆으로 부라트가 다가왔다.

부라트는 한어도 유창해서 한인 행세를 했다.

"이곳은 유곽이 많다고 들었습니다. 여진에서 잡혀 온 여자가 이곳에서 팔리고 해적들이 조선에서 잡아 온 여자들도 있다는 소문을 들었습니다."

"과연 요지다."

이산이 고개를 끄덕였다.

"이곳이 동서(東西)의 통로로구나."

인삼 외에도 여비로 따로 금화도 1천 냥 가깝게 소지하고 있었기 때문에 이산은 산해관에서 이틀을 머물렀다.

그동안 산해관에서 북경까지의 통로와 숙박지, 지방 수령, 군부대에 대한 정보를 습득한 후에 출발했다.

요동성에서 온 인삼 상인으로 완벽하게 위장한 채다.

서진한 지 사흘째.

당산(唐山)현의 여관에 일행이 투숙했을 때는 술시(오후 8시) 무렵이다. 이곳도 대읍(大邑)이다.

산해관보다도 규모가 크다.

이곳이 교통의 요지인 데다 인구가 많았기 때문에 거리에는 상가와 유곽이 즐비했다.

여관에 짐을 푼 이산 일행에게 비단옷 차림의 사내가 집사를 앞세우고 다가왔다.

"인삼 가지고 오셨소?"

집사가 묻자 부라트가 나섰다.

"그렇소."

그러자 염소수염의 집사가 눈을 가늘게 떴다.

"장성 밖에서 오셨군요."

"잘 아는군."

"여진족한테서 인삼을 사셨소?"

"그건 알아서 뭐하게?"

"물증은 있으시겠지?"

"없으면 빼앗을 거냐?"

주고받으면서 부라트가 한 걸음 다가섰다.

입술은 웃고 있었지만 눈꼬리는 치솟았다.

허리에 찬 칼집을 왼손으로 조금 눕힌 것은 오른손으로 칼자루를 잡을 자세다.

그때 뒤에 선 비단옷 차림의 사내가 입을 열었다.

"이보시오. 난 관아 거리의 사도위요. 이곳에서는 알 만한 사람은 다 알지."

"그럼 지금 지껄인 놈은 누구요?"

부라트가 집사를 턱으로 가리켰다.

"저런 놈을 내세워서 우리에게 수작을 걸다니, 당신과는 말 섞지 않겠소."

부라트가 몸을 돌렸다.

그때 사내가 부라트의 등에 대고 말했다.

"난 관아의 감찰도 겸하고 있지. 상인 감찰이야."

"그럼 너는 내가 누군지 아느냐?"

몸을 돌린 부라트가 사내를 보았다.

"내가 네 아들놈하고 말하다가 입이 좀 아프지만 말해주지. 난 요동 관찰사 휘하의 판관이다."

사내의 얼굴이 굳어졌고 부라트가 품에서 상아로 만든 증표를 꺼내 내밀었다.

"옜다, 보거라. 내가 네 태수와 동급인 판관이다."

상아는 5치(15센티) 길이에 1치(3센터) 넓이로 흰색 바탕에 검은색 글씨를 팠다.

그러고는 테두리에 금박을 입혔는데 '요동성 판관 제3품급 성위원'이라고 적혀 있다.

이것은 실물이다.

대보성에서 나올 때 위장용으로 가져온 것이다.

"어이구, 죄를 지었습니다."

갑자기 사내가 마당에 무릎을 꿇는 바람에 주위는 조용해졌다.

싸움이 났다고 모여든 구경꾼들이 슬슬 피했고 마당에는 하인 서너 명만 남았다.

주위가 어두워졌지만, 건물의 등에서 비친 빛으로 마당은 환했다.

그때 사내가 부라트를 올려다보면서 말을 이었다.

"집사 놈을 때려주십시오. 그리고 제가 판관께 술을 대접하게 해주십시오."

멀찍이 서서 부라트와 사내의 대담을 보던 이산에게 황순이 다가와 내막을 보고했다.

그때 부라트는 사내를 앞세우고 옆쪽 주루로 가는 중이다.

"잘했다."

고개를 끄덕인 이산이 발을 떼었고 스즈키가 말했다.

"부라트가 요령이 좋습니다."

"이런 때 진면목을 볼 수 있구나."

이산이 얼굴을 펴고 웃었다.

부라트는 36세.

도모란 부족장으로 이산에게 투항했다.

이산군(軍)의 황군대장을 맡겼고 이번 북경 침투에 동반한 것이다.

방으로 들어섰을 때 곤도가 다가와 말했다.

"주군, 부라트 족장이 주루의 방으로 들어갔습니다."

"판관 행세가 먹힌 모양이다."

"방으로 들어가기 전에 엎드려서 비는 집사를 용서해주었습니다."

"그놈들이 인삼을 사려고 하는 것 같습니다."

스즈키가 말을 이었다.

"만일의 경우를 대비해서 주루 근처에 감시 셋을 세워놓았습니다."

이산이 고개를 끄덕였다.

부라트가 이산의 대리인 역할을 하는 셈이다.

우연히 맡게 되었지만 이산의 어깨가 가벼워졌다.

당산 태수 주천보가 고개를 들고 아전을 보았다.

주천보는 내실에서 첩의 시중을 받으면서 저녁을 먹는 중이다.

"뭐라고? 수상한 놈이라고 했느냐?"

"예, 남의 증표를 갖고 있답니다."

"남의 증표라."

"예, 요동성 판관 증표를 갖고 있는데 죽은 사람의 증표라고 했습니다."

"지금 어디 있느냐?"

"모향루로 유인해서 술을 마시고 있습니다."

"몇 놈이냐?"

"일행이 대여섯 명 되는 것 같습니다."

"이곳에 뭐 하러 온 거냐?"

"인삼을 싣고 왔습니다."

그때 주천보가 젓가락을 내려놓고 일어섰다.

"거기 병방 있느냐!"

고개를 든 부라트가 방으로 들어서는 황순을 보았다.

"무슨 일이냐?"

방 안에는 상인 감찰 사도위와 집사가 기녀들을 끼고 앉아있었는데 둘의 시선이 황순에게 모여 있다.

그때 황순이 여진어로 말했다.

"이놈들이 한 놈을 관아로 보냈소. 집사하고 같이 있던 놈이 관아 안으로 달려 들어가는 것을 확인하고 왔다는 거요."

"그럴 줄 알았어."

부라트가 이를 드러내고 웃었다.

"이놈들이 술은 안 마시고 시간 가는 것만 기다리고 있었어."

"가십시다."

고개를 끄덕인 부라트가 자리에서 일어서지도 않고 옆에 놓인 장검을 후려쳐 사도위의 목을 쳤다.

그때 황순이 칼을 빼들어 집사의 머리를 쳤다.

무지막지하게 내려치는 바람에 집사의 머리통이 두 조각으로 갈라졌다.

놀란 기녀들이 입을 딱 벌렸지만 비명은 지르지 않았다.

"이년들, 입 벌리는 년은 죽는다."

황순이 칼을 치켜들며 으르렁거리자 기녀들은 입을 딱 다물었다.

"이런."

감시병의 말을 들은 곤도가 고개를 돌려 이산을 보았다.

"주군, 가시지요."

이산이 고개를 끄덕였다.

그때 눈을 치켜뜬 부라트와 황순이 달려 들어왔다.

"주군, 허점이 있었던 것 같습니다."

부라트가 어깨를 부풀리며 말했을 때 이산이 웃었다.

"가자."

깊은 밤.

20필의 말이 황야를 달리고 있다.

달이 밝은 밤이어서 기마인의 얼굴이 선명하게 드러났다.

"주군, 관리를 죽였으니 북경으로 직진하기는 어렵습니다."

옆으로 다가온 스즈키가 말했다.

"마을을 피해서 산이나 골짜기로 찾아가 며칠 쉬시지요."

"이곳에서 북경까지는 몇 리가 되나?"

"1천 리(500킬로) 정도 됩니다."

이산이 고개를 끄덕였다.

"이틀이면 도착할 수 있겠다."

말에 박차를 넣으면서 이산이 말을 이었다.

"전령보다 빨리 달리면 된다."

그러자 곤도가 말을 받았다.

"하루에 5백 리(250킬로)를 달리면 됩니다!"

20기의 말굽 소리가 벌판을 울리고 있다.

6장 정벌군

당시에 명(明)은 만력제인 신종(神宗)이 통치하고 있었는데, 21년째다.

그러나 만력제는 치세 초에 도움을 받았던 재상 장거정이 11년 전인 1582년에 죽은 후에 무기력해졌다.

정치를 환관에게 맡기고 대신들의 접견도 회피했으며 관리 임명까지 거부하는 기행을 일삼았다.

명(明)은 거대한 관료조직 덕분으로 여전히 굴러가고는 있다, 하지만 내리막이다.

명(明)의 도성인 북경이 지금 그런 상황이다.

이곳은 명의 도성인 북경성 안.

사방으로 수십 리에 뻗친 대로(大路)에는 세계 각국에서 모인 상인, 사절들이 운집해있다.

세계 최대의 도시인 것이다.

북경성 서문 근처의 매란장 여관은 이층 건물로 방이 3백여 개나 있다.

그러나 주변에 이보다 더 큰 여관도 많다.

이산 일행이 매란장에 투숙했을 때는 유시(오후 6시) 무렵이다.

방값이 하루 은 2냥이나 되었으니 지방보다 2배 이상이다.

마구간에 넣은 말의 사료도 하루 은 반 냥이나 된다.

방에 들어온 이산에게 부라트가 보고했다.

"여관에 있던 거간상이 인삼을 사겠다고 합니다. 인삼 상자를 내리는 걸 보고 바로 달려들었습니다."

그때 옆에 서 있던 곤도가 말했다.

"여관에 외국에서 온 상인들도 많았습니다. 그자들한테서 외국 물정도 알 수 있을 것 같습니다."

"그렇다."

이산이 고개를 끄덕였다.

"많이 만나고 많이 봐야 한다. 내 스승이 하신 말씀이야. 이번에 많이 겪고 돌아가야겠다."

백문이 불여일견이다.

주루에 들어선 이산 일행은 하인의 안내를 받아 벽 쪽 자리에 앉았다.

하인에게 술과 안주를 시켰을 때 옆으로 여자 하나가 다가왔다.

비단옷 차림에 화장을 한 얼굴이 불빛에 번들거리고 있다.

여자가 웃음 띤 얼굴로 물었다.

"기녀들을 부르시지요."

다가선 여자한테서 짙은 향내가 맡아졌다.

여자가 일행을 둘러보았다.

"네 분이니 기녀 넷을 부르시면 밤새 노시고 금자 2냥씩만 주시면 됩니다."

"그 돈이면 내 고향에서는 아예 여자를 살 수가 있어."

부라트가 말을 받았을 때 여자가 바짝 다가섰다.

"조선녀는 쌉니다. 금자 한 냥이면 됩니다."

그때 부라트가 물었다.

"조선녀가 있어?"

"예, 부를까요? 네 분이니 금자 4냥이 됩니다. 안쪽 방으로 자리를 옮기시지요."

고개를 끄덕인 부라트가 말했다.

"상의하고 말해주지."

여자가 돌아갔을 때 부라트가 이산에게로 몸을 돌렸다.

방으로 들어선 조선녀는 모두 한족 복색을 했다.

화장을 했고 붉은색 치마저고리를 입었는데 네 명 모두 평범한 외모다.

나이도 달라서 30대쯤으로 보이는 여자도 있다.

시선을 내린 채 들어온 여자들이 제각기 자리에 앉았을 때다.

이산이 그중 나이든 여자에게 물었다.

"조선녀 맞는가?"

조선어로 물었기 때문에 여자들이 일제히 고개를 들고 이산을 보았다.

"예, 나리."

여자가 대답했는데 목소리가 갈라졌다. 어느새 눈에 눈물이 고였다.

"조선에서 오셨습니까?"

"그러네."

고개를 끄덕인 이산이 다시 물었다.

"잡혀 왔는가?"

"명군(明軍)에 잡혀 거간꾼에게 팔려왔습니다."

여자가 말을 이었다.

"명군 부대장한테는 거간꾼들이 따라다니고 있지요. 저는 딸과 함께 잡혀 왔는데 딸하고는 이곳에서 헤어졌습니다."

이산이 고개를 돌려 옆쪽 여자를 보았다.

20대쯤의 여자다.

"너는 어디서 잡혔는가?"

"평안도 정주에서 잡혔습니다."

여자가 옆쪽 둘을 가리켰다.

"얘들은 해주, 수원에서 왔습니다."

이산과 여자들이 이야기하는 동안 모두 입을 다물고 시선만 주고 있다.

그때 이산이 물었다.

"이곳에 조선녀가 몇 명이나 있는가?"

"이 근처 주루, 유곽에 1백 명도 넘게 있지요."

끝 쪽에 앉은 여자가 대답했다.

해주에서 잡혀 왔다는 여자다.

"아마 북경성 안을 뒤지면 1천 명도 넘을 것입니다."

"나리께선 사신으로 오셨습니까?"

가장 앳된 조선녀가 물었는데 머리칼에 가려진 귀가 보였다.

그 순간 이산이 숨을 들이켰다.

귓바퀴가 없는 것이다.

귀가 베어졌다.

다음 순간 가슴이 막힌 이산이 외면했다.

여자는 왜군에게 귀가 베어졌고 이어서 명군에게 잡혀 와 주루에서 몸이 팔리고 있다.

참을 수 없어진 이산이 물었다.

"네 귀는 어쩌다 그렇게 되었느냐?"

"왜군이 베어갔습니다."

여자가 똑바로 이산을 보았다.

"같이 있던 아버지, 할아버지는 죽었습니다."

"……."

"그리고 산속에 어머니하고 숨었다가 명군(明軍)에 잡혀 이곳까지 왔습니다."

"……."

"어머니는 명군(明軍)에게 당하고 그 자리에서 죽었지요."

여자가 말을 이었다.

"나리, 사신으로 오셨으면 이곳에 있는 조선녀에게 제대로 화대를 받도록 명 황제한테 말씀해 주시지요."

여자가 말하는 동안 부라트, 곤도, 황순은 눈만 껌벅이고 있다.

감히 술잔도 들지 못했다.

그때 이산이 쓴웃음을 지었다.

"명 황제한테 말이냐?"

"예, 나리."

"제대로 화대를 받게 해달라고 말이지?"

"예, 나리. 이곳에서는 서역에서 온 여자까지 수십 개 왕국의 여자들이 몸을 팔고 있습니다."

여자의 목소리가 열기를 띠었다.

"그런데 모두 손님을 치르고 나면 화대의 3할에서 2할을 받습니다. 그런데 우리 조선녀는 강제로 끌려왔는데도 한 푼도 안 줍니다."

"……."

"그저 입혀주고 돼지 사료 같은 음식이나 줄 뿐입니다."

그때 나이 든 조선녀가 말했다.

"내가 몇 번이나 이야기했어도 못 알아들어? 미련한 년아, 조선은 다르다고. 우리는 이놈들이 조선에서 잡아 온 짐승이란 말이다. 조선이라는 나라는 없어."

여자의 시선이 이산을 스치고 지나갔다.

"그리고 이 나리는 사신이 아냐. 여진인과 함께 온 장사꾼이야."

그때 이산이 고개를 끄덕였다.

"맞다. 나는 장사꾼이다. 그러나 이것도 인연이니 내가 너희들의 소원을 들어주겠다. 자, 말해라."

이산이 넷을 둘러보았다.

여관으로 돌아왔을 때는 자시(밤 12시)가 되어갈 무렵이다.

기다리던 곤도가 이산을 보고 물었다.

"주군, 걱정했습니다. 어디 계셨습니까?"

"주루에서 조선녀를 만났어."

곤도가 입을 다물었다.

이산과 동행했던 스즈키도 입을 열지 않았기 때문에 이산은 잠자코 방으로 들어섰다.

조선녀들한테는 소지하고 있던 금화를 모두 풀어주고 왔다.

금화를 30냥 정도 갖고 있었기 때문에 넷에게 각각 금화 5냥씩 나눠주었다.

이산은 북경까지 끌려온 조선인들의 비참한 인생을 보았다.

이것은 모두 왕의 잘못이다.

무능하고 편협하고 이기적인 왕 옆에는 간신이 모인다.

모든 책임은 절대권자인 왕에게 있다.

만리타향에 끌려와 짐승처럼 몸을 파는 조선녀를 보라.

17살 조선녀는 왜군에게 귀를 잘리고 일가족은 왜(倭)와 명(明)에 살육을 당한 채 끌려왔다.

그 조선녀의 소원이 화대의 1할이라도 받는 것이었다.

그것을 명 황제에게 건의해달라는 것이다.

금화 5냥씩을 나눠주었지만 이산에게는 씻어낼 수 없는 충격으로 머릿속에 남았다.

약소국 백성의 한(恨)은 임금을 잘못 만난 때문에 만들어진다는 교훈을 얻었다.

"말세야."

노인이 개탄했다.

이곳은 여관 옆의 다실 안.

이산이 흰 수염을 늘어뜨린 노인과 마주 앉아있다.

노인 이름은 정환, 산둥(山東) 태생으로 북경에 거주한 지 40년, 67세다.

거리 끝 쪽 상가에서 옷감가게를 하고 있어서 풍족하게 산다.

지금도 가게에는 두 아들이 하인 10여 명과 함께 일하고 있다.

정환은 매일 이곳 찻집에 나와 행인 구경을 하고 저녁이면 상가의 친구들과 술을 마시는 것이 낙(樂)이다.

그 정환에게 이산이 다가가 대화를 청한 것이다.

이산과 정환은 만주어로 대화하고 있다.

정환이 서부 여진에서 이주한 여진인 후손이었기 때문이다.

그때 이산이 물었다.

"어르신, 명(明)은 오래 가겠습니까?"

"내가 죽을 때까지는 버티겠지."

정환이 지그시 이산을 보았다.

"그대 생존 시에는 망할 거네."

다실 안에는 손님이 그들 둘뿐이다.

사시(오전 10시) 무렵.

다실 밖의 나무 의자에는 주민 시늉을 한 곤도가 무심한 표정으로 두리번거리고 있다.

이산이 쓴웃음을 지었다.

"어르신, 새 왕조가 들어서면 백성들은 어떻게 될까요?"

"다 똑같지."

정환이 정색하고 말했다.

"농민들이 전쟁에 가담하겠지만 그들은 다 죽거나 생전에 혜택을 받지 못할 거네."

정환이 말을 이었다.

"왕조가 바뀔 때는 다 그렇지. 나선 군사들은 다 농민인데 그들의 시체가 썩어서 거름이 되는 거지."

"……."

"그들의 자손이 혜택을 받는 거야. 더 참혹해지지는 않아. 잘될 때까지 전쟁이 계속되다가 끝나겠지."

그때 이산이 고개를 들었다.

"북경성 안은 다른 걱정이 없는 것처럼 보입니다. 전쟁이 일어나면 여기도 참혹해지겠지요?"

"아니야."

정환이 고개를 저었다.

얼굴에 웃음이 떠올라 있다.

"이곳은 건드리지 않을 거네. 그저 황제가 바뀔 뿐이지. 우리는 누가 황제가 되건 상관없어. 세금 덜 걷고 편안하게 살게만 해준다면 된다네."

"그렇습니까?"

"젊은이, 자네 여진 어느 부족인가?"

"조선인입니다."

"아아!"

탄성을 뱉은 정환이 흐려진 눈으로 이산을 보았다.

"그래서 말이 서툴렀구나."

"지금 배우고 있습니다."

"조선인이 이곳까지 어떻게 왔는가?"

"전쟁 중이라 피신을 한 셈이지요."

"조선은 만신창이가 되었겠지."

"어젯밤에는 주루에서 조선녀를 만났습니다. 명군(明軍)에 잡혀서 거간상에게 팔렸다고 합니다."

"나도 보았네. 임금을 잘못 만나면 백성이 그렇게 되지."

"노인장, 다음 대륙의 패권은 누가 장악할 것 같습니까?"

그때 정환이 빠진 이를 드러내며 웃었다.

"그걸 알고 싶은 모양이군."

"예, 노인장의 고견을 듣고 싶습니다."

"난 장사꾼일 뿐이야."

"민심(民心)을 가장 잘 아실 것 같습니다."

"허어!"

탄성을 뱉은 정환이 허리를 펴고 앉았다.

흐려져 있던 눈에 생기가 돌았다.

"민심을 알려고 하는가?"

"민심이 천심입니다."

"내가 보기에는 곧 이곳저곳에서 반란이 일어날 거네. 명(明)의 도성 북경은 이렇게 멀쩡하지만, 지방은 탐관오리의 수탈로 무너지기 직전이네."

정환이 말을 이었다.

"내가 북경의 가게에 앉아있지만, 지방에서 올라온 상인들을 수시로 만나고 있어. 어느 한 곳에서 반란이 일어나면 마른 풀밭에 불씨를 던진 꼴이 될 거야."

"……."

"그럼 이쪽저쪽에서 덩달아 반란이 일어나. 그렇게 해서 왕조가 멸망하는 거네."

이산이 고개를 끄덕였다.

이제 민심은 알았다.

명(明)의 종말이 다가오고 있다는 것도 알 수 있겠다.

가토의 중신 마쓰다가 대보성에 도착했을 때는 신시(오후 4시) 무렵이다.

마쓰다는 서해에서 배를 타고 발해만으로 들어왔지만 죽을 만큼 고생을 했다.

배 3척에 수행원 250명을 이끌고 오다가 2척이 침몰했다.

마쓰다는 수행원 80여 명을 이끌고 대보성으로 들어왔다.

"아이구, 고향에 온 것 같구나."

주위의 왜군 병사들을 본 마쓰다가 웃음 띤 얼굴로 말했다.

이산군의 주력은 왜군이기 때문이다.

숙사로 안내하는 위사대 1백인장에게 마쓰다가 물었다.

"이산 공(公)을 지금 만나야겠네. 성에 계시겠지?"

"정찰 나가셨습니다."

"무엇이? 어디로?"

"서쪽으로 가셨습니다. 기마군 1천을 이끈 위력 정찰입니다."

"이런, 언제 오시는가?"

"알 수 없습니다."

걸음을 멈춘 마쓰다가 1백인장을 보았다.

"이곳 책임자는 누군가?"

"최 장군입니다. 하지만 내궁에 마님이 계십니다."

"마님이라니?"

"주군의 부인이시죠. 마님께서 주군 대리를 맡고 계십니다."

"마님이 이산 공(公) 대리역이라고? 무슨 말인가?"

"군(軍)을 통솔하고 성안 주민의 관리까지 맡고 계십니다."

그때 마쓰다가 정색하고 물었다.

"그 마님은 누구신가?"

"무슨 일로 왔나?"

차드나의 목소리는 맑지만 날카롭다.

만주어를 모르는 터라 마쓰다가 고개를 돌려 역관을 보았다.

대보성의 청 안.

성주의 자리에 차드나가 앉아있다.

저고리 위에 곰 털 조끼를 입고 가죽 바지를 입었다. 머리에 두건까지 썼기 때문에 남자와 같은 차림이다.

역관의 통역을 들은 마쓰다가 대답했다.

"예, 가토 기요마사의 가신 마쓰다올시다. 이산 공(公)과는 각별한 인연이 있습니다."

청 안에는 이산군(軍)의 간부들이 모여 있었는데, 그중에 최경훈과 알탄, 유니마, 요중 등 신구(新舊) 가신들이 섞여 있다.

차드나가 고개를 끄덕였다.

"들었네. 대장군은 지금 정찰 중이고 내가 부인으로 대장군 대리를 맡고 있다."

"대장군은 언제 오십니까?"

"알 수 없어."

차드나가 맑은 눈으로 마쓰다를 보았다.

"나한테 용건을 말하지 못한다면 그냥 돌아가라."

마쓰다의 시선을 받은 차드나가 말을 이었다.

"자, 말해라."

"부인, 주위를 물리쳐 주시지요."

마침내 마쓰다가 정색하고 차드나를 보았다.

"은밀히 드릴 말씀입니다."

잠시 후에 옆쪽 대기실로 차드나가 옮겨갔다.

차드나는 최경훈, 요중만 데리고 왔다.

마쓰다가 부사(副使) 격인 시모지와 함께 차드나를 맞는다.

모두 자리에 앉았을 때 마쓰다가 말했다.

"곧 히데요시 님한테서 사신이 올 것입니다."

"히데요시라면 일본 왕 아닌가?"

차드나가 묻자 마쓰다는 고개를 끄덕였다.

"예, 맞습니다."

"왜 오는 거야?"

"일본군을 요동으로 북진시켜 요동을 석권하려는 것입니다. 그 주장(主將)을 내 주군인 가토 님이 맡고 이산 대장군을 부장(副將)으로 삼는다고 했습니다."

통역을 들은 차드나가 코웃음을 쳤다.

"미친놈 아냐?"

마쓰다가 숨만 들이켰고 차드나의 말이 이어졌다.

"우물 안의 생쥐 같은 놈이 뭘 모르는군."

"예, 세상 물정을 잘 모르시지요."

"그래서 어쩌자는 거야?"

차드나가 마쓰다를 노려보았다.

"우리 대장군이 부장(副將)이라구? 일본 원정군의 부장(副將)? 미친놈."

마쓰다가 눈만 껌벅였다.

"그건 못 해. 그리고 일본군은 더 이상 이곳에 오지 못한다. 오려면 누르하치 대족장의 허락을 받아야 돼."

"……."

"이것은 이산의 결정이야. 그렇게 알고 있도록."

"예, 부인."

"그대가 온 목적은 이 기밀을 미리 알려줘서 그것을 막자는 의도 아닌가?"

차드나가 물었을 때 역관을 통해 들은 마쓰다가 당황했다.

"예, 그렇습니다."

"왜 탁 털어놓고 그렇게 말하지 않는가? 그것이 일본인 성격인가?"

"그것은 아닙니다."

"날 떠보려고 겉만 말했나?"

"그것도 아닙니다, 부인."

"그럼 말해보라. 답답한 수작 그치고."

"예, 부인."

어깨를 편 마쓰다가 차드나를 보았다.

"히데요시 님이 일본군을 요동으로 보내는 것은 반대파를 사지(死地)로 보내 없애려는 것입니다. 요동에서 죽게 만드는 것이지요. 요동을 정복하면 더 좋고요."

마쓰다가 말을 이었다.

"우리 주군 가토 님은 히데요시 님에게 이에야스와 내통하는 장수로 찍힌 것 같습니다. 히데요시 님은 요즘 태어난 히로이마루 님을 위해서 이에야스 님 세력을 소탕하려는 것입니다."

"머리가 아프군."

차드나가 손으로 이마를 짚었다.

"일본인들은 잔머리를 많이 굴리는군. 듣기만 해도 머리가 아프다."

그러고는 역관에게 말했다.

"이 말은 통역하지 마라."

역관이 입을 다물었을 때 차드나가 다시 마쓰다를 보았다.

"그대, 돌아가서 가토 님한테 전해라. 기밀을 말씀해주셔서 고맙다고."

"예, 부인."

"그리고 이산 님은 이제 누르하치군의 대장군이며 누르하치 님의 매제이기도 하다."

"예, 부인."

"그래서 일본군의 부사령관 따위는 맡지 않는다고 전해."

"예, 부인."

"내가 일본군 부사령관의 부인이 되려고 이산과 결혼한 것이 아니다. 알아들어?"

"예, 부인."

"내 말이 곧 이산의 말이야. 여진족은 부부가 일심동체거든."

"예, 부인."

"일본군이 요동 땅에 발을 딛는다면 다 몰사시킬 거다. 그렇게 전해."

"예, 부인."

"히데요시는 미친놈이야. 그놈 낯짝 한번 보고 싶구나."

그 말을 들은 역관이 주춤하고 차드나를 보았다가 아무 소리 안 했기 때문에 그대로 통역했다.

그래서 마쓰다도 엉겁결에 대답했다.

"예, 그런 것 같습니다."

차드나가 그 통역을 듣고 고개를 끄덕였다.

"대단한 여자다."

숙소로 돌아온 마쓰다가 연신 감탄했다.

"누르하치의 동생답다."

"여진족 여자들의 기가 세다고 합니다."

시모지가 거들었다.

"여장군감입니다."

"내가 압도당했어."

"어쨌든 잘되었습니다."

웃음 띤 얼굴로 시모지가 말을 이었다.

"우리 의도대로 되지 않았습니까?"

“예상은 했지만 부인까지 나서서 도울 줄이야.”

어깨를 편 마쓰다가 이를 드러내고 웃었다.

“고니시 님이나 전하께서 사신을 보냈다가 목이 잘릴지도 모르겠다.”

풍랑을 헤치고 천신만고 끝에 이산을 찾아온 보람이 있다.

가토쯤 되면 히데요시의 의중은 파악한다.

지금 히데요시는 주변 정리를 시작했다.

히로이마루를 위해서 차후 대권 정리다.

유일한 경쟁자인 이에야스와 연합할 가능성이 있는 무장들을 제거하는 것이다.

“환관 하선이 제국을 손바닥 안에 넣고 주물럭거리고 있지.”

오늘도 옷가게 주인 정환이 이산과 마주 앉아 세상 이야기를 한다.

“황제는 없는 것과 같아. 정사(政事)는 모두 환관 하선이, 그리고 그 휘하의 환관과 대신 놈들이 처리하는 것이라고.”

“그래도 제국이 굴러가는군요.”

“그럼.”

정환이 주름진 얼굴로 이산을 보았다.

“이런 제국은 서서히 죽어가는 것이네. 고목(古木)이 말라 죽는 것처럼 말이지. 안이 썩는 것은 표시가 나지 않거든.”

“……”

“제국의 수많은 조직, 관리, 그리고 그들에게 붙어있던 가지들이 지금 부서지면서도 굴러가고 있는 것이네.”

“그러면서 조선에 군사를 보내 전쟁도 하고요?”

“그렇지.”

"이제 알았습니다."

이산이 고개를 끄덕이자 정환이 물었다.

"무엇을 말인가?"

"백성들은 땅이라는 것을 말입니다."

"땅이라."

"그 땅에서 나무가 솟듯이 왕국이 일어났다가 쓰러지는 것이지요."

이산의 얼굴에 생기가 돌았다.

"땅이 왕국을 만드는 것입니다. 지금 이 땅은 메말라 있어서 나무가 죽어가는 것입니다."

"오, 그렇구나."

정환의 흐려졌던 두 눈도 밝아졌다.

그러고는 이산을 응시했다.

"그대가 기름진 땅에서 솟아오르는 나무처럼 보이네."

"노인장, 농담하지 마시오."

이산이 쓴웃음을 지었을 때 정환은 고개를 저었다.

"아닐세. 나는 그대가 범상치 않은 사람인 줄 알고 있었어. 인삼 장사꾼이 아닌 줄은 알았네."

"관에 고발하실 겁니까?"

"그럴 사람은 이제 없네."

고개를 저은 정환이 이산을 보았다.

"썩은 나무에서는 구더기만 끓는 법이니까. 누가 구더기가 되려고 하겠는가?"

"인삼 1뿌리에 금자 4냥으로 사겠답니다."

부라트가 보고했다.

여관의 방 안이다.

"서역에서 온 상인인데, 인삼을 모두 사겠다는데요."

"아이구. 그럼 금자 8천 냥이구나."

놀란 스즈키가 소리쳤다.

인삼은 모두 2천 뿌리인 것이다.

여관 안에서 만난 서역 상인이 인삼을 산다는 것이다.

이산이 고개를 끄덕였다.

"팔고 돌아가자."

북경에 체류한 지 열흘째가 되는 날이다.

서역 상인한테 인삼을 넘긴 것은 유시(오후 6시) 무렵이다.

그것은 항상 긴장을 풀지 않는 스즈키의 계획이었다.

여관에 투숙했을 때도 아예 두 무리로 나눠 부라트를 인삼 상인으로, 이산, 곤도 등을 여행자 무리로 나눴다.

부라트가 인삼을 넘기고 금자 8천 냥을 가죽 돈 자루에 담아온 후에 일행은 바로 여관을 떠났다.

거래도 비밀리에 이뤄졌지만 끝내자마자 어둠을 이용해서 북경을 떠나려는 의도다.

먼저 여관을 나온 이산 일행이 서문 앞에서 기다렸고 거래를 끝낸 부라트가 따라붙었다.

일행이 만나 서문을 빠져나왔을 때는 술시(오후 8시)가 지났을 무렵이다.

말 20필의 일행이어서 어둠 속에 말굽 소리가 크게 울렸다.

북경성 밖도 마을이 이어져 있었기 때문에 일행은 속보로 거리를 지났다.

그때다.

뒤에서 말굽 소리가 울렸다.

20여 필이다.

긴장한 곤도가 뒤를 돌아보더니 쓴웃음을 지었다.

"역시 꼬리가 붙었구나."

미행을 말하는 것이다.

곤도가 이산에게 말했다.

"주군, 먼저 가시지요. 제가 부라트 족장하고 처리하겠습니다."

"아니, 같이 가자."

이산이 말고삐를 채면서 웃었다.

"나는 지금 10인장이다."

"마을을 벗어나면 바로 잡는다."

유광조가 백가에게 지시했다.

"거리를 유지하고 따르도록."

말고삐를 쥔 유광조가 이를 드러내고 웃었다.

"저놈들 말 안장에 금자 8천 냥이 매어져 있다."

"돈 많은 상인들입니다. 금자 몇천 냥은 더 있을 겁니다."

옆을 따르면서 백가가 말했다.

그들은 한족 무뢰배로 여관 거리를 돌아다니면서 외지의 상인을 대상으로 강도질을 해왔다.

관(官)과 결탁했기 때문에 강도질한 금품의 1할만 떼어주면 되었다.

이번의 인삼거래도 비밀리에 했지만, 여관 하인의 제보로 거래 내역까지 알고 있었다.

스즈키가 조심스럽게 저녁에 거래하고 밤에 떠났지만 이미 다 알고 대기하던 참이다.

마을을 벗어났을 때 부라트가 말에 박차를 넣고 이산의 옆에 붙었다.

"주군, 놈들은 20기가 넘습니다. 스즈키, 곤도와 함께 앞장서 가시지요."

이미 주위는 깊은 어둠에 덮여 있다.

마을을 벗어나자 맑은 밤하늘이 드러났고 별들이 반짝이고 있다.

그때 이산이 이를 드러내고 웃었다.

"내가 조선에서는 명궁 소리를 들었다는 것을 모르느냐?"

"듣지 못했습니다."

이산의 웃음을 본 부라트가 어깨를 늘어뜨렸다.

그때 이산이 말 안장에 끼워둔 활을 꺼내 쥐었다.

"1백 보 거리를 유지하고 계속 달려라."

"예, 주군."

부라트는 언제부터인지 이산을 주군이라고 불렀다.

신하로서 모시겠다는 표시다.

뒤를 따르는 말굽 소리가 가까워졌다.

옆을 달리던 곤도가 낮게 소리쳤다.

"1백 보 거리를 유지하고 횡대로 달려라!"

거리가 점점 가까워지면서 앞쪽 상인들과의 거리가 150보가 되었다.

이제 이곳은 황무지다.

황무지 복판에 길이 뚫려서 앞쪽 상인들은 벌려서 달린다.

이제 이쪽이 쫓고 있다는 것을 알고 도망치는 것이다.

빈 말이 섞여 뛰고 있지만 기마인은 11명.

별이 밝아서 거리가 점점 좁혀졌고 기마인의 윤곽이 선명하게 드러났다.

고개를 돌린 이산이 기마인들을 보았다.

21기.

모두 입을 다문 채 접근하고 있다.

저쪽도 횡대로 벌려 섰는데 모두 허리에 칼을 찼다.

창을 든 사내는 없다.

마술에 능했고 잘 훈련된 무리다.

이산의 시선이 중심 부분에 선 사내에게로 옮겨졌다.

대장이다.

옆에 붙어선 사내는 부장급이다.

거리가 1백 보 정도로 가까워졌다.

이산은 활에 살을 먹이고는 힐끗 머리만 비틀어 뒤를 보았다.

옆을 달리던 부라트의 시선도 뒤쪽으로 옮겨졌다.

그때 이산이 시위를 만월처럼 당기더니 이번에는 몸을 비틀어 뒤쪽을 겨누었다.

그러고는 시위를 놓았다.

"탁!"

시위가 튕기는 소리가 부라트에게도 선명하게 들렸다.

갑자기 옆을 달리던 백가가 뒤로 벌떡 넘어지면서 말 위에서 사라졌다.

옆이 허전해진 느낌이 든 유광조가 빈 말을 보고는 이맛살을 찌푸렸을 때다.

그 순간 가슴에 화살이 박혔기 때문에 유광조는 입을 딱 벌렸다.

손으로 화살을 움켜쥔 유광조가 허리를 굽혔다가 옆으로 굴러떨어졌다.

"아앗!"

기마대의 대열이 흐트러졌다.

놀란 외침이 들리면서 서너 명이 말을 세우려고 했다.

그러나 뒤쪽에서 달리던 말들과 부딪쳐 엉켰다.

그때 다시 날아온 화살이 기마인 하나의 목을 꿰었다.

"앗!"

외침이 울리면서 다시 기마대가 엉키더니 이번에는 두 필의 말이 부딪쳐 쓰러졌다.

이제 기마대는 더 이상 전진하지 못했다.

또 한 대의 화살이 날아가 마적 하나의 몸통을 꿰어 떨어뜨렸다.

"와앗!"

함성이 울렸다.

백발백중.

이제는 모두 말을 멈추고 벌려 서 있다.

다시 또 한 발.

거리는 80보 정도.

"와아!"

또 한 발.

이제 곤도가 세기에는 9대, 9명이 살을 맞고 쓰러졌다.

이산이 다시 활에 살을 먹였을 때 곤도가 소리쳤다.

"따르라!"

곤도가 박차를 넣으면서 내달리자 뒤를 위사 4명이 따랐다.

그때 이산의 화살이 날아 또 한 명을 쓰러뜨렸다.

유광조가 이끈 마적단은 곤도가 이끄는 위사대가 덮쳐오자 순식간에 사분오열되었다.

그때는 생존자가 10명 정도였는데 이미 말에서 서너 명이 낙마까지 한 상태였다.

숨 서너 번 쉬고 났을 때 마적단은 소탕되었다.

도망친 마적은 3명뿐이었고 나머지는 황무지에 시체로 흩어졌다.

곤도와 부하들이 쳐들어갔을 때 제대로 대항하는 마적은 없었다.

도망치다가 도살된 것이다.

이산의 기마대는 다시 동진하기 시작했다.

먼 길이다.

산해관까지만 해도 2천 리(1,000킬로)가 넘는 길이다.

"주군의 궁술이 놀랍소."

말을 달리면서 부라트가 참지 못하고 옆을 달리는 곤도에게 말했다.

그 말을 들은 곤도가 쓴웃음을 지었다.

"주군은 조선에서 고니시군의 본진에 침투해서 선봉장까지 베어 죽이신 적도 있소."

"주군은 용장이시오."

감동한 부라트가 말을 이었다.

"난세의 영웅이시오."

부라트는 이산에게 심복한 것 같다.

이산이 만천령의 동광파 본진에 도착했을 때는 북경을 떠난 지 열흘째가 되는 날이다.

산채에서 기다리던 신지가 반색했다.

"주군, 대보성에서 전령이 다녀갔습니다."

신지가 말을 이었다.

"조선에서 가토 님의 사신이 와서 마님을 만나고 갔다는 것입니다."

"무슨 일이야?"

"가토 님과 일본 무장들이 군사를 거느리고 요동으로 온다는 것입니다. 가토 님이 총사령, 주군께서는 부사령으로 일본군을 지휘한다는군요."

"하하하."

소리 내어 웃은 이산이 말을 이었다.

"관백 전하가 무장들을 사지(死地)로 내몰려는 것이다. 하지만 따를 무장은 없을 거야."

"가토 님 사신인 마쓰다도 그런 말을 하고 갔다는군요."

신지의 얼굴에도 웃음이 떠올랐다.

"거기에다 마님께서 요동으로 오려면 누르하치 대족장님의 허락을 받아야 할 것이라고 하셨답니다."

"조선에서 전쟁의 진전이 없으니 관백께서 다른 전술을 쓰시는 것입니다."

스즈키가 말했다.

"하지만 곧 고니시 님이나 관백께서도 사신을 보내올 것 같습니다."

"그러겠지."

"대족장께도 알려드려야 합니다."

이산이 고개를 끄덕였다.

"이제 회군이다."

"반란군입니다."

만천령에서 나온 지 이틀 후.

오시(낮 12시) 무렵.

앞쪽 마을에서 번진 불길의 연기가 서쪽으로 흘러가고 있다.

마을과 4리(2킬로) 정도 떨어져 있는데도 매운 불 냄새가 맡아졌다.

척후병이 말을 이었다.

"반란군이 마을에서 약탈과 살육 중입니다. 병력은 3백여 명으로 외곽 경비도 세워두지 않았습니다."

이산이 고개를 돌려 신지를 보았다.

"2백 명만 데리고 가서 토벌하라."

"예, 주군."

신지가 몸을 돌리더니 말에 박차를 넣고 사라졌다.

"농민 반란군입니다."

스즈키가 말했다.

"떼 지어 다니면서 살육과 노략질로 사는 것입니다. 농사를 지어도 세금으로 다 빼앗기니까 반란군이 되는 것이지요. 그래서 농지는 황무지로 버려졌고 반란군들은 더 늘어나는 상황이지요."

"말세입니다."

부라트가 거들었다.

"10여 년 전부터 농민 반란군이 일어나기 시작하더니 지금은 사방에 널려 있습니다."

그때 신지가 이끄는 기마군이 마을을 향해 달려갔다.

그것을 본 이산이 혼잣말을 했다.

"명(明)은 반란군에 의해 망하도록 놔두는 것이 낫겠다."

그러자 스즈키가 고개를 끄덕였다.

"그렇습니다, 주군. 그러고 나서 반란군을 토벌하면 대권을 잡게 됩니다."

한 식경도 안 되어서 반란군은 토벌되었다.

정예 기마군의 기습을 받은 반란군은 대항도 하지 못하고 몰살을 당한 것이다.

신지는 그중 두목으로 보이는 사내 둘을 잡아끌고 왔는데 둘 다 30대의 장한이다.

이산이 둘에게 물었다.

"너희들은 어디서 온 놈들이냐?"

그때 사내 하나가 입을 열었다.

"양만현에서 왔습니다."

"무엇을 하던 놈이냐?"

"농사꾼이었소."

"그런데 같은 농사꾼을 죽이고 약탈을 한단 말이냐?"

"죽인 놈들도 모두 반란군입니다. 저놈들도 우리 마을을 털어간 놈들이오."

사내가 거침없이 대답했다.

죽기로 작정을 한 것 같다.

통역의 말을 들은 이산이 쓴웃음을 지었다.

"모두 반란군이고 도적 떼로군."

"말세입니다."

부라트가 다시 말세를 꺼내었다.

"위에서부터 썩은 터라 온전한 백성도 없는 것 같습니다."

고개를 끄덕인 이산이 신지를 보았다.

"그러나 내 눈에 띈 이상 놔둘 수는 없다. 베어라."

이산이 대보성으로 돌아온 것은 그로부터 열흘 후다.

석 달간의 위력 정찰을 마치고 돌아온 것이다.

"산, 지금 히데요시의 사신이 오고 있어."

내실로 들어온 이산에게 차드나가 말했다.

이산을 향한 눈이 반짝이고 있다.

"지난번 가토의 사신이 다녀간 후에 내가 오빠한테 전령을 보냈어."

자리에 앉은 이산의 옆으로 차드나가 다가가 옆에 앉았다.

자연스러운 태도다.

"사신이 한 말을 그대로 보고했어. 잘했지?"

"잘했어."

"내가 가토 사신한테 말한 내용도 들었지?"

"들었어. 잘했어, 차드나."

그때 차드나가 이를 드러내고 웃었다.

"부부는 일심동체야."

"이제는 안심하고 너한테 대리 역을 맡길 수 있을 것 같다."

"또 가려고?"

차드나가 몸을 가깝게 붙였다.

옅은 향내가 맡아졌다.

"석 달 동안 힘들었어, 산."

"잘 해냈는데, 뭐가 힘들어?"

"밤에."

몸을 비튼 차드나가 어깨를 붙였다.

얼굴이 어느덧 상기되었고 눈이 번들거리고 있다.

"밤에 몸이 뜨거워져서."

"이리와, 차드나."

손을 뻗은 이산이 차드나의 허리를 당겨 안았다.

차드나가 허물어지듯이 이산에게 안겼고 숨결이 거칠어졌다.

기둥에 걸린 촛불이 흔들리고 있다.

히데요시의 사신은 미요시다.

미요시가 노구(老軀)를 이끌고 올 만큼 중차대한 사명을 띠고 있다는 증거다.

미요시는 히데요시의 최측근 중신인 것이다.

미요시는 부산에서 함경도를 거쳐 요동에 진입했다.

고니시의 1개 부대가 호위하고 온 것이다.

이산과는 안면이 있었기 때문에 둘의 상봉은 어색하지 않았다.

"미요시 님, 힘들게 오셨습니다. 관백 전하께선 안녕하시지요?"

"예, 요즘 히로이마루 님 덕분에 10년은 젊어지신 것 같습니다."

"다행입니다."

"영주님께서도 이제 요동에 기반을 굳히셨군요."

미요시가 웃음 띤 얼굴로 주위를 둘러보았다.

청 안에는 부라트, 알탄, 유니마 등 여진족장까지 둘러앉아 있다.

미요시가 뒤에 앉은 수행원에게 눈짓을 하자 곧 커다란 상자가 이산 앞에 놓였다.

"전하께서 영주님의 결혼을 축하하신다면서 보내주셨습니다."

그때 수행원들이 상자의 뚜껑을 열었다.

그 순간 이산이 눈을 가늘게 떴다.

눈이 부셨기 때문이다.

상자 안에는 보석이 가득 담겨 있다.

여자의 장신구다.

금과 보석이 사방을 환하게 밝히고 있다.

이산이 고개를 끄덕였다.

"감사의 말씀을 전해주시오."

"예, 영주님."

곧 상자가 치워졌을 때 미요시가 이산을 보았다.

"영주님이 계시지 않을 때 가토 님 사신이 다녀간 것으로 알고 있습니다."

"들었소."

"전하께서는 조선에서 군사를 빼내고 싶어 하십니다. 조선을 더 이상 전란에 휩싸이게 하지 않겠다는 생각이십니다."

미요시가 말을 이었다.

"전장을 요동으로 옮기시겠다는 의지를 보이고 계십니다. 그 주장(主將)은 바로 영주님이십니다."

"......"

"가토 님, 고니시 님도 아닙니다. 바로 하시바 이산 님이 일본군의 주장(主將)이십니다."

"......"

"그래서 먼저 3번대 구로다 님과 5번대 후쿠시마군의 일부 병력을 함경도를 통해 요동으로 보내신다고 합니다."

"......"

"기마군 5천 정도가 될 겁니다. 선봉군이 되겠지요. 그들을 지휘해 주십시오."

미요시가 정색하고 이산을 보았다.

"누르하치 대족장께서도 반대하지 않으실 것입니다. 상대는 명(明) 제국 아닙니까? 함께 상대하는 것이니까요."

"구로다 님, 후쿠시마 님도 승낙하신 거요?"

"전하의 지시에 불복할 리 있겠습니까?"

"먼저 승인을 받아야 할 일이 있소."

이산이 말을 이었다.

"누르하치 대족장의 승인이오."

"알겠습니다."

미요시가 고개를 끄덕였다.

"승인이 날 때까지 준비하고 있을 것입니다."

"이번에는 조건이 달라졌군."

미요시가 객사로 돌아갔을 때 이산이 스즈키와 신지를 돌아보며 말했다.

"내가 일본군 사령관이야. 지난번에는 부사령관이라더니."

"믿을 수 없습니다."

신지가 고개까지 저으면서 말했다.

"조선 주둔군을 북상시켜 요동에 투입한다는 발상도 거짓인 것 같습니다."

그때 스즈키가 나섰다.

"주군, 구로다, 후쿠시마는 이에야스 님에게 호의적인 무장입니다. 가토 님도 마찬가지지요. 전하께서는 이에야스 님 일당을 요동으로 보내 고사(枯死)시킬 계획입니다."

"누르하치 대족장이 일본군의 요동 진입을 싫어하는 것을 알면서도 보내려는 의도가 바로 그것이야."

이산이 말을 이었다.

"구로다, 후쿠시마도 내막을 알고 있을 테니 사지(死地)로 선뜻 오려고 하지도 않을 거다."

"그러면 명령 불복종으로 처리하겠지요."

고개를 든 스즈키가 이산을 보았다.

"조선에 와 있는 일본군은 역병이 퍼진 데다 전쟁에 지쳐서 전의(戰意)를 상실한 상황입니다. 이 군사를 일본으로 회군시킨다면 국내에 불만이 터질 겁니다."

그러고는 스즈키가 말을 맺는다.

"미요시 님이 이곳에 온 것은 주군과 누르하치 님의 승인을 받으려는 것이 아닙니다. 아마 돌아가서 승인을 받았다고 할 것입니다. 그러면 가토, 구로다, 후쿠시마는 북진하지 않으면 명령 불복종이 되니까요."

이산이 고개를 끄덕였다.

히데요시는 남보다 서너 걸음 앞서가는 위인이다.

지난번 이산이 기습 점령한 후에 임금은 한양성에 만정이 떨어져서 자주 수원으로 내려갔다.

오늘도 임금은 수원성에 내려와 있다.

유시(오후 6시) 무렵.

"전하, 의병장 유정이 상주에서 공을 세웠습니다."

승지 장경수가 보고했다.

"왜군 50여 명을 죽이고 조총 12자루, 왜검 42개를 획득했습니다. 왜군의 수급까지 54개를 모아왔습니다."

선조가 고개만 끄덕였을 때 장경수가 말을 이었다.

"지금 유정이 수원성 안에서 총상 치료를 받고 있습니다."

그때 팔도도순찰사 한응인이 말했다.

"전하께서 말에 흔들려서 피로하시니 내일 다시 말씀 올리시오."

장경수가 입을 다물자 선조가 자리에서 일어섰다.

내궁으로 들어가려는 것이다.

임금이 청을 나갔을 때 유성룡에게 도승지 한영균이 말했다.

"주상께서 의병장을 만난 적이 없으시니 영상께서 여쭈어 주시기 바랍니다."

유성룡이 고개만 끄덕이자 한영균이 목소리를 낮췄다.

"의병 사기가 올라갈 것입니다."

유성룡이 길게 숨을 뱉었다.

유정은 중으로 천민이다.

임금은 지금까지 천민 의병장을 만난 적이 없는 것이다.

"저하께서 유정을 만나시지요."

유성룡이 말하자 광해가 고개를 들었다.

"내가 어제도 만나 위로했습니다만 또 가보지요."

"이런."

어깨를 늘어뜨린 유성룡이 혀를 찼다.

"저하, 제가 가는 것이 낫겠습니다. 또 가시면 이상하게 생각할 것입니다."

광해도 수원성에 따라와 숙사에 묵고 있다.

유성룡이 주위를 둘러보고 나서 말을 이었다.

방에는 둘뿐이다.

"저하, 전선이 소강상태지만 왜군 내부에서 수상한 움직임이 있습니다."

유성룡이 말을 이었다.

"왜군이 조선 동쪽 해안을 따라 북상해서 함경도를 지나 요동으로 진입한다는 것입니다."

"이산."

광해가 이산을 부르더니 흐려진 눈으로 유성룡을 보았다.

"이산한테 가는 것이 아닐까요?"

"그렇습니다, 저하."

유성룡이 말을 이었다.

"지금 자주 이산에게 왜군 사신들이 왕래한다고 합니다. 가토 측은 물론이고 히데요시의 사신이 간다는 것입니다."

조선에서도 왜군의 동향을 정탐하는 첩자가 여러 곳에 있는 것이다.

광해가 고개를 들었다.

"대감, 이산이 있는 한 왜군이 조선에 해를 입히지는 못할 것입니다."

"이산은 여전히 히데요시의 최측근입니다. 히데요시의 지시를 어길 수는 없을 것 같습니다."

한숨을 뱉은 유성룡이 말을 이었다.

"조선 땅에 남아 있는 왜군이 요동으로 빠져나가 몰살을 당한다면 그것이 가장 좋은 일이지요."

광해가 입을 다물었다.

그것이 조선에서 몰살하는 것보다 더 어렵게 느껴지기 때문이다.

의병장 유정은 승장(僧將)이다.

절에 있다가 승병(僧兵)을 이끌고 여러 번 공을 세운 후에 지금은 천민들까지 끌어모아 의병장이 되었다.

중도 천민에 포함된다.

유정은 세속 나이로 50세.

누더기 장삼을 입었으나 거구다.

옆에 장검을 세워두고 일어나 광해를 맞았다.

어깨에 박힌 총상은 아무는 중이다.

이곳은 수원성 밖의 초가집.

집 안팎에 몰려있는 의병이 백여 명이다.

"저하께서 오셨습니까?"

합장한 유정이 인사를 했다.

"또 뵙습니다."

광해도 합장을 했다.

그러자 광해를 수행해 온 유성룡이 말을 받는다.

"저하께서 어제도 오셨다는데 이번에는 전하께서 보내신 것이오."

"이런, 주상전하께서."

다시 합장한 유정의 얼굴에 쓴웃음이 번졌다.

셋이 자리를 잡고 앉았을 때 유정이 입을 열었다.

"지금 가토는 서생포에 있습니다. 전의(戰意)가 없는 터라 수시로 본국에 밀정을 보내 히데요시의 움직임을 정탐하고 있지요."

유정이 말을 이었다.

"소승이 가토와 고니시의 생년월일을 입수해서 점을 쳤습니다. 가토와 고니시는 앙숙으로 각각 다른 주인을 모시게 될 운명이지요."

고개를 든 유정이 둘을 번갈아 보았다.

유정은 유명한 점술가다.

그래서 죄를 지은 사람들이 두려워한다고 소문이 났다.

그때 유성룡이 물었다.

"대사, 전황(戰況)은 어떻게 될 것 같습니까?"

"2년쯤 이렇게 소강상태가 되다가 다시 격렬한 난리가 날 것입니다."

유정의 눈이 다시 흐려졌다.

초점이 멀어진 눈이다.

"그때 큰 별이 떨어집니다. 그 대가로 난리가 그치지요."

유정이 고개를 끄덕였다.

"먼저 왜국에서 별이 떨어지고 이어서 조선에서도 떨어지는군요."

"그 별이라면."

숨을 들이켠 유성룡이 유정을 보았다.

"누굽니까?"

"이 전쟁의 주인이지요."

광해와 유성룡이 숨을 죽였을 때 유정의 눈에 초점이 돌아왔다.

"그것은 말씀드릴 수가 없습니다."

그때 유성룡이 옆에 앉은 광해를 눈으로 가리켰다.

"대사, 그럼 다르게 물읍시다. 세자 저하께선 건녕하시겠소?"

"장수하실 것입니다."

"옳지."

"북쪽에 계신 충신의 도움을 받으실 것이오."

"옳지."

유성룡의 얼굴이 환해졌다.

그때 유정이 입을 열었다가 닫았다.

다시 눈이 흐려졌기 때문에 그것을 본 광해가 숨을 들이켰다가 입을 다물었다.

이산을 맞은 누르하치가 부둥켜안으면서 말했다.

"매부, 잘 왔어."

"오랜만에 뵙습니다."

이산도 누르하치를 껴안았다.

둘이 만추성의 청에서 껴안고 있다.

파격이다.

청에 모인 양측의 가신 수백 명이 둘을 쳐다보고 있다.

이윽고 몸을 뗀 둘이 나란히 단상에 올랐다.

누르하치가 이산의 팔을 잡고 오른 것이다.

둘이 단상에 나란히 앉았을 때 누르하치가 말했다.

"동쪽 여진 부족이 평정된 것은 모두 매부 덕분이야. 덕분에 내가 서쪽으로 진출할 여력이 만들어졌어."

누르하치의 시선이 앞쪽에 주르르 앉아있는 부라트, 알탄, 유니마에게 옮겨졌다.

이제 이들은 모두 이산의 가신 격이다.

누르하치가 물었다.

"그래. 이번에 북경에까지 다녀왔다던데, 어떻던가?"

"사방에서 반란이 일어나고 있었지만 북경은 평온했습니다."

이산의 여진어도 이제는 유창하다.

고개를 든 이산이 말을 이었다.

"그러나 북경인(北京人)은 어느 누가 황제가 되어도 잘살게만 해주면 상관없다고 합니다. 명(明)이 곧 망할 거라는 것은 누구나 알고 있었습니다."

"한족은 그렇게 받아들이지."

누르하치가 커다랗게 고개를 끄덕였다.

"전(前)에 몽고족이 원(元)을 세웠을 때도 그랬고 우리 여진이 금(金)을 세웠을 때도 그랬어."

"산해관의 경비도 허술했습니다."

"매부가 총사령관이 되어서 북경으로 진입해주게."

누르하치의 목소리가 청을 울렸다.

"그대가 명(明) 토벌의 지휘관이야."

오늘 누르하치가 이산을 만추성으로 부른 이유가 바로 이것이었다.

이산에게 총사령관 지위를 맡긴 것이다.

물론 누르하치는 총사령관을 지휘하는 황제다.

이것을 모든 장수, 족장, 신하들에게 선포한 셈이다.

청 안쪽의 접견실에서 누르하치와 이산, 그리고 서너 명의 중신들이 둘러앉았다.

양쪽의 수뇌부다.

이산이 입을 열었다.

"왜군이 요동으로 진입하겠다면서 여러 번 사신을 보냈습니다. 얼마 전에는 히데요시 님의 중신까지 찾아왔습니다."

이산이 미요시의 이야기를 마쳤을 때 누르하치가 고개를 들었다.

"왜군이 요동으로 올 것 같나?"

"오는 시늉은 할 것 같습니다."

"그렇지. 히데요시의 명을 거부할 수는 없겠지."

"하지만 요동에 오면 몰사하겠지요."

이산이 말을 이었다.

"제가 몰사시키겠습니다."

누르하치가 고개를 끄덕였다.

"히데요시가 그쯤은 예상하고 있을 텐데 어떻게 나올지 궁금하다."

"어찌되었든, 대세는 이미 기울었습니다."

이산이 말을 이었다.

"민심은 이미 새 왕조를 원하고 있습니다. 이번 북경까지의 정찰로 그 현실을 확인했습니다."

누르하치가 천천히 고개를 끄덕였다.

두 눈이 번들거리고 있다.

그날 밤.

술시(오후 8시)가 되었을 때 만추성 내궁으로 두 사내가 다가가고 있다.

어둠 속에서 두 사내의 윤곽이 드러났다.

둘 다 장신의 거구다.

내궁 안으로 들어선 두 사내가 두 번째 건물로 들어섰다.

불을 환하게 밝힌 건물 마당은 연못도 만들어졌고 기암괴석으로 장식되었다.

앞장선 사내가 헛기침을 하자 곧 청으로 여자가 나왔다.

아이의 손을 쥐고 있었는데, 사내아이다.

그때 앞에 선 사내의 얼굴이 불빛에 드러났다.

누르하치다.

누르하치의 뒤에 선 사내는 이산이다.

그때 청에 서 있던 아이가 여진어로 소리쳤다.

"아버지!"

누르하치를 부른 것이다.

"오, 아바가이!"

청으로 오른 누르하치가 달려온 아이를 안아 올렸다.

그러고는 앞으로 다가선 여자에게 말했다.

"인사해. 매부 이산이다."

그때 여자가 고개를 숙였다.

"누르하치의 처, 차연입니다."

미인이다.

이산도 고개를 숙였다.

"부인을 뵈어서 영광입니다."

"아닙니다. 저한테 자식을 주셔서 항상 고맙게 생각하고 있습니다."

"제가 은혜를 입고 있습니다."

그때 누르하치가 웃으면서 안고 있던 아이를 이산에게 내밀었다.

"자, 아바가이를 안아보게."

이산이 팔을 뻗어 아이를 안았다.

그러자 아이가 순순히 품에 안기면서 벙긋벙긋 웃었다.

그것을 본 누르하치가 소리 내어 웃었다.

"이놈아, 아저씨라고 불러라."

"아저씨."

아이가 이산을 올려다보면서 불렀다.

"오냐."

목이 멘 이산이 아바가이를 힘주어 안았다가 차연에게 내밀었다.

"감사합니다."

이산이 다시 인사를 하자 차연도 고개를 숙였다.

"잘 키우겠습니다."

그때 누르하치가 말했다.

목소리가 조금 가라앉아 있다.

"내 뒤를 이을 자식이야."

밤에 이산의 숙소로 막내가 찾아왔다.

막내는 화진의 종이었다가 치(治)와 함께 차연한테 간 후로 자주 소식을 전해왔다.

지금도 여전히 아바가이로 개명한 치의 유모 노릇을 한다.

이산을 본 막내가 눈물을 쏟더니 말했다.

"마님의 사랑을 듬뿍 받으셔서 도련님은 잘 크십니다. 돌아가신 마님의 혼령이 도와주시는 것 같습니다."

"네가 고생이다."

"저는 행복합니다."

막내가 번들거리는 눈으로 이산을 보았다.

"제가 도련님이 장성하실 때까지 모실 겁니다. 나리는 걱정하지 마시옵소서."

"내가 이 신세를 어떻게 갚는단 말이냐?"

"저도 호강하면서 삽니다."

막내가 말을 이었다.

"도련님이 글을 읽으실 때쯤이면 조선말도 가르쳐 드리고 내력도 말씀드릴 작정입니다. 그것이 나리와 돌아가신 마님께 보답하는 길입니다."

이산은 막내를 응시한 채 입을 열지 못했다.

남자보다 더한 의리다.

요동 서쪽의 후안성에서 반란이 일어났을 때는 이산이 만추성에서 돌아온

지 한 달쯤이 지났을 때다.

"반란을 일으킨 농민이 10만 가깝게 되었는데 점점 늘어나고 있습니다."

밀정의 보고를 모아들은 스즈키가 이산에게 말했다.

"수괴는 안칠성이라는 역졸인데 낙향한 관리, 유생들까지 모아 조직을 정비하고 있답니다."

후안성은 대보성에서 3천 리(1,500킬로)나 떨어진 장성 서북쪽의 변경이다.

이산이 고개를 끄덕였다.

"주변의 산적, 농민 반란군들을 쓸어 모으겠군."

"당연하지요."

신지가 거들었다.

"반란이 일어나면 큰 세력에 작은 세력이 흡수됩니다. 이것이 큰 물줄기가 되어서 휩쓸고 가지요."

왜국에서의 경험을 말한 것이다.

신지가 말을 이었다.

"그러다가 가로막히면 방향을 틀거나 여러 가닥으로 쪼개지기도 합니다. 일본은 그렇게 해서 새 영주가 탄생하기도 하고 영주 가문이 몰락하기도 했습니다."

이산이 숨을 골랐다.

조선은 그전의 고려, 신라 시대까지 올라갔어도 그런 경우가 없다.

신라 1천 년, 고려 476년, 이제 조선 2백 년이다.

그때 스즈키가 말을 이었다.

"주군, 안칠성이 산해관 서북쪽을 휩쓸고 있는 동안 우리도 기반을 굳혀야 합니다. 아래쪽의 반란군들을 지원하시지요."

이산이 고개를 끄덕였다.

불씨를 이곳저곳에 던지는 역할이다.

"기마군 2천 기를 먼저 보내도록 하시지요."

나카야마가 말하자 후쿠시마는 외면했다.

이곳은 후쿠시마 거성(居城) 격인 울산성 안.

아래쪽 서생포는 가토의 거성이다.

그때 나카야마가 말을 이었다.

"영주님께서 선발대로 2천 기를 보내시면 이어서 구로다 님이 기마군 3천 기를 보내실 것입니다."

"……."

"그다음으로 가토 님이 기마군 2천에 보군 2천으로 뒤를 이을 것입니다."

"……."

"전하께서는 그 뒤를 고바야카와 님, 우키다 님의 순서로 북진군을 보내실 것입니다."

"잠깐."

후쿠시마가 고개를 들고 나카야마를 보았다.

나카야마는 히데요시의 전령이다.

녹봉은 3천 석.

기지가 뛰어나고 재빨라서 '족제비 나카야마'라는 별명이 있다.

본인은 히데요시를 닮았다는 말을 가장 좋아한다.

그때 후쿠시마가 물었다.

"고니시군은 언제 가는가? 난 고니시군의 뒤를 따를 작정이야."

"흥."

나카야마의 말을 들은 고니시가 코웃음부터 쳤다.

이곳은 고니시의 본진인 밀양성 안.

후쿠시마를 만난 후에 나카야마가 바로 고니시에게 달려온 것이다.

유시(오후 6시) 무렵.

보료에 기대고 앉은 고니시가 지그시 나카야마를 보았다.

"나카야마 님, 후쿠시마가 내가 앞장을 서면 뒤를 따라간다고 했단 말이지요?"

"그렇습니다."

나카야마가 길게 숨을 뱉었다.

"후쿠시마 님이 거부했으니 구로다 님, 가토 님도 뒤를 따를 겁니다."

"그럼 명령불복종, 반역이지."

고니시가 빙그레 웃었다.

"셋은 감당 못 할 거요, 나카야마 님."

"기세가 강했어요, 고니시 님."

"전하께서 어떻게 하실 것 같소?"

"그걸 나한테 물으십니까?"

족제비 나카야마의 눈동자가 흔들렸다.

그때 고니시가 다시 웃었다.

"아마 이런 상황도 예상하고 계셨을 테니까, 그대로만 보고하시오."

"내가 한 일이 없어서 허탈합니다."

"나카야마 님은 역할을 다 하신 거요."

고니시가 말을 이었다.

"더 이상 나설 필요도 없소."

그 시간에 후쿠시마는 서생포에서 가토와 마주 앉아있었는데 둘 앞에는 술상이 놓여있다.

이때 가토는 32세.

후쿠시마는 33세다.

둘은 히데요시의 측근 무장으로 10년 전 시즈가타케 전투에서 함께 공을 세웠다.

나이도 비슷한 터라 친하다.

술잔을 든 가토가 후쿠시마를 보았다.

"고니시를 내세운 건 잘한 것이오, 후쿠시마 님. 나카야마가 지금 고니시에게 달려가 있어요."

한 모금 술을 삼킨 가토가 쓴웃음을 지었다.

"고니시는 얼른 전하께 달려가 보고하라고 했을 거요."

"그럼, 이시다 놈이 전하 옆에서 부채질을 하겠지."

후쿠시마가 어깨를 부풀렸다가 내렸다.

"고니시와 이시다는 전하의 양쪽 귀에 붙은 간신이오, 가토 님."

"우리를 요동으로 보내는 흉계도 이시다와 시마 사콘 놈의 머리에서 나왔을 것이오."

"그렇지."

후쿠시마가 고개를 끄덕였다.

후쿠시마는 히데요시의 이종사촌 동생이다.

후쿠시마 마사노리의 어머니가 히데요시의 이모이기 때문이다.

그러나 이시다 미쓰나리가 히데요시의 측근이 되면서 후쿠시마는 소외되었다.

히데요시와 상면도 할 수 없게 된 것이다.

그것이 미쓰나리의 견제인 것을 안 후쿠시마는 그 한(恨)이 히데요시에게로 옮겨졌다.

후쿠시마가 목소리를 낮췄다.

"가토 님, 이제 조선에 온 무장은 둘로 나뉘게 되었소. 관백 전하와 이에야스 님의 일당으로 말이오."

어깨를 부풀린 후쿠시마가 말을 이었다.

"이에야스 님 일당으로 낙인찍힌 우리는 요동으로 추방당하는 꼴이 되었소."

"그렇군."

쓴웃음을 지은 가토가 술잔을 들었다.

"후쿠시마 님, 내가 이산에게 사신을 보냈소."

순간 숨을 들이켠 후쿠시마에게 가토가 말을 이었다.

"전부터 이 이야기가 나왔기 때문이오. 그래서 이산의 생각을 떠보았소."

"뭐라고 했습니까?"

후쿠시마가 묻자 가토가 목소리를 낮췄다.

"우리를 받아들이지 않을 것 같소."

"그렇다면……."

"누르하치와 함께 우리를 치겠지."

"……."

"이산은 이미 떠난 사람이오. 그런데 문제는 전하께서도 그것을 알고 있다는 사실이오."

"……."

"전하께서도 이산에게 사신을 보냈고 그것을 확인하셨소."

"그런데도 우리를 보내는군."

"안 가면 반역죄가 될 테니까. 이미 우리는 죽은 목숨이지."

"이시다 놈의 간계인가?"

가토는 대답하지 않았다.

히데요시가 이시다의 말을 고분고분 따를 위인이 아니라는 것을 후쿠시마도 알고 있다.

그때 가토가 말을 이었다.

"전쟁이 소강상태가 되니까 이젠 일본군이 동서(東西)로 나뉘어서 암투가 시작되는군."

고개를 든 가토가 정색하고 후쿠시마를 보았다.

"후쿠시마 님, 우리 살아남읍시다."

"당연히."

후쿠시마가 어깨를 부풀렸다.

10년 전인 시즈가타케 전투에서 23살짜리 후쿠시마는 22살인 가토와 함께 용명(勇名)을 떨쳤다.

그래서 히데요시한테서 후쿠시마는 첫 녹봉으로 5천 석을 받았고 가토는 3천 석을 받았다.

둘의 시선이 마주쳤고 가토가 말을 이었다.

"전장(戰場)은 변수가 많소. 반전의 기회는 얼마든지 있는 법이오."

"아직도 이순신 주변에 천민이 모이느냐?"

불쑥 임금이 묻자 한응인이 숨부터 골랐다.

임금의 묻는 의도를 짐작한 것이다.

수원성 안.

오늘도 임금은 수원성으로 내려와 있다.

임금에게는 아래쪽 왜군보다 위쪽의 이산이 더 흉악하고 무도한 적괴다.

왜군은 백성을 참혹하게 도륙했지만, 임금에게는 해코지하지 않았다.

임금의 시선을 받은 한응인이 대답했다.

"예, 전하. 왜군이 전라도 쪽 남해안은 얼씬도 하지 않는 바람에 백성들이 모이고 있습니다."

"몇 명이나 되는가?"

"수십만이라고 합니다."

"수십만이라……."

고개를 든 임금이 흐려진 눈으로 한응인을 보았다.

"거기선 천민들이 뭘 먹는가?"

"작년부터 제대로 농사를 짓는다고 합니다."

"……."

"전라도 남부와 경상도 서쪽 지방까지 작년부터 소출이 일어나고 있습니다."

내궁의 청 안이다.

옆에 내시 둘밖에 없기 때문에 임금이 거리낌 없이 물었다.

"원균의 상소는 누가 갖고 있나?"

"대사헌 조균이 보관하고 있습니다."

임금이 입을 다물었다.

상소는 2통이나 되었다. 그것도 반년 전과 두 달 전에 온 것이다.

사헌부의 수장인 대사헌 조균은 정3품으로 원균의 상소문을 보관한 채 처리를 하지 않았다.

사헌부는 관인(官人)의 감찰과 탄핵을 맡은 터라 당장 처리해야 한다.

임금이 지그시 한응인을 보았다.

"상소문을 올리라고 하게."

"예, 전하."

"죄를 물어야겠어."

"예, 전하."

"영상은 내일 명군(明軍) 진영으로 위무사로 보낼 테니 그사이에 처리하도록."

"예, 전하."

"좌상이 요즘 병상에 있으니 우상은 설득이 될 거야."

"예, 전하. 준비하겠습니다."

고개를 든 한응인이 결연한 표정으로 말했다.

"이번에는 관철시키겠습니다."

이순신의 탄핵, 하옥, 유배나 처형이다.

안칠성이 후원(後元) 황제를 칭하고 진평에서 나라를 세운 것은 반란을 일으킨 지 반년 후였다.

후원의 영역은 사방 6백여 리(300킬로).

주민 수 4백만에 군사가 25만이나 되었으니 요동에서는 가장 큰 집단이 되었다.

안칠성은 6부 상서까지 두고 스스로 황제 겸 대원수가 되었으며 동생 안형을 서금왕, 처남 봉포를 동금왕으로 임명했다.

그리고 주민들에게 5년간 세금을 면제해준다는 포고령을 내걸었으니 주민이 구름처럼 모여들었다.

"그럼 군사는 어떻게 먹이고 관리들은 어떻게 산단 말인가?"

궁금해진 곤도가 묻자 부라트가 대답했다.

"지금 당장은 다른 땅에서 빼앗아 먹고 쓰겠지만 금세 바닥이 드러나겠지. 몇 달 가지 못할 것이네."

여진족 족장인 알탄이 말을 이었다.

"그렇게 나라를 세웠다가 없어진 반란군이 수십 개네."

"허, 이곳은 무법천지로구나."

그 말을 들은 신지가 감탄했다.

"내가 일본에서 온갖 반란을 겪었지만 이렇게 뻔뻔한 도적놈들은 처음이다."

이산이 거성(居城)인 대보성 주위 2백 리를 영지로 삼고 국경에 초소를 세운 것은 우후죽순처럼 일어나는 반란군의 침탈을 막기 위해서였다.

때를 기다리는 중이어서 대보성 주위의 황무지를 개간하여 옥수수와 보리를 심고 곡식을 거두었는데 땅이 기름져서 2만여 명의 군사를 먹일 수 있었다.

그러자 주위로 반란군을 피한 농민들이 모여든 것이다.

그 수가 반년 만에 1백만 가깝게 되었기 때문에 국경을 만들 수밖에 없었다.

신지가 국경을 만들었으니 나라 이름도 지어야 한다고 주장하더니 곧 이산령(李山領)으로 부르기 시작했다.

인구 1백만의 작은 영토가 생긴 셈이다.

세금도 없고 부역도 없는 데다가 반란군으로부터도 안전한 땅이다.

그래서 이산령(李山領)의 황무지는 순식간에 개간되어 옥토로 변했고 주민이 석 달 만에 배로 늘어났다.

그러니 영토를 늘릴 수밖에 없어서 7개월이 지났을 때 주위 350리에 주민 수 3백만이 되었다.

그래서 주민 중에서 군사를 뽑아 경비병으로 충원시켰는데 그 수가 3만여 명에 이르렀다.

스즈키가 이산에게 말했다.

"세금, 부역이 없는 왕국은 이 세상에 이곳 하나뿐일 것입니다."

그러나 그것도 한계가 되어가고 있다.

주민이 하루에도 수천 명씩 늘어나는 바람에 토지가 더 필요했고 관리 능력에 한계가 온 것이다.

마침내 이산이 지시했다.

"세를 걷고 부역을 시켜야겠다."

마침내 땅에 뿌리를 박은 왕국의 행세가 시작되었다.

이산이 요동에 진출한 지 2년 만이고 왜란 4년 차가 되는 해다.

그사이에 이순신은 원균의 상소로 탄핵이 될 위기에 몰렸다가 영상 유성룡이 극력 반대하는 바람에 취소되었다.

선전관이 한산도의 수군통제영으로 내려가다가 돌아온 것이다.

임금의 의도가 또 좌절되었다.

조선과 일본을 오가는 데 왕복 두 달 반이 걸린다.

그동안 히데요시가 보낸 사신이 오사카 성과 조선을 왕래했을 뿐만 아니라 에도에서도 이에야스가 보낸 밀사들도 오간 것이다.

이곳은 서생포의 가토군 본진 안.

가토의 숙소인 내실의 청으로 타카모리가 들어섰다.

타카모리는 35세.

이에야스의 가신이었지만 녹봉 1만 석을 받는 영주급 중신이다.

가토와는 여러 번 만난 사이인 데다 나이도 비슷해서 이에야스가 골라 보낸 밀사다.

"요즘 바쁘신 것 압니다."

타카모리가 먼저 입을 열었다.

"그래서 조언을 해드리려고 왔습니다."

가토의 얼굴에 쓴웃음이 번졌다.

히데요시의 사신 나카야마가 그동안 두 번 다녀갔고 한 달쯤 전에는 미요시까지 다녀간 것이다.

미요시는 히데요시의 집사나 다름없는 대신(大臣)이다.

가토도 미요시의 압박은 견디지 못해서 출정 약속을 해버렸다.

그때 타카모리가 말했다.

"남해도의 죠소카베 영역에서 반란이 일어날 것 같습니다. 그래서 예비 병력이 출동해야 됩니다."

순간 가토가 고개를 들었다.

오사카에서 15일 거리의 지역이다.

"죠소카베의 잔당이란 말이오?"

"그렇습니다. 유키 마사무네라는 자가 대장으로 약 1만 5천의 군사를 모아놓고 있습니다."

"1만 5천이라, 그만하면 대군이군."

"주변에 낭인 무리가 모여들고 있어서 3만 정도까지 늘어날 것 같습니다."

"그렇다면 기다려야겠군."

"후쿠시마, 구로다 님께도 연락을 해주시지요."

"그러지요."

가토가 커다랗게 고개를 끄덕였다.

얼굴에 웃음이 떠올라 있다.

오사카 근처의 내국에서 반란이 일어난 상황에 조선 진주군을 요동으로 보내 확전할 수는 없는 것이다.

조선 진주군만 보내는 것이 아니다.

본국에서 지원군을 보내줘야만 한다.

그때 타카모리가 말했다.

"유키는 다음 달에 시모나 성을 공격할 예정입니다. 그러면 반란군을 평정하는 데 최소한 반년은 걸립니다."

유키의 반란군은 이에야스가 조종한 것이다.

이에야스와 히데요시의 암투는 이미 시작되었다.

요동성 관찰사 겸 병마절도사 양우현은 그동안 조정으로부터 금위대장군 겸 동부태수 직함까지 얻었다.

정2품 대관이 된 것이다.

양우현은 환관 하선과 의형제를 맺은 사이여서 요동 지역을 다 잃어도 직은 떨어지지 않는다.

양우현은 장성 동쪽의 광대한 지역을 통치하는 군주나 다름없다.

요동 동부군, 서부군 방어사도 휘하에 두었지만, 지금은 서부군만 남아 있는 상태다.

양우현이 청에 나왔을 때 중랑장 하연이 말했다.

"대감, 안칠성의 반란군이 오진성을 함락시켰습니다."

양우현은 이맛살만 찌푸렸고 하연이 말을 이었다.

"서부군은 아남성 쪽으로 후퇴했습니다."

"병신 같은 놈들."

양우현이 마침내 욕을 했다.

청 안에는 관리들이 수십 명 모여 있었지만 가라앉은 분위기다.

그때 고개를 든 양우현이 물었다.

"방어사 강유는 지금 어디 있는가?"

"탁현에 있습니다."

"이놈도 북경으로 소환시켜야겠군."

양우현이 혼잣소리로 말했지만 다 들었다.

반년 사이에 양우현은 방어사를 둘이나 갈아치웠다.

양우현이 방어사를 임면할 권한도 가지고 있다.

지금 요동 서부 방어군이 사라진 상황에서 동부군이 유일한 장성 위쪽 방어 세력이다.

"이걸 어쩐단 말인가?"

양우현이 흐려진 눈으로 단 아래의 관리들을 보았다.

아남성에서 이곳까지는 5백 리(250킬로) 거리다.

"누구라고?"

이산이 되묻자 스즈키가 한 걸음 다가섰다.

유시(오후 6시) 무렵.

대보성 안이다.

"요동 관찰사 양우현의 밀사라고 합니다. 도위 벼슬의 후영이라는 자입니다."

"양우현의 밀사?"

"예, 사실인 것 같습니다."

이산이 고개를 끄덕였더니 스즈키가 몸을 돌렸다.

잠시 후에 청으로 사내 하나를 앞세운 스즈키가 들어섰다.

사내는 농민 복색이지만 장신에 육중한 체격이다.

주위의 시선이 모여졌지만 위축되지 않았다.

무인(武人) 분위기다.

청 바닥에 꿇어앉은 사내가 고개를 들고 이산을 보았다.

그때 옆쪽에 선 곤도가 말했다.

"말해라."

사내가 입을 열었다.

"저는 요동 관찰사 휘하의 도위 후영이올시다. 관찰사 양우현의 지시를 받고 왔습니다."

사내의 목소리가 청을 울렸다.

"관찰사께서 대장군께 동맹을 제의하셨습니다. 함께 반란군을 진압하여 백성들을 안돈하자고 하셨습니다."

이산이 시선만 주었고 후영이 말을 이었다.

"지금 요동에 안칠성이라는 적도가 주민을 학살하고 온갖 악행을 자행하는 중입니다. 대장군께서 안칠성 도당을 퇴치해 주신다면 관찰사께서 황제께 상주하여 형제국의 지위를 주신다고 했습니다."

"형제국이라."

마침내 이산의 얼굴에 웃음이 떠올랐다.

"내가 형제국의 왕이란 말인가?"

"이미 왕이십니다."

후영이 정색하고 이산을 보았다.

"관찰사께서 인정을 해주고 계십니다."

그때 이산이 고개를 들었다.

"객사에서 기다려라."

청에 지휘관들이 다 모였다.

모두 긴장한 표정이다.

후영과의 대화를 들은 것이다.

이산이 주위를 둘러보았다.

“의견을 말해보라.”

그때 기다렸다는 듯이 부라트가 나섰다.

“절호의 기회입니다. 북진해서 안칠성을 치고 그놈 영토를 차지하는 것입니다. 그러면 요동 서북쪽의 광대한 지역의 맹주가 되십니다.”

이번에는 유니마가 나섰다.

“양우현도 인정해주지 않았습니까? 기회가 온 것입니다.”

그때 이산의 군사(軍師)가 된 요중이 말을 받았다.

“주군, 누르하치 대족장께 전령을 보내 허락을 받으시지요. 미리 오해를 차단해야 할 것입니다.”

“그렇습니다.”

유니마가 고개를 끄덕여 동의했다.

“허락하시겠지만 절차는 필요합니다.”

이산의 시선이 신지와 최경훈에게 옮겨졌다.

“그대들의 생각은?”

“이 기회에 안칠성을 치고 양우현의 요동성까지 함락시키는 것입니다.”

신지가 말하자 주위가 조용해졌다.

신지가 말을 이었다.

“우리가 요동성을 차지해도 명(明)은 군사를 동원할 여력이 없습니다.”

그때 최경훈이 고개를 들었다.

“주군, 놔두시지요. 안칠성이 요동성을 함락시키는 것이 우리에게 더 이롭습니다.”

주위를 둘러본 최경훈이 쓴웃음을 지었다.

"명(明) 황제의 관작이 무슨 소용이 있습니까? 군사만 소모할 뿐입니다. 안칠성이 더 난리를 키우도록 놔두시지요."

그때 스즈키가 입을 열었다.

"그렇습니다. 득 될 일이 없습니다. 그렇다고 백성들을 위하는 일도 아닙니다. 명(明)의 동맹국이라는 허상을 탐낼 필요가 없습니다. 놔두고 당분간 기다리시는 것이 낫다고 생각합니다."

그러자 신지가 제 입장을 번복했다.

"그러는 게 낫겠소. 안칠성을 죽여야 득 될 것이 없겠습니다."

이산의 얼굴에 웃음이 떠올랐다.

"좋아. 놔두자."

방으로 들어선 차드나가 반짝이는 눈으로 이산을 보았다.

해시(오후 10시) 무렵.

이산의 침실이다.

기둥에 걸린 양초 불꽃이 기척에 흔들렸다.

주위는 조용하다.

차드나는 옆방에서 옷을 갈아입고 온 것이다.

흰색 비단옷으로 몸을 감쌌지만 늘씬한 몸매는 움직일 때마다 윤곽이 드러났다.

이산의 시선을 받은 차드나가 입술 끝으로 웃었다.

긴 머리가 어깨까지 내려왔고 화기(和氣)가 흐르는 맨얼굴은 옅게 상기되어 있다.

옆쪽 호피로 감싼 의자에 앉은 차드나가 이산을 보았다.

"할 말이 있어."

"새 옷으로 갈아입고 할 말이냐?"

이산이 바로 되물었더니 차드나가 다시 웃었다.

"그래. 몸까지 씻고 왔어."

"무슨 말을 하려는 거야?"

"오늘이 석 달째야."

차드나가 번들거리는 눈으로 이산을 보았다.

"산, 내 뱃속에 당신 아이가 있어."

순간 숨을 들이켠 이산에게 차드나가 말을 이었다.

"총사령관 이산과 차드나의 아들. 대족장 누르하치의 조카가 일곱 달 후에 태어나."

"차드나."

"당신의 첫아들 아바가이가 오빠의 양자로 가 있지만 잊어버리도록 해. 이제 아바가이는 누르하치의 아들이야."

"……."

"내 뱃속의 아기가 이산의 아들이야."

"알았다, 차드나."

"이제 나한테 중요한 것은 첫째가 산, 당신이고, 둘째가 내 자식이야. 세 번째가 오빠라고."

그때 자리에서 일어선 이산이 차드나를 안아 들었다.

차드나가 두 팔로 이산의 목을 감아 안는다.

히로이마루를 안은 채 히데요시가 앞에 앉은 미요시를 보았다.

눈을 가늘게 떴고 입술은 굳게 닫혀 있다.

이윽고 히데요시가 입을 열었다.

“가토와 후쿠시마가 반발하리라는 건 예상했어. 하지만 오래 버티지는 못할 거다.”

히로이마루를 어르면서 히데요시가 말을 이었다.

“고니시가 강화회담을 하고 있지만, 그것은 시간을 끌려는 명군(明軍)의 수작이야. 그놈들은 전의(戰意)가 없어.”

“전하, 이산이 받아들이지 않습니다. 가토는 그것을 핑계로 삼습니다.”

미요시가 시선을 내린 채 말했다.

“가토가 이산에게 사신을 보냈더니 요동으로 오면 전멸시키겠다고 했답니다.”

“이산이 그럴 수 없다는 것을 가토도 알고 있어. 핑계다.”

히데요시의 표정이 엄격해졌다.

“미요시, 이젠 그놈들의 말장난을 참을 수가 없구나.”

고개를 든 히데요시가 앞쪽에 앉은 미쓰나리를 보았다.

“가토, 후쿠시마, 구로다에게 ‘명령서’를 보내라.”

“예, 전하.”

“두 달 후인 9월 초에는 북진할 것. 그리고 11월 말까지는 두만강을 넘어 요동에 진입할 것.”

히로이마루를 어르면서 히데요시가 말을 잇는다.

“명령을 어길 시에는 본국의 영지를 몰수하고 관직을 박탈하겠다.”

그때 미요시가 말했다.

“전하, 조선 주둔군 내부에서 반란이 일어날 것입니다.”

“미요시, 나하고 내기할래?”

히데요시가 빙글빙글 웃었다.

"제 영지를 내놓고 반란을 일으킬 놈은 아무도 없다."

"이에야스 님이 나설 것입니다."

"알고 있어. 하지만 속수무책이야."

그때 미쓰나리가 히데요시를 보았다.

"전하, 시간을 끌 수는 있습니다. 이유를 만들 수는 있다는 말씀입니다."

미쓰나리가 말을 이었다.

"갑자기 명군과 조선군이 공격해온다든지, 이순신이 부산포를 기습한다든지, 의병이 기습을 해오는 경우입니다."

"그건 고니시가 막으면 돼."

"전하, 고니시 님으로서는 역부족입니다."

그때 히데요시가 히로이마루를 방바닥에 내려놓았다.

이제는 차분해진 표정이다.

"잘 들어라."

히데요시의 목소리가 낮아졌다.

"끝까지 요동 진출을 밀어붙이면 이에야스의 무리가 극명하게 드러날 것이다."

모두 숨을 죽였고 히데요시가 말을 이었다.

"놈들이 요동으로 가면 좋고 안 가고 미뤄도 반역 무리는 극명하게 드러난다. 이것이 내가 노리는 것이다."

다시 히로이마루를 안은 히데요시가 명령했다.

"내 말대로 '명령서'를 보내라."

"이에야스가 화근입니다."

시마 사콘이 미쓰나리에게 말했다.

히데요시 앞을 물러나와 둘은 긴 복도를 걷고 있다.

길이가 2백 자(60미터)나 되는 긴 복도는 텅 비었다.

좌우가 미닫이 방이었지만 조용하다.

빈방이다.

사콘이 말을 이었다.

"모두 이에야스가 조종하고 있습니다. 가토나 후쿠시마가 큰소리를 치는 것도 이에야스 때문입니다."

잘 닦아서 마룻바닥은 얼굴이 보일 정도로 미끄럽다.

조심스럽게 발을 떼면서 사콘이 목소리를 낮췄다.

"만일 가토, 후쿠시마의 영지를 몰수한다면 그때는 궁지에 몰린 자들이 반란을 일으킬 수 있습니다."

"……."

"그때는 걷잡을 수 없지요. 이에야스가 지원해줄 테니까요."

"……."

"전하께선 너무 낙관하고 계십니다. 너무 자신만만하십니다."

"총명이 좀 흐려지신 것 같다."

마침내 미쓰나리가 입술만 달싹이며 말했지만 사콘은 다 들었다.

몸을 바짝 붙인 미쓰나리가 말을 이었다.

"그리고 너무 서두르고 계셔. 전에는 이러지 않았는데."

"히로이마루 님 때문입니다."

사콘이 다시 바짝 붙어 걸으면서 말했다.

"히로이마루 님의 미래를 위해 후환을 없애려는 것입니다."

"……."

"다른 방법이 또 하나 있기는 하지요."

"뭔가?"

그때 사콘이 걸음을 늦추면서 쓴웃음을 지었다.

"이에야스 님을 없애는 것이지요."

미쓰나리가 어깨를 늘어뜨렸다.

약속이나 한 것처럼 의병들이 일제 공격을 시작한 것은 8월 중순이다.

조선군과는 별도로 의병대만으로 사방에서 공격을 시작한 것이다.

조선군은 명군 사령관의 지휘를 받았지만, 의병대는 거의 독자적으로 행동했다.

의병의 대공격이다.

"가토군의 서생포 진지 일부분이 무너졌습니다."

고니시군의 웅천영 본진 안.

첨병장 요시노리가 고니시에게 보고했다.

"승병과 의병대가 기습해온 것입니다."

청에는 고니시와 장수들이 둘러앉아 있었는데 긴장한 분위기는 아니다.

고니시도 외면한 채 듣고 있다.

요시노리가 말을 이었다.

"후쿠시마군, 구로다군 주위에서도 산발적으로 전투가 일어나고 있습니다."

"여기도 곧 의병들이 오겠구나."

고니시가 혼잣소리처럼 말했다.

"가토가 핑곗거리가 생겼어."

"주군, 명장(明將) 진운홍에게 항의해서 의병의 공격을 중지시켜야 합니다."

중신 핫도리가 건의하자 고니시는 쓴웃음을 지었다.

"의병들이 명군의 말을 듣겠느냐? 권율한테 말해야 된다."

모두 입을 다물었다.

권율이 의병들이 말을 안 듣는다고 하면 그만이다.

그때 고개를 든 고니시가 장수들을 둘러보았다.

"향도들을 풀어서 소문을 퍼뜨려라."

고니시가 말을 이었다.

"의병대가 연합해서 먼저 일본군을 몰아낸 후에 조선 왕조를 타도하고 새 왕조를 세운다고 해라."

어깨를 편 고니시의 얼굴에 웃음이 떠올랐다.

"의병들은 남쪽의 이순신과 북쪽의 이산과 연합해서 새 왕조를 세우려는 것이다. 새 왕조의 왕은 이순신이다."

고니시의 두 눈이 번들거렸다.

"그 소문이 조선왕에게 들어가면 아마 눈이 뒤집힐 것이다. 그때는 명군과 우리 일본군에 매달려 무슨 짓을 하건 왕위를 지키려고 할 것이다."

"왜군은 분열된 지 오래되었습니다."

스즈키가 이산에게 말했다.

"지금은 어떻게든 귀국하려고 온갖 핑계를 대고 있는 상황인데, 히데요시님이 막고 있지요."

"가토, 후쿠시마군의 북상은 의병들 때문에 저지된 것 같군."

이산이 쓴웃음을 짓고 말했다.

대보성의 청 안.

이산이 스즈키로부터 조선 전황(戰況) 보고를 받고 있다.

그때 스즈키가 말을 이었다.

"첩자 보고를 받았는데, 가토, 후쿠시마를 공격한 의병은 위장 의병입니다.

향도를 의병으로 가장시킨 것이라고 합니다. 나머지 의병대는 덩달아서 움직였다는 것입니다."

"그런가?"

"북상하지 못할 이유를 만들려고 가토 님이 묘책을 만든 것이지요."

"그럴 만하지."

"그러자 고니시 님이 소문을 퍼뜨렸는데, 그 소문이 조선을 금세 덮고 있습니다."

"무엇이냐?"

그때 스즈키가 숨을 골랐기 때문에 청 안의 시선이 모였다.

스즈키가 입을 열었다.

"의병들이 북쪽의 주군이 남쪽의 이순신과 연합해서 새 왕조를 세운다는 소문입니다. 새 왕조의 왕은 이순신이라는 것입니다. 그 소문을 들은 조선 조정이 뒤집혀 있을 것입니다."

안칠성의 반란군은 아남성까지 함락시켰다.

방어사 강유가 지휘하는 서부군은 제대로 싸우지도 못하고 패퇴했다.

강유가 먼저 도망을 쳤기 때문이다.

요동 관찰사 양우현은 요동성에 남아 있지만 좌불안석이다.

유시(오후 6시) 무렵.

양우현이 화진령에서 달려온 전령에게 묻는다.

"적도가 얼마나 되느냐?"

"3만여 명이었습니다."

"으음!"

양우현의 입에서 신음이 터졌다.

화진령은 요동성 동남쪽 200리(100킬로)에 위치한 고개다.

요동성의 마지막 방어선인 셈이다.

고개에는 유격 장군 전택이 지휘하는 4천여 명의 관군이 지키고 있었는데 단숨에 무너졌다.

방어선이 뚫린 것이다.

그때 전령이 말했다.

"전택은 사투를 벌이다가 수비군과 함께 퇴각 중입니다."

"사투를 벌였어?"

"예, 대감."

"수비군은 몇 명 남았느냐?"

"3천여 명이 남았습니다."

"으음!"

다시 신음을 뱉은 양우현이 고개를 들었다.

눈이 흐려져 있다.

"4천이 3만 적군을 맞아 사투를 벌였구나. 그래서 3천이 남았어."

혼잣소리로 말했지만 청 안의 관리들은 다 들었다.

눈의 초점을 잡은 양우현의 시선이 아래쪽 관리에게 옮겨졌다.

중랑장 하연이다.

"우리 주위에서 모을 수 있는 병력이 얼마나 되는가?"

"5만 정도입니다."

고개를 든 하연이 바로 대답했다.

이곳은 요동 서부방어사 관할구역이지만 이제 서부방어군은 존재하지 않는다.

방어사가 이산군(軍)에게 투항한 후에 서부군은 와해되었다.

그때 양우현이 말했다.

"이산은 거부했지만 장사영은 받아들이지 않겠느냐?"

순간 청 안이 조용해졌다.

하연도 입을 꾹 다문 채 시선만 주었다.

장사영이 누구인가?

안칠성과 같은 도적 수괴다.

규모는 안칠성보다 적지만 흉악하기가 짝이 없는 도살자다.

장사영의 도적단은 안칠성처럼 주민에게 5년 동안 세금을 걷지 않는다는 등 선심 정책도 펴지 않는다.

오히려 더 무자비하게 살육해서 굴복시킨다.

이 역병 같은 무리가 동남쪽에 진을 치고 있다.

안칠성의 후원(後元)에서 5백여 리(250킬로) 떨어진 곳이다.

양우현이 입을 열었다.

"장사영한테 영양왕을 봉하고 산구 지방을 떼어준다는 칙서를 갖다 주도록 하자. 그놈이라면 속아 넘어갈 것이다."

모두 입을 다물었고 양우현의 말이 이어졌다.

"그 대신 안칠성을 공격하게 만드는 것이야. 그러면 이기지는 못하더라도 안칠성의 북상(北上)은 막을 수 있겠지."

그때 하연이 고개를 들었다.

"사신으로 갈 사람이 중요합니다."

"그렇다."

고개를 끄덕인 양우현이 청 안을 둘러보았다.

"목숨을 걸어야겠지. 지원자는 내가 미리 가족에게 금화 1천 냥을 주마. 그리고 성공해서 돌아오면 금화 5천 냥을 주겠다."

그때 관리 하나가 한 걸음 앞으로 나섰다.
40대쯤의 사내다.
"교위 위현입니다. 제가 가겠습니다."
"오, 그대가 가겠는가?"
감동한 양우현의 눈이 번들거렸다.
"충신이다."

누르하치의 밀사와 만났을 때는 술시(오후 8시) 무렵이다.
이곳은 내궁의 청 안.
이산이 요중 하나만 대동하고 밀사로 온 만파쿤을 만나고 있다.
만파쿤은 55세.
누르하치 집안의 말 안장을 만드는 일을 3대째 해온 가문이다.
누르하치의 중신인 셈이다.
만파쿤이 입을 열었다.
"대장군, 누르하치 대족장 전하의 부탁입니다."
"부탁이라니?"
쓴웃음을 지은 이산이 만파쿤을 보았다.
"나, 이산은 전하의 지시를 받아야 할 신분이오, 만파쿤."
"대장군, 이것은 가족사(家族事)라 그렇습니다."
"가족사라니?"
이산의 표정이 굳어졌다.
그때 만파쿤이 숨을 들이켜더니 목소리를 낮췄다.
"카리단 님 문제요."
순간 이산이 심호흡을 했다.

카리단이 누구인가?

누르하치의 동생이다.

누르하치는 남동생이 6명이나 있었지만 그중 카리단이 가장 뛰어났다.

누르하치 대신 전쟁에 나가 수십 번 전공을 세웠고 부재 시에는 대역을 맡았다.

누르하치보다 3살 연하인 32세.

이산과도 친밀한 사이다.

그때 만파쿤이 말을 이었다.

"카리단이 자주 월권을 하더니 지금은 패당을 모아 서북면 금주(金州) 지역의 왕 노릇을 하고 있습니다."

"그곳이 카리단 님 방위지역 아니요?"

"하지만 그곳에서 부족장들을 부르고 상가르를 군사(軍師)로 삼아 7만 군사를 거느렸습니다. 그리고 공공연히 누르하치의 뒤를 잇는다고 합니다."

"이런, 상가르가……."

이산이 탄식했다.

상가르는 누르하치의 중신으로 역시 군사(軍師)였다.

형의 군사를 빼앗은 셈이다.

만파쿤이 고개를 끄덕였다.

"그렇습니다. 상가르가 카리단을 부추긴 점도 있지만 이미 카리단은 너무 멀리 갔습니다."

"……."

"카리단은 휘하 장수들에게 8기군(八旗軍)을 따로 편성해서 대장으로 임명했고 국호도 대금(大金)으로 정했습니다."

"이런."

"카리단은 누르하치가 만추성에 틀어박혀 인삼으로 부(富)만 축적한다고 비난하기 시작했습니다."

"나도 소문은 좀 들었지만 이렇게까지 될 줄은……."

"지금도 비밀로 하고 있지만 밝혀지지 않을 수가 없지요."

고개를 든 만파쿤이 이산을 보았다.

"그래서 누르하치 대족장 전하께서 부탁하셨습니다."

이산이 숨을 죽였고 만파쿤의 말이 이어졌다.

"가족사(家族事)여서 가족에게 부탁하는 것입니다."

"나한테 카리단을 제거하라는 것인가?"

"카리단이 지금 오지를 순찰 중입니다. 소수 부족들을 모으려는 것입니다."

만파쿤이 번들거리는 눈으로 이산을 보았다.

"누르하치 님은 이산 님이 카리단을 제거해주시기를 바라고 계십니다."

이산이 대답 대신 고개를 돌려 요중을 보았다.

이산의 시선을 받은 요중이 숨을 들이켰다.

그러나 감히 입을 떼지는 못한다.

도살자 장사영이 앞에 앉은 교위 위현을 보았다.

"네가 황제의 칙사라구?"

"그렇습니다."

이곳은 장사영이 탈취한 방산성의 청 안이다.

도적 수뇌부가 어지럽게 벌려선 청 안 분위기는 살벌하다.

모두 빼앗은 옷을 걸치고 있었는데 각양각색이다.

관리의 모자를 쓴 놈도 있고 신랑이 예식 때 신는 가죽신을 신은 놈도 보였다.

장사영도 마찬가지다.

겨울이어서 곰 털 조끼를 입고 비단 바지를 입었지만, 돼지가 옷을 입은 꼴이다.

장사영은 비대한 체격이다.

코가 작아서 뺨에 묻힌 것 같다.

그러나 입이 컸고 누런 이빨이 날카로워서 말을 할 때마다 짐승 얼굴이 되었다.

고개를 든 위현이 말을 이었다.

"황제께서는 대장군을 영양왕으로 봉하신다고 하셨습니다. 봉지를 산구 지역에 두시고 주민을 안돈하라는 칙서를 가져왔습니다."

순간 장사영의 눈빛이 흐려졌다.

입을 꾹 다물고 있어서 다른 얼굴이 되었다.

그때 위현이 옆에 놓은 붉은 비단보자기를 앞으로 내밀었다.

"여기 칙서가 있소."

"내가 영양왕이란 말이냐?"

장사영이 눈의 초점을 잡고 위현을 내려다보았다.

"산구 지역이 내 땅이야?"

"예, 대왕."

'대왕' 소리를 들은 장사영이 숨을 들이켰다.

그때 장사영의 장수 중 하나가 한 걸음 앞으로 나섰다.

"대장, 우리를 속이는 수작입니다. 위기를 넘기려고 잔꾀를 부리는 겁니다."

목소리가 커서 청을 울렸다.

어깨를 부풀린 장수가 다시 소리쳤다.

"저 사신 놈을 베어 죽이고 목을 요동성으로 보냅시다!"

그때 장사영이 손으로 그 장수를 가리켰다.

"저놈의 머리통을 몸에서 떼어라."

임금이 앞에 앉은 신하들을 둘러보았다.

앞에는 임금이 신임하는 신하 넷이 소집되어 있다.

이조판서 강명원, 도승지 김태인, 경기도 순찰사 박현, 그리고 어영대장 최광수다.

이곳은 한양성의 정릉행궁 안.

유시(오후 6시)여서 방 안에 촛불을 여러 개 켜놓았다.

그때 임금이 입을 열었다.

"이산과 이순신이 의병들의 지원을 받으면 감당할 수 없지 않겠는가?"

모두 숨을 죽였다.

임금은 이산, 이순신의 반역에 대해서 말하고 있다.

이미 소문은 임금의 귀에까지 들어가 있다.

이산이 북쪽에서, 이순신이 남쪽에서 호응하고 이씨 조선 왕조를 뒤엎는다는 소문이다.

의병들은 모두 두 이씨와 밀약이 되어있고 새 왕조의 왕은 이순신이라는 것이다.

먼저 이판 강명원이 고개를 들었다.

"전하, 뿌리를 뽑으면 잡초는 말라죽습니다. 이순신을 압송해 와야 합니다."

그때 박현이 입을 열었다.

"당장 반역죄를 따져 금부도사를 보내시옵소서."

경기순찰사 박현이 말을 이었다.

"시간이 지날수록 이순신의 세력이 커질 것입니다."

"그대들의 생각은 어떤가?"

임금이 입을 다물고 있는 김태인과 최광수를 보았다.

임금의 안색은 창백하다.

이때 임금 선조의 나이는 43세.

16살 때 왕위에 오른 터라 재위 27년이다.

도승지 김태인이 입을 열었다.

"이순신을 암살하는 것이 낫습니다. 금부도사를 시켜 압송해오면 의병은 물론 백성들이 공분을 일으킬 것입니다."

모두 숨을 죽였고 김태인이 말을 이었다.

"자객을 보내 조총을 사용하도록 하면 왜군 소행으로 보일 것입니다."

"……."

"이순신만 제거하면 의병이나 백성, 이산까지 사기를 잃고 의지가 물거품처럼 사라질 것입니다."

"옳다."

임금이 고개를 끄덕였다.

"역도는 그렇게 처리할 수밖에 없다."

고개를 든 임금이 넷을 둘러보았다.

"적임자를 찾아라."

임금의 두 눈이 번들거리고 있다.

어영대장 최광수가 임무를 맡았다.

어영대장은 어영청의 대장으로 종2품 대감이다.

도성숙위를 담당하기 때문에 정예를 뽑았고 그중 무예에 뛰어난 군관과 부장급 무반(武班)이 많다.

그날 밤.

해시(오후 10시) 무렵에 최광수의 숙소에 세 사내가 둘러앉았다.

최광수와 도사 전충교, 종사관 오상기다.

갑자기 불려온 둘은 긴장하고 있다.

그때 최광수가 둘을 번갈아 보았다.

"그대들이 함경도 포수들을 지금도 데리고 있지?"

"예, 대감."

전충교가 대답했다.

"30명쯤 됩니다."

고개를 끄덕인 최광수가 어깨를 폈다.

"그중에서 명사수도 있겠군."

"예, 1백 보 거리에서 새도 맞추는 명사수도 있습니다."

"셋만 추리면 되겠지."

최광수가 혼잣소리처럼 말했다.

"적을수록 좋으니까."

"대감, 무슨 일이십니까?"

"내가 그대들 둘은 내 측근으로 믿을 만해서 부른 거다."

최광수의 시선을 받은 둘이 몸을 굳혔다.

그때 최광수가 헛기침부터 했다.

"그대 둘이 이번 일을 맡아야겠어."

"예, 대감."

둘이 동시에 대답했고 최광수가 말을 이었다.

"먼저 이 일은 그대들 둘과 선발한 사수 셋까지 다섯만 알아야 하네."

"그러지요."

"알겠습니다."

둘이 대답했을 때 최광수가 어깨를 폈다.

"이명이네."

숨을 들이켠 둘이 상반신을 세웠고 최광수가 말을 이었다.

"어명으로 역도를 제거하는 것이네."

"……."

"역도는 이순신이네."

"……."

"이순신은 백성들과 의병까지 선동해서 새 왕조를 세우려고 하네. 자네들도 소문을 들었을 터, 난리를 이용해서 왕이 되려는 역도네."

최광수가 엄숙한 표정으로 둘을 번갈아 보았다.

"나는 어명을 받고 그대들을 선발한 것이다. 이 대업이 성공하면 그대들 둘은 반정공신 1등에 선정되어 대감의 반열에까지 오를 것이네."

둘은 저도 모르게 방바닥에 두 손을 짚었다.

"어디 가려는 거야?"

차드나가 묻자 이산이 고개를 들었다.

"겨울 사냥이야. 하지만 밀행이다."

"겨울 사냥?"

"곰을 몇 마리 잡아 오겠어."

"며칠간인데?"

"한 달쯤 걸릴 테지만 네가 성주 대리 노릇을 해, 스즈키와 신지, 최경훈이 널 보좌해줄 테니까."

"몇 명이 가는 거야?"

"요중과 곤도 그리고 위사 1백이다."

"밀행이군."

고개를 끄덕인 차드나가 침대로 다가가면서 말했다.

"빨리 침대로 와."

<3권에 계속>

삼국지 2권

초판1쇄 인쇄 | 2025년 4월 10일
초판1쇄 발행 | 2025년 4월 15일

지은이 | 이원호
펴낸이 | 박연
펴낸곳 | 한결미디어

등록 | 2006년 7월 24일(제313-2006-000152호)
주소 | 서울시 마포구 모래내로 83 한올빌딩 6층
전화 | 02-704-3331
팩스 | 02-704-3360
이메일 | okpk@hanmail.net

ISBN 979-11-5916-227-5(04810) 979-11-5916-225-1 (세트)